JOËLLE GUILLAIS

Titulaire d'une thèse de doctorat en Histoire, Joëlle Guillais a publié *La chair de l'autre, histoire du crime passionnel au XIXe siècle* (1987), un essai dans lequel elle a retracé, à partir des archives judiciaires, des vies de criminels, à travers un Paris populaire. Elle a effectué de nombreux voyages et séjours à l'étranger, notamment en Éthiopie, comme photographe pendant la guerre et la famine, et en Asie, où elle a été professeur de français.
Sous la forme de deux récits de femme, *La Berthe* (1989) et *Agnès E.* (1997), Joëlle Guillais nous offre de passionnants et remarquables documents ethnologiques. Elle est également l'auteur de *La ferme des orages* (1998), des *Champs de la colère* (1999) et, plus récemment, de *La prime aux loups* (2000), tableau de la paysannerie sous l'Ancien Régime d'une étonnante actualité.

LA FERME DES ORAGES

DU MÊME AUTEUR
CHEZ POCKET

LES CHAMPS DE LA COLÈRE
LA BERTHE

JOËLLE GUILLAIS

LA FERME DES ORAGES

ROBERT LAFFONT

Ce livre est une œuvre de pure fiction. Les noms, les personnages et les incidents évoqués sont les produits de l'imagination de l'auteur, ou sont utilisés dans un contexte fictif. Toute ressemblance avec des événements réels ou des personnages existant ou ayant existé relèverait de la pure coïncidence.

ISBN : 2-266-08955-2

1

Les nuages noirs s'éloignaient vers le sud annonçant un bref répit après ce mois de février décidément trop maussade. Patrick Le Hénin portait une superbe canadienne qui accentuait sa corpulence. Il regrettait cependant de ne pas avoir pris un vêtement plus léger, car il savait par expérience qu'il faisait trop chaud dans les foires-expositions. Il avait le front large et dégagé, des yeux d'un brun séduisant. C'était un homme de la terre, un agriculteur, mais celui-ci était encore trop jeune pour avoir le physique façonné et facilement repérable. Sa solidité apparente ressemblait davantage à la force vive et attirante de celui qui se sent invulnérable et sûr de lui.

Le parking du parc Élan était déjà plein. C'était dimanche et la foire d'Alençon attirait la foule. Une rumeur confuse s'élevait sous le vaste hall. Les paysans étaient venus en famille ou entre hommes voir les dernières nouveautés. Ils déambulaient en procession avec les badauds en quête de distraction, piétinant dans les allées, s'agglutinant devant les nombreux stands pour écouter des vendeurs qui proposaient toujours de l'exceptionnel. Une procession d'hommes et de femmes qui avançaient avec la fatale gaucherie de ceux qui ne s'habillent avec effort qu'une fois la semaine.

Patrick Le Hénin se laissa emporter par la foule

criarde et lente, s'arrêtant comme les autres, s'amusant des boniments des forains, puis il passa aux choses sérieuses. Il venait de louer de nouvelles terres ; il s'était décidé à changer son tracteur qui s'essoufflait. Il aurait pu encore durer quelques années mais il voulait s'équiper d'une charrue à quatre socs et sa vieille bête de John Deere n'était plus assez puissante pour la tirer. Les labours du printemps commenceraient bientôt, plus la peine d'attendre. Il exploitait à lui seul cent vingt hectares en culture sans compter les prairies et, avec les nouvelles parcelles, il lui fallait du matériel plus performant.

Des agriculteurs tournaient autour des engins rutilants qui trônaient les uns à côté des autres dans les différents stands. Mine de rien, ils s'avançaient, mais pas trop, comme s'il fallait respecter une distance, une sorte de ligne imaginaire pour ne pas donner prise aux représentants en costume cravate qui les guettaient, l'œil en coin, aussi immobiles que des leurres, observant à la dérobade les mouvements et les moindres gestes de la clientèle.

Il suffisait qu'un paysan s'approche, qu'il franchisse la ligne et le vendeur attaquait prestement en apostrophant l'imprudent. Redoutant de se faire avoir, le paysan s'abstenait de parler, cherchant à deviner la ruse de l'homme et le défaut de la machine. Il écoutait, la tête et le haut du corps légèrement tournés de trois quarts pour reculer en cas de besoin.

Ce silence buté n'impressionnait pas le représentant de commerce qui étourdissait sa proie d'un flot de paroles. Le vendeur connaissait bien les ruses de ces hommes qui jouaient les lourdauds inexpressifs. Il scrutait leurs prunelles et, à la moindre étincelle, il risquait un jeu de mots ; si l'autre riait, alors l'affaire s'annonçait bonne ; et, pour venir à bout de leur mutisme et de leur réticence, il leur proposait de monter dans la cabine. En général, les paysans ne résistaient pas. Ils s'asseyaient, posaient leurs mains sur le volant et prenaient soudain des airs de conquérant.

C'était un Massey Ferguson, le dernier modèle, une bête énorme, climatisé, équipé d'une radio à touches. Le Hénin en avait oublié sa prudence habituelle, il collait déjà à la carrosserie du châssis quand une voix résonna dans son dos.

— C'est un quatre-vingt-quinze chevaux, le modèle le plus performant !

Le Hénin se retourna, surpris d'entendre une voix féminine et resta un moment abasourdi en voyant une fille étonnamment rousse, aussi grande que lui, à la peau laiteuse, une peau pleine et charnue. Avec la même stupeur, il vit le corps athlétique de la rouquine, moulé dans un tailleur bleu, qui s'approchait de lui. Patrick avait beau être costaud, large d'épaules et de poitrine, la fille occupait tout l'espace. Elle s'approcha plus près encore en le fixant droit dans les yeux sans ciller.

— Qu'avez-vous comme tracteur ?

— Un John Deere.

— Les constructeurs américains ont toujours été les meilleurs ! Vous avez bien raison de leur être fidèle. Avec eux, vous êtes certain d'avoir du matériel résistant, à la pointe de la technologie. Celui-ci a une puissance moteur supérieure à tous les modèles actuellement sur le marché. C'est un moteur turborégulé quatre cylindres injection dynatorque. Au ralenti vous avez ainsi une plus grande puissance de relevage. Il est équipé d'un toit ouvrant, de la climatisation, d'un mini-frigidaire et de quatre roues motrices qui le rendent plus facile à manœuver et qui permettent de gagner du temps. Et le temps, c'est précieux ! N'est-ce pas ?

Le Hénin voulut répliquer, mais elle continua de lui faire l'article avec l'aisance d'une professionnelle. Elle lui souriait d'un sourire à demeure, qui ne s'arrêterait qu'avec le dernier visiteur, et vantait son tracteur ; parlant de mécanique aussi naturellement que d'autres récitaient des recettes de cuisine. À l'entendre, on aurait cru qu'elle se servait elle-même de ces engins. Il écoutait, captivé par l'intonation grave, mais ardente, de cette voix de femme.

— Actuellement, il n'existe aucun tracteur aussi maniable, il se conduit d'une seule main ! Quant au moteur, il est très accessible, pas besoin de tout démonter pour changer le filtre à huile ou le filtre à air.

La rouquine avait ouvert le capot pour lui montrer le moteur. Ses ongles laqués rouges pointaient le radiateur, les filtres. Patrick regardait, fasciné ; et, quand elle le prenait à témoin sur les performances techniques d'un tel engin, il acquiesçait en dodelinant de la tête de haut en bas, embarrassé par cette démonstration énergique et inhabituelle.

— Si vous achetez maintenant, vous bénéficierez de l'offre de lancement.

Intarissable, elle le questionna sur la superficie de son exploitation, le type de culture, le nombre de bêtes. Le Hénin répondait, docile, mais sans entrer dans le détail. Il n'était plus pressé de quitter cette rouquine.

Il était pris à l'hameçon. La vendeuse sentait sa prise, il suffisait de donner quelques à-coups, de tirer en souplesse pour l'embusquer.

La perspective de la commission renforçait sa ténacité. Elle prouverait à son patron, bon de commande en main, qu'on pouvait lui faire confiance. D'ailleurs, dans la seule journée du samedi, elle avait largement dépassé l'objectif de vente qu'il lui avait fixé.

La vente, elle adorait ça. Cela avait commencé dans un magasin d'équipement électroménager à Alençon où elle travaillait comme comptable. Toute la journée, assise à son bureau, elle calculait et vérifiait des colonnes interminables de chiffres qui défilaient sous ses yeux. Une vitre séparait son bureau du magasin où tout brillait, flambant neuf. Lorsqu'elle levait la tête, il lui semblait que le paradis s'y trouvait. Elle regardait les clients, voyait l'envie qui brillait dans leurs yeux, l'air souverain des vendeurs. Un jour de grande affluence, elle remplaça un vendeur absent. Les clients s'impatientaient. Ce jour-là, elle vendit une gazinière, la plus chère du rayon, et une machine à laver sans compter plusieurs fers à repasser et des sèche-cheveux sous l'œil ravi du directeur.

Le soir même, elle décida qu'elle ne passerait pas sa vie derrière un bureau comme un cochon à l'engrais. Elle avait ensuite vendu tout ce qui pouvait se vendre, des encyclopédies à cinq mille francs, des tisanes miraculeuses, des assurances vie, des boîtes Tupperware, des épluche-légumes qui coupaient tout, même les doigts.

En un rien de temps, elle devinait l'autre et lui inspirait confiance. Elle mettait les gens à l'aise, savait leur dire ce qu'ils avaient envie ou besoin d'entendre. Sur les foires, elle faisait recette. On s'attroupait pour écouter cette voix aguicheuse qui s'élevait au-dessus du tumulte et, à la fin, les porte-monnaie s'ouvraient pour acheter l'objet inutile dont personne ne se servirait mais dont elle avait si bien vanté les mérites.

Le soir, tard, elle s'attablait avec d'autres vendeurs dans l'ambiance enfumée et bruyante des restaurants. Il faisait chaud à s'évanouir ; il y avait une telle affluence qu'il fallait crier pour s'entendre, déranger ses voisins pour sortir de table. Les serveurs, débordés, allaient et venaient de la cuisine en salle, les mains encombrées d'assiettes et de bouteilles qu'ils levaient périlleusement au-dessus des têtes des clients insatiables qui réclamaient des andouilles grillées, du boudin aux pommes, du gigot saignant et qu'aucun vin ne désaltérait.

Elle se liait vite. Chacun racontait ses affaires, ses ventes et puis on se mettait à plaisanter. Des plaisanteries inavouables mais nécessaires pour clore ces journées de foire. Les rires fusaient et on reprenait facilement une bouteille après une autre. Cela lui faisait du bien de se détendre les mâchoires après avoir passé plus de dix heures à sourire et à séduire les badauds par mille facéties. Elle s'enivrait de chaleur, de la présence de ces hommes jamais repus de rien, de ces éclats de rire trop violents, sans retenue. Elle se rejetait en arrière, agrippait le bras de son voisin, ses lourds cheveux roux glissaient par saccades sur ses épaules et elle riait jusqu'aux larmes. Alors elle oubliait tout de la journée, du lendemain.

Désormais, elle était représentante de commerce chez Massey Ferguson. Fini les épluche-légumes et la bimbeloterie, elle vendait d'énormes machines très coûteuses, des tracteurs, des semoirs, des bennes, des désileuses. L'enjeu d'une vente devenait sérieux et rapportait beaucoup d'argent. Seulement, pour décrocher une signature il fallait se donner du mal car la concurrence était féroce. Elle relançait la clientèle en faisant la tournée des fermes. Chez les agriculteurs, elle manœuvrait en terrain conquis. Elle s'échinait, persistait, revenait. Elle savait bien qu'ils prenaient le temps, ne se décidaient jamais à la va-vite. Ils faisaient traîner les affaires pour le plaisir ou par crainte de se faire avoir. Elle les harcelait, finissait même par les connaître, ne lâchait jamais prise. Seule la menace d'un coup de fusil aurait pu la faire déguerpir. Sans y être toujours invitée, elle entrait chez eux, on la laissait s'installer au bord de la table dans la cuisine, qui servait en même temps de salle, et on lui servait un café bien chaud avec parfois du calva qu'elle ne refusait pas.

Le Hénin tenait la documentation sur le tracteur. Il n'entendait plus le brouhaha qui s'était amplifié depuis le début de l'après-midi et ne voyait plus la foule compacte qui noircissait les allées. Il écoutait cette fille rousse lui parler des modalités de paiement « très intéressantes » et qui lui proposait de monter dans la cabine du tracteur. Une fois installé aux commandes, elle monta à son tour et s'assit à sa gauche sur le siège passager. En baissant les yeux, il vit d'abord les jambes musclées et nerveuses de la rouquine et quand elle s'inclina pour lui montrer le bouton du *speed shift* à droite du tableau de bord, il sentit le frôlement de son corps contre le sien. Une sensation brève, quelques instants de désordre.

— En appuyant sur ce bouton, vous augmentez la vitesse d'avancement sans débrayer. La commande du bras de relevage est électronique, vous n'avez aucune manette à manœuver. Le travail est moins pénible.

Le Hénin passait ses journées dans les champs et n'avait guère l'occasion ni le temps de voir beaucoup de femmes. À vingt ans, il avait rencontré une secrétaire qui travaillait à la cartonnerie vite remplacée par une employée des postes, une fille pas compliquée et riante qu'il avait fréquentée pendant presque six mois jusqu'au jour où elle avait été mutée à Paris. Elle lui téléphonait deux fois dans la semaine et quand ils se retrouvaient le samedi à la gare de Nogent-le-Rotrou, la postière ne tarissait pas d'éloges sur la capitale où il lui arrivait toutes sortes d'aventures. Ces conversations agaçaient Le Hénin. Un jour, elle oublia d'appeler. Le Hénin l'attendit tout le samedi, puis il lui écrivit qu'il avait compris et que c'était aussi bien ainsi. Il ne reçut pas de réponse. Pour se venger qu'elle en eût préféré un autre, un gars de la ville, il parlait tout seul et tout haut au volant de son tracteur, se traitant d'imbécile. Il décida qu'elle était idiote et mal foutue, se demandant comment, lui, Patrick Le Hénin, avait eu du plaisir avec une fille pareille. Et dire qu'il avait songé à la demander en mariage. Il l'avait échappé belle ! Il en essaya une troisième, puis une autre. Des filles d'occasion, des filles prises à l'essai, le temps de se faire homme.

Une de perdue, dix de retrouvées ! s'écriait-il goguenard en sillonnant ses parcelles. Il n'avait alors que vingt-cinq ans et ignorait qu'il se retrouverait ligoté, pieds et mains liés à la ferme et à la banque sans pouvoir même penser à une femme.

Et maintenant, il était là, juché dans la cabine du Massey Ferguson, à côté de cette rousse. Il réalisa avec amertume toutes ces années qui s'étaient écoulées et pendant lesquelles il avait vécu, abruti par le travail, ne pensant qu'à cela, ne se posant plus de questions ni sur lui, ni sur rien pour ne pas devenir fou.

Fils unique, il avait repris la ferme de son père. Cela allait de soi. Le jour de sa naissance, le père avait bu une bonne partie de la nuit pour fêter l'événement. Patrick serait sacrifié à l'avenir agricole. En grandissant, il s'était habitué tout naturellement à cette idée au point qu'il n'avait jamais imaginé faire autre chose et ne regrettait rien. Il n'aurait pas voulu vivre enfermé dans un bureau. Le plein air, c'était comme un appel, une sorte d'instinct qui lui avait fait accepter ce métier dont il avait fait l'apprentissage tout petit, suivant son père et rêvant de lui ressembler. Vagabondant des journées entières d'une grange à l'autre, s'amusant de rien, pataugeant l'hiver dans les flaques d'eau, parlant avec les arbres ; il avait ainsi grandi dans une solitude peuplée de rêves muets. Dès qu'il avait eu les jambes assez longues pour toucher les pédales, il avait conduit le tracteur dans la cour ; ce fut le plus grand moment de sa vie, celui où il s'était senti un homme. Puis cela avait été la pension au lycée agricole, pour passer le baccalauréat.

— Du temps perdu ! criait son père, chaque fois qu'il entendait ce mot trop long et comme venu d'ailleurs, même si, pour simplifier, le fils abrégeait et parlait du bac.

— C'est pour les fonctionnaires, pas pour les agriculteurs ! grognait-il tout en sachant que pour s'installer et obtenir des prêts bonifiés à la banque, on exigeait maintenant des diplômes.

À chaque rentrée scolaire, il l'accompagnait et râlait

pendant tout le trajet à l'idée de voir son fils partir faire des études au lieu de rester travailler à la ferme.

— Non mais, de quoi on se mêle, le certificat d'études m'a bien suffi. Des foutaises, tout ça ! C'est peut-être dans les livres qu'on va vous apprendre à choisir des veaux pour les engraisser ? Faut pas se tromper parce que trois ans à manger de l'herbe, c'est trois ans de foutu si la bête ne profite pas. T'as perdu ton temps et ton argent. Le métier, c'est une question de flair, de coup d'œil !

Le paysan revoyait les champs de foire, les marchés aux bestiaux. Il revivait ces moments intenses, faits de crainte et d'excitation, qui précédaient chaque transaction, chaque bonne ou mauvaise affaire.

Pendant que son père rabâchait ses histoires qui ne le concernaient plus, Patrick regardait la route et se réjouissait à l'idée de retrouver des copains après un été passé seul à la ferme à aider ses parents. Là-bas, c'était un peu des vacances, même si certains jours, enfermé dans la cour du lycée, il se sentait nostalgique à la vue des prairies et des forêts qui s'étendaient loin à l'horizon.

Son père était un malin et s'y connaissait sur l'art de choisir des bestiaux. On ne l'avait jamais refait. Pas une seule fois, ni à l'achat ni à la vente. Il avait le coup d'œil du maître et le goût pour le profit. Tout en conduisant, il expliquait à son fils comment il fallait se méfier des bêtes avec des faces courtes et le muscau écrasé, de celles qui avaient des croupes trop arrondies.

— Y a pas de mauvaises races, que de mauvais éleveurs. Un troupeau, c'est pas comme la terre, ça se fait, ça se construit, c'est pas un placement comme à la banque.

Le père était inépuisable et, lorsque Patrick se fatiguait de ce monologue interminable, il l'interrompait.

— À quoi veux-tu que cela me serve puisque c'est la coopérative qui nous livre maintenant les veaux qu'on engraisse ? Vaut mieux s'y connaître en gestion et apprendre à planifier.

— Planifier ! J't'en fous. De l'expérience et de l'huile de coude, voilà ce qui faut à un paysan. Travailler, tu m'entends, travailler. Avec la terre, y a pas de mystère. C'est pas en restant le cul sur un banc qu'ils t'apprendront à voir qu'une bête est malade, qu'elle a de la fièvre, ni à savoir le temps qu'il fera.

— Il suffit d'écouter la météo.

— Eh ben, avec ça, on serait tous ruinés ! Ceux qui se retrouvent sur la paille, ce sont des imbéciles ! Avec ou sans le bac, ils seraient allés à la faillite !

Son père n'avait pas tout à fait tort, mais Patrick se voulait moderne et puis cela lui plaisait d'apprendre.

Le Hénin était redescendu du tracteur, suivi de la rouquine, et, tous deux, ils inspectaient de nouveau le moteur. C'était beau à voir, la mécanique toute neuve ! pensait-il, lui qui se salissait si souvent les mains à réparer les engins souvent en panne. Pendant qu'ils bavardaient, d'autres paysans s'étaient approchés du Massey Ferguson.

Il crevait de chaud avec sa canadienne à côté de cette fille imposante qui l'impressionnait autant que le tracteur. Elle lui proposait de passer chez le concessionnaire pour faire un essai après la foire-exposition. Il ne disait ni oui ni non. Finalement, elle sortit une carte de visite d'une poche de son tailleur.

— Vous pouvez venir quand vous voulez. Pour me joindre, il suffit d'appeler à ce numéro.

Le Hénin regardait les ongles rouges qui brillaient sur le carton blanc, puis il prit la carte qu'elle lui tendait et, lentement, il déchiffra le nom et le prénom de la rouquine : Irène Maillard. Il la regarda de nouveau.

— Vous connaissez le Perche ? demanda-t-il d'une voix profonde mais qui manquait d'assurance.

— Un peu.

— Vous êtes d'Alençon ?

— Non, je suis de la Mayenne.

— Ah !

Le Hénin n'osa pas lui avouer qu'il ne connaissait pas la Mayenne ; un département pourtant limitrophe, mais qu'on disait pauvre en comparaison de l'Orne. Il était allé à Alençon, au Mans et puis dans l'est de la France pendant son service militaire, mais c'était tout.

— Le Perche, c'est le plus beau coin de Normandie, lui dit-il sur un ton un peu enjôleur.

— Vous êtes tous les mêmes ! Chez vous, c'est toujours plus beau qu'ailleurs !

— Venez voir si vous ne me croyez pas !

— Il faudrait encore que je sache où vous habitez.

— Saint-Hommeray, du côté de Mortagne, enfin entre Mortagne et Bellême.

Elle nota le nom de la commune sur un grand carnet noir où d'autres noms étaient inscrits de la même écriture ronde. Des adresses de clients qu'elle relancerait après la foire. Elle referma son carnet et leva ses yeux vers lui, des yeux d'un gris lumineux et confiants.

— À bientôt.

Il lui avait serré la main, une main si lisse qu'il eut honte pour la première fois de sentir ses paumes calleuses et moites. Quand il la quitta, la tête lui tournait. À force de vivre seul dans le silence de la campagne, tout ce mouvement l'étourdissait et la chaleur le suffoquait. Il se dirigea ensuite vers d'autres stands de machines agricoles pour comparer. Il prenait tous les prospectus qu'on lui tendait, écoutant d'une oreille distraite les propositions des uns et des autres. Soudain, il réalisa qu'il était déjà cinq heures. Le temps de filer à la ferme pour s'occuper des bêtes.

Sur la route, il repensa au tracteur, imaginant le plaisir de travailler avec un engin aussi puissant ! Quitte à changer autant prendre le modèle le plus performant ! Naturellement, c'était aussi le plus cher mais pour une fois, il oublia l'argent qu'il faudrait emprunter, les échéances qui suivraient. Non, décidément, il n'avait pas l'intention de gâcher cette journée, il avait bien le droit de rêver.

Et puis il y avait la rouquine du stand Massey Ferguson. Il regrettait de s'être laissé intimider et s'en voulait maintenant de ne pas en savoir plus sur cette fille. D'où diable sortait-elle ? Jamais, il n'avait imaginé une femme capable d'un tel acharnement. Il repensait à tout ce qu'elle lui avait dit à propos du tracteur. De toute façon, s'il voulait, il pourrait toujours aller chez le concessionnaire Ferguson et demander à voir Irène Maillard. Sur le stand, il n'avait pas réussi à prendre le dessus et maintenant qu'elle était loin elle lui paraissait soudain plus accessible.

Quand il arriva à la ferme, il faisait nuit. Dans la salle de traite, le moteur des trayeuses tournait à plein régime. Une vingtaine de vaches attendaient leur tour, pataugeant dans la boue. Il enfila rapidement sa cotte de travail et ses bottes de caoutchouc puis descendit les marches de la fosse, rejoindre sa mère qui ne l'avait pas attendu pour commencer la traite. Elle besognait sans se préoccuper de l'air glacial et humide qui pénétrait jusqu'aux os. La mère et le fils se mirent à travailler en cadence. Dès qu'une fournée était traite, ils ouvraient les barrières métalliques et huit autres vaches s'encastraient en biais dans les stalles. Ils actionnaient des tirettes et une portion de blé et une de tourteau tombaient dans les mangeoires. Après un coup de lavette et de désinfectant sur le pis, ils appliquaient les gobelets trayeurs qui s'adaptaient comme des ventouses et pompaient le lait.

Puis ils restaient quelques minutes immobiles sous le cul des vaches, surveillant le flux du lait qui bouillonnait dans les tuyaux, guettant les coups de sabot ou les griffes des trayeuses qui se décrochaient parfois. De temps en temps, l'un d'eux gueulait et s'écartait brusquement pour ne pas être éclaboussé par la bouse qui giclait partout, maculant le sol et leurs vêtements.

Une fois la traite finie, la mère emmenait les vaches

dans l'étable pendant que Patrick nettoyait la salle au jet d'eau. Il lavait les murs, la fosse, les quais, les trayeuses, tout devait être propre.

Au dîner, sa mère, pourtant pas très bavarde, lui demanda ce qu'il avait vu à la foire-exposition.

— Je suis fatigué, je te raconterai demain, grogna-t-il.

— Tu peux quand même me dire ce qu'y a de nouveau ?

— Fiche-moi la paix.

Il n'allait pas lui dire qu'il avait vu une fille, une rousse par-dessus le marché. Sa mère haussa les épaules, visiblement habituée à la rudesse de son fils, et coupa avec soin deux grandes tranches de pain qu'elle tartina généreusement de rillettes grasses, tendres et moelleuses. Elle garda une tranche pour elle, donna l'autre à son fils et se mit à manger lentement tout en ramenant vers elle les miettes qui tombaient à chaque bouchée sur la toile cirée, en fit un tas qu'elle picora du bout de ses doigts, jusqu'à la dernière. Puis, elle prit son Opinel au manche en bois écaillé, fendillé à plusieurs endroits, et pela une pomme en s'appliquant à faire des épluchures fines.

Patrick la regardait faire. Il vit son front strié de rides, ses cheveux gris permanentés qui moutonnaient en boucles serrées, ses mains déformées aux jointures saillantes. Seul son regard était encore clair et vif. Elle n'avait que la cinquantaine, mais elle ressemblait déjà à une vieille femme, dure comme une pierre à force d'avoir trop travaillé sans jamais s'économiser.

2

Dans le Perche, la terre faisait vivre, et plutôt bien. Depuis des siècles, les paysans s'engraissaient de ses entrailles et ils continuaient allègrement à se servir, à puiser dans ses ressources. Elle était si généreuse, cette terre, qu'autrefois de riches fermiers avaient élevé des tours et des murs d'enceinte autour de leur ferme pour se protéger des convoitises des seigneurs voisins.

Des générations entières lui avaient aussi donné, sans jamais compter, leur sueur, leur force, leur courage, leur jeunesse en chantant, en pleurant, en priant, tous les jours de leur vie, du matin au soir, jusqu'à la mort bien méritée. Il n'y a pas très longtemps, ils étaient encore dans les champs s'escrimant, griffant la terre, la caressant, la labourant en crachant avec défi dans leur mains pour durcir leur poigne. La terre s'en souvenait, elle portait la mémoire de ce travail-là, elle l'avait fait fructifier et, maintenant, elle le rendait avec une opulence démesurée aux derniers paysans qui lui étaient restés fidèles.

Les anciens étaient avides mais respectueux. Ils savaient et répétaient que posséder la terre « ça tient un homme debout ». La modernisation avait transformé leurs descendants en culs-de-jatte assis des journées entières dans les cabines des tracteurs qui les protégeaient du vent et du soleil. Depuis, ils avaient pris l'habitude de regarder la terre de très haut.

Le Hénin se mit au point mort et jeta sa cigarette par la vitre. L'épandeur à fumier bourrait. C'était la deuxième fois depuis le début de la semaine. En sautant du tracteur, ses bottes s'enfoncèrent dans une ornière boueuse, et le vent d'ouest lui fouetta la poitrine avec une telle force qu'il lui fallut reprendre sa respiration. Il jura. Si c'était ce qu'il pensait, il perdrait la matinée.

L'odeur du fumier était forte, vibrante, grouillante de vie. Le vent balayait les terres sans retenue. Plus rien, pas la moindre haie ne freinait les bourrasques. Il se hissa dans la benne de l'épandeur ; son corps était lourd mais musculeux. Il sentait cette force que la nature lui avait donnée sans qu'il ait eu d'effort à faire.

Sur les sillons labourés, le fumier d'un brun clair et pailleté de fétus jaunes formait des arabesques puis séchait avant de pénétrer la terre et de la nourrir copieusement jusqu'à l'indigestion.

Le Hénin avait trop chargé l'épandeur et le fumier s'était coincé dans le hérisson ; maintenant il ne lui restait plus qu'à enlever le trop-plein avec une fourche. Il jura en silence ; la contrariété le rendait nerveux. Il aurait pu étrangler quelqu'un pour se soulager de subir un tel contretemps. Il sauta de l'épandeur et s'enlisa dans cette boue lourde et collante comme de l'argile qui faisait bloc sous les semelles de ses bottes. La pluie tombait depuis une semaine, engorgeant la terre qui n'arrivait plus à sécher. Le Hénin scruta le ciel mouvementé qui ne présageait rien de bon pour le reste de la journée ni pour les jours suivants.

— Et faut que je retourne à la ferme chercher cette fichue fourche ! grogna-t-il.

Cela signifiait détacher la benne et faire quinze kilomètres en tracteur à vingt-cinq à l'heure jusqu'à la ferme des Égliers. Du temps perdu. Le Hénin ne le supportait pas. Il avait encore vingt hectares à labourer avant de semer le maïs. Si la pluie persistait, la terre serait trop lourde, il ne pourrait pas travailler dans les champs. Il s'énervait toujours quand le retard s'accumulait. Le travail, ça lui bouillonnait dans le sang, il aurait pu en abattre trois fois plus si les jours avaient été plus longs. Ses journées devaient être productives et rentables, sinon il enrageait comme un fauve. Il avait le ton mauvais, les yeux belliqueux, le front plissé, les lèvres serrées. Il était comme ça, Patrick Le Hénin, et son père avait été pareil, un travailleur infatigable, un productif, un homme qui subordonnait le monde par sa force, son avidité brutale au travail.

Et voilà qu'une saleté d'épandeur se mettait en travers de sa route. À coups de fourche, il jeta le fumier par-dessus la benne, il travaillait d'une façon désordonnée, dans un emportement de force, avec des mouvements furieux des bras et de tout le corps, ne sentant plus ni le vent ni l'odeur forte et chaude du fumier qui le rendait toujours un peu chose.

Il pensa à son père qui était mort, retourné à la terre depuis longtemps. Un jour d'été, en pleine moisson, il était monté en haut d'un plateau chargé de balles de paille pour vérifier les attaches, puis il avait glissé.

Patrick l'avait vu tomber. Il était resté quelques instants sans comprendre puis, comme un fou, il avait couru vers son père qui gisait brisé sur le sol, réduit à rien. Le fils avait regardé le ciel avec des yeux mauvais en serrant les poings, prêt à maudire. Ce n'était pas la première fois que son père avait un accident. C'était un homme qui ne faisait confiance à personne et qui voulait tout faire, tout vérifier. Il « bouscanait » tout le monde pour un rien. Il gueulait toujours, et trop, après Patrick, après les bêtes. Il gueulait après sa mère parce que le café ne passait pas assez vite, parce que la soupe n'était pas encore sur la table, parce que ceci ou cela. Il allait trop vite en tout, il avait acheté trop de terres, trop de matériel. La terre, il disait qu'il ne fallait pas attendre qu'elle aille aux autres, qu'il n'y en aurait pas pour tout le monde et que, pour la posséder, il fallait se battre sans vergogne. Il n'avait pas son pareil pour accaparer à droite et à gauche le moindre terrain à vendre. Il guettait les vieux à la retraite, les faillites ; il n'hésitait pas à se rendre chez le notaire avec une volaille ou un quartier de sanglier pour se placer avant qu'un autre acquéreur se propose et rafle les parcelles qu'il convoitait. Et si elles n'étaient pas à vendre, il les louait. Il n'avait jamais eu honte de son état de paysan, au contraire. Il se moquait des citadins qui ne connaissaient rien à l'agriculture, « des paresseux payés à ne rien faire ». Quant aux commerçants, ils n'échappaient pas à sa vindicte, et le père les traitait volontiers de « tire-au-liard ». Il aurait pu bouffer un gars qui ne lui revenait pas tant sa hargne à prendre lui chevillait tout le corps et la tête. Et, sans le moindre scrupule, il exploitait la terre, lui réclamant tout.

C'étaient les pompiers qui avaient ramené le corps. Il faisait tellement chaud ce jour-là qu'ils n'avaient pas refusé la bière que la mère leur avait offerte. Ils avaient bu en hochant la tête et en s'essuyant le front, puis s'en étaient allés en bredouillant des condoléances, embarrassés de laisser les gens dans leur malheur, mais ils n'y étaient pour rien.

Une fois seuls, ils restèrent plantés dans la cuisine. Le mouvement de la pendule devint si sonore qu'on n'entendait plus que le battement mécanique du temps qui s'était arrêté pour eux deux. Un silence cadencé, interminable. Puis la mère se mit à pleurer, effrayée par l'énormité de la mort. Patrick aurait voulu s'échapper pour ne plus entendre le malheur de la mère, mais il restait debout dans la cuisine, les bras croisés contre sa poitrine, les yeux rivés au carrelage qu'elle avait balayé quelques heures plus tôt, avant qu'il n'y ait la mort.

— Comment c'est arrivé ?

— Je t'ai dit, il a glissé.

— Mais on glisse pas comme ça.

— Je te dis qu'il était en haut et qu'il est tombé.

Le Hénin ne voulait pas parler. Il souffrait, tout lui faisait mal dans sa tête. Il entendait les mouches violonner et se cogner contre les vitres qu'on gardait toujours fermées, été comme hiver. Non, il ne pouvait pas croire à la fatalité avec ses phrases toutes faites que les gens lui réciteraient comme des leçons éternelles et inutiles : « Son heure était venue, c'est le destin, on n'y peut rien ! le Seigneur l'a rappelé à Lui ! » Le Hénin connaissait tout cela par cœur. Il n'y aurait personne pour lui dire que c'était du vol, de l'injustice, qu'on n'avait pas le droit de vous prendre votre père comme ça, sans prévenir.

Il entendait la mère qui sanglotait par saccades en serrant son mouchoir. Les yeux rouges, elle restait là, incapable de se résoudre à aller voir le mort couché dans la chambre. Lui non plus n'irait pas. Le travail l'attendait dehors. Avant de franchir le seuil de la cuisine, il se retourna et lança d'une voix étouffée :

— Faudrait appeler le Dr Meurice, puis il s'en alla aux bêtes.

La mort, c'était l'affaire des femmes et des vieux. Dans une demi-heure, des oncles et des tantes arriveraient à la ferme. Cela s'était toujours fait ainsi. Ils endeuilleraient ensemble, sans compter les voisines qui viendraient pleurer avec sa mère.

Demain, il se renseignerait pour les obsèques auprès des pompes funèbres de Mortagne. Il irait aussi à la mairie de Saint-Hommeray pour savoir s'il y avait encore de la place dans le caveau au cimetière, sinon il faudrait faire relever les plus vieux et les ensevelir dans la fosse commune pour y mettre le père.

En attendant de régler toutes ces formalités, il devait s'occuper des vaches et des taurillons. La traite fut plus longue que d'habitude. Ce travail, il aurait pu le faire les yeux fermés, mais un trop-plein d'idées embrouillait ses gestes. Les griffes se décrochaient et, une fois sur deux, il se demandait s'il avait oui ou non nettoyé le pis de la vache. Le bruit l'engourdissait et, au bout d'un moment, il s'immobilisa tout à fait, la bouche furieusement ouverte. Le Hénin comprenait enfin que le père était mort, qu'il venait de partir sans avoir terminé la moisson. Tout cela à cause des orages, qui, depuis une dizaine de jours, perturbaient le travail. Les blés humides de pluie et de rosée ne séchaient plus. La veille, ils avaient encore essayé de moissonner une parcelle de dix hectares, mais la barre de coupe, au lieu de faucher les épis, les couchait au sol, et ils avaient dû arrêter. Ceux qui avaient eu la chance de commencer les premiers pouvaient dormir tranquilles, les autres vivaient nuit et jour sur le qui-vive.

Patrick se retrouvait seul. Le père l'avait abandonné. Ils avaient toujours fait les battages ensemble, surveillant du haut des tracteurs le travail de la moissonneuse, se tenant prêts pour recevoir la lourde récolte qui se déversait bruyamment dans la benne. Ils se relayaient ainsi pendant tout le jour et jusqu'au milieu de la nuit. Son père ne dormait jamais plus de trois à quatre heures. Dévoré d'inquiétude, les nerfs à vif, il était incapable de trouver le sommeil. Il fallait le voir torse nu sous le soleil brûlant, la peau moite de sueur, accompagnant lentement la moissonneuse qui vrombissait dans un nuage de poussière, cette poussière qui assoiffait les hommes. Il suivait l'énorme machine qui travaillait avec précision, dévorant des sillons entiers, coupant, battant dans le même temps les blés lourds qu'il avait portés pendant des mois, anxieux et attentif au moindre grain. C'était le temps de la moisson et le père oubliait tout du reste de sa vie, c'était sa récompense. Il se hissait dans les bennes pour jauger la qualité du blé qu'il prenait à poignée et faisait glisser entre ses doigts calleux. Certaines parcelles produisaient jusqu'à quatre-vingts quintaux à l'hectare ! Pendant des mois, il avait couvé ses blés avec inquiétude, scrutant la terre pour les voir lever. L'apparition des minuscules plants verts le comblait de joie. Il les regardait grandir, les observait, les questionnait du regard. S'ils avaient soif, il les arrosait, s'ils avaient faim, il leur donnait de l'engrais et détruisait les herbes qui les étouffaient ou les insectes qui les attaquaient pour qu'ils profitent et s'alourdissent comme les bêtes qu'il engraissait. Peut-être même qu'il priait le bon Dieu.

Patrick demanderait à un oncle de l'aider. Seul, il n'y arriverait pas. Après la traite, il alla dans le hangar de la stabulation où étaient enfermés les taurillons et racla le maïs que les bêtes avaient éparpillé dans l'allée avec leur museau. Les énormes bestiaux, affalés sur la litière, le regardèrent en soufflant par leurs naseaux humides. Les deux cents bovins ne se doutaient de rien et leur quiétude imbécile énerva Patrick qui, d'un coup de pelle rageur, chassa une poule en train de picorer des grains de maïs.

Cela faisait trois heures qu'il avait ramené le père. Il pensa au plateau avec les balles de paille qui seraient mouillées s'il pleuvait cette nuit.

Le travail, le mouvement l'avaient un peu dégagé du poids qui lui étreignait la poitrine mais ses mâchoires, comme deux tenailles en acier, enserraient ses larmes et sa douleur.

Il serait bien rentré manger un morceau mais, plutôt que de voir la mère en train de pleurer, il décida d'aller chercher le plateau pour le mettre à l'abri sous un hangar et, s'il en avait la force, il en déchargerait une partie. Le travail finirait bien par l'étourdir, il ne voulait plus penser ni au malheur ni à l'idée du mauvais sort qui rôdait dans sa tête. Gamin, il avait tant de fois entendu les vieilles en parler à voix basse. Quand l'une d'entre elles se décidait à prononcer le mot, les autres hochaient la tête en échangeant quelques regards de connivence puis se taisaient, apeurées d'avoir trop parlé. « Sûr qu'il est pris ! », murmurait parfois la plus hardie, le regard perdu dans le lointain. Patrick qui jouait dans un coin s'arrêtait alors de bougeotter et attendait sans faire de bruit, mais en vain. Personne n'en dirait plus.

Vers l'âge de dix ans, il avait attrapé une saleté de psoriasis qui lui recouvrait tout le ventre et la poitrine. Il se grattait tellement que sa mère l'avait emmené chez un rebouteux, mais l'homme n'avait pas voulu toucher. La mère insista un peu, mais il n'y eut rien à faire. Le rebouteux regardait le torse de Patrick en faisant la grimace et il répétait qu'il valait mieux ne pas essayer. L'été, cela avait empiré, l'eczéma suppurait à certains endroits. Une de ses tantes était venue, accompagnée d'une femme de Bellême qui lui fit des applications avec une pommade épaisse en prononçant des paroles étranges. Chaque fois que la femme arrivait, il sentait quelque chose de bizarre dans son corps et faisait des cauchemars pendant des nuits. Puis il avait guéri. Et maintenant, cette mort brutale ! Comme un coup du mauvais sort.

Pendant tout le temps des funérailles, personne ne vit le chagrin qui creusait le regard de Patrick Le Hénin. Pourtant l'avenir lui paraissait noir, s'assombrissant d'heure en heure quand il réalisait ce qui l'attendait. Plus il y pensait, plus les charges s'accumulaient. Il imaginait des solutions, mais, à chaque fois, il sentait que rien ni personne ne remplacerait la force de travail de son père. Cet homme volontaire et acharné qui s'était agrandi à force de ruse et d'audace en se modernisant avant les autres, affrontant avec courage les regards réprobateurs des anciens toujours lents à changer, toujours sceptiques sur les miracles de la technique et de la science, prometteuses de richesse et d'abondance. Le père Le Hénin avait été le premier à s'endetter pour acheter du matériel, pour le hangar, puis pour la laiterie, six trayeuses automatiques, un tank de mille cinq cents litres. Certains se risquaient jusqu'aux Égliers pour voir les engins et s'assurer que les représentants sur les foires ne mentaient pas. Ils regardaient les trayeuses en mouvement qui, en quelques minutes, vidaient le pis d'une frisonne, comme ça, sans se fatiguer. Le père Le Hénin n'avait point de temps à perdre, il ne manquait pourtant pas une occasion pour leur expliquer comment cela fonctionnait. Les paysans opinaient de la tête sans mot dire, ils étaient à la fois convaincus mais pas pressés d'admettre qu'ils en feraient bien autant. Puis, petit à petit, l'idée de se moderniser fit son chemin ; mais pas question de s'endetter. Depuis des générations, les paysans avaient appris à économiser, et à payer comptant. C'était plus que de la fierté, plus qu'une vertu, c'était le prix d'une liberté chèrement acquise, une question d'honneur. Pour se moderniser, le père Le Hénin avait remisé sa fierté et celle de ses ancêtres pour tout acheter à crédit. Sa fortune s'étalait en échéances mais cela ne le dérangeait pas, un jour il serait plus riche que les autres.

Après la salle de traite, il avait vendu petit à petit ses beaux bœufs racés qui engraissaient tranquillement dans les herbages et les avait remplacés par des taurillons qui fabriquaient le même poids de viande en dix-huit mois au lieu de trente-six à condition de les tenir enfermés sous un hangar et de leur donner du maïs qui fermentait l'hiver sous une bâche et des granulés qu'il achetait à la coopérative agricole. Gain de temps, gain d'espace ! Le bonhomme se frottait les mains en se demandant comment on n'y avait pas pensé plus tôt. La science et la technologie étaient maintenant au service de l'agriculture ! Il avait bien l'intention d'en profiter. Plus la peine de s'embêter avec des pâturages et le foin à donner l'hiver à ces énormes bêtes réduites maintenant à l'état de handicapés physiques.

Pour avoir du maïs, il avait retourné ses belles prairies naturelles où poussait une herbe tendre et grasse. Le père Le Hénin le fit sans le moindre regret : « Faut être idiot de laisser des capitaux dormir dans les champs pendant trois ans », disait-il à ceux qui hésitaient à le suivre. Il savait surtout, mais ne l'avouait pas, qu'il n'avait plus les moyens d'attendre des années pour vendre les bêtes au marchand de bestiaux. Il avait besoin d'argent frais pour payer les échéances, toujours plus d'argent.

Il avait vendu son âme et son savoir d'éleveur pour celle d'un producteur. La coopérative lui avait tout expliqué : on lui livrait des veaux de six mois et, un an après, le tout repartait comme il était venu sans avoir goûté aux charmes de la campagne percheronne. Le père de Patrick avait vite compris que la terre se transformait en mine d'or si on savait s'y prendre. En vingt-cinq ans de rude labeur, il avait vu ses rêves se réaliser. Le jour où il glissa du plateau, il cultivait avec son fils quatre-vingt-quinze hectares, possédait trente vaches laitières et deux cents taurillons qui attendaient de partir à l'abattoir. Pendant plusieurs années, l'argent était entré à flots dans ses caisses, mais il ne le criait pas sur les toits et évitait de trop le montrer. À la campagne, la discrétion était une religion.

Rusé, travailleur, il n'aurait cependant pas eu autant de hardiesse à innover s'il n'avait pas fréquenté quelques gros Beaucerons qui faisaient partie du même syndicat que lui. Au début, le père Le Hénin ne voulait entendre parler ni de politique ni de syndicat : Ce n'était pas l'affaire d'un paysan, disait-il en tapant du poing sur la table, lorsque Paul Richard venait chez lui pour le convaincre.

— Si t'insistes, je vais te mettre dehors. Tu me fais perdre mon temps, on n'est pas des ouvriers pour avoir besoin de syndicat.

— Te fâche pas comme ça. Écoute-moi donc, quand l'État t'obligera à ceci ou à cela, qu'est-ce que tu feras ? Vous êtes tous pareils, vous voulez qu'on défende vos intérêts mais sans vous mouiller. Seulement, pour peser sur des décisions, pour faire plier un ministre, il faut être unis et nombreux. L'union fait la force, je t'apprends rien mais y a pas d'autres moyens pour impressionner un gouvernement. En plus que nos dirigeants ont la main longue.

— Et ils ont les dents aussi longues. Moi, je me méfie.

— N'empêche qu'ils ont peur de nous là-haut, tellement qu'il suffit de déverser un peu de fumier devant la préfecture pour qu'ils allongent l'enveloppe.

Paul Richard finit par gagner. Le père Le Hénin prit sa carte d'adhérent. Sa femme crut que c'était pour se débarrasser du bonhomme mais le père Le Hénin ne s'était point laissé embobiner pour rien. Il avait son idée ; puisqu'il avait payé sa cotisation, il fallait en tirer profit. Un soir, il se rendit à une réunion. Cette fois-ci, sans qu'on ait besoin de lui expliquer, il comprit l'avantage qu'il y avait à se mettre du côté des décideurs. Cependant, personne ne l'aurait obligé à manifester. Question d'honneur ! Se plaindre, oui, mais défiler dans les rues pour réclamer, non, jamais ! Il n'était pas homme à se plaindre la bouche pleine.

Aux réunions, il discutait avec des gars qui construisaient ces fameuses stabulations, qui achetaient et investissaient dans l'agriculture moderne, des gars qui voyaient plus gros que lui. Le père Le Hénin s'abonna à des journaux. Chaque mois, il recevait *La France agricole, L'Agriculteur normand*, qu'il lisait attentivement, ainsi que *Ouest-France*. Plus question de rester dans son coin, il fallait s'informer, savoir d'où venait le vent et ne pas attendre pour saisir les opportunités. La soudaine mutation du monde agricole avait finalement arrangé le père, trop actif pour demeurer sur ses acquis, trop avide pour ne pas s'enrichir, trop enragé pour ne pas s'imposer un jour comme le plus gros agriculteur de Saint-Hommeray.

Les années passèrent avec une telle rapidité que personne n'avait eu le temps de s'apercevoir à quel point la campagne se transformait. Une à une, les haies qui empêchaient les engins d'aller et venir et qui faisaient de l'ombre aux cultures tombaient sous les coups des bulldozers. On remembrait les terres. C'étaient des discussions interminables pour échanger quelques parcelles. Lorsque chacun était certain de ne pas y perdre, on signait, et les bulldozers entraient en action. Dans le même temps, les prairies disparurent et les bêtes dans les champs se firent plus rares. On coupait tout ce qui gênait, les vergers disparaissaient, les arbres tombaient un à un, à coups de tronçonneuse. Quelques-uns échappaient au massacre et vieillissaient, abandonnés, vidés de leur sève, s'alourdissant sous les touffes de gui qui se greffaient aux branches et puis, un jour, épuisés, ils s'effondraient en se brisant en deux et personne ne les remplaçait.

D'une saison à l'autre, les paysages s'éclaircissaient. Désormais, les terres cultivées s'étendaient à perte de vue, séparées non plus par des barrières ou des haies mais par des lignes imaginaires. Du haut des collines aux pentes douces et vertes, on apercevait les flèches des clochers, les frondaisons des bois et des forêts qui sculptaient l'horizon dans le ciel normand.

L'avenir souriait, radieux, mais le destin en avait décidé autrement sur la ferme des Égliers, ce maudit 20 août.

À la messe, l'église avait fait le plein. Tout le village était là, ceux qui n'avaient pas pu venir étaient passés la veille à la ferme pour présenter leurs condoléances. Le père n'avait point de véritables ennemis, juste des envieux. Et, lorsque le malheur frappait un homme dans la force de l'âge, on oubliait ses défauts, ses ambitions démesurées, son sale caractère. Personne n'avait eu à se plaindre de lui, il n'avait guère fait d'autres torts que de courir après des terres. Si le père Le Hénin ne s'occupait pas des affaires des autres, il ne refusait jamais de rendre un service ou de donner un coup de main. Il savait de mémoire de paysan que le bon voisinage facilitait la vie. Lui, cependant, ne voulait rien devoir aux hommes, il en devait assez à la banque. Non, il n'y avait rien à reprocher à ce travailleur de la terre, et les gens vinrent nombreux à l'enterrement comme pour blâmer le Seigneur d'avoir emporté deux solides bras avant l'heure.

Le lendemain de l'enterrement, Patrick Le Hénin se leva de bonne heure. Sa mère était déjà debout. Pendant un court instant, il revit le cercueil en chêne verni au milieu de la cuisine. La chaise du père était restée contre le mur. Sans dire un mot, il s'installa à la table et prit son couteau ; un Opinel qui avait vieilli dans sa poche, ne le quittant jamais, et qui lui servait surtout à couper son pain avec une précision particulière qui n'appartenait qu'à lui. Tout était habitude, chaque geste devait être utile, calculé. On ne faisait rien en trop ou pour rien.

Le Hénin mangea son pain et but son bol de café au lait, s'essuya la bouche du revers de la main puis se leva en repoussant bruyamment la chaise. La mère attendait qu'il sorte le premier pour le suivre. Le père ne laissait à personne le droit d'être au travail avant lui, mais Patrick ne voulait point penser à tout cela ; il chaussa ses bottes en caoutchouc et sortit au moment où le premier rayon du soleil éclairait la cour. Par la porte entrouverte, le soleil fit briller les dalles du pavé que la mère avait lavé avant de prendre son déjeuner. Il était sept heures et ils travailleraient certainement tard dans la nuit.

Ce fut ainsi que Le Hénin hérita du travail de son père, de la ferme et des dettes. La mère pleurait la nuit. Le Hénin l'entendait renifler quand il se levait pour surveiller les vaches prêtes à vêler. Les vêlages commençaient en septembre et ne finissaient qu'au printemps. Deux fois, trois fois par nuit, il n'avait même pas besoin de mettre le réveil, il ouvrait un œil et, qu'il vente ou qu'il pleuve, il se rendait à l'étable pour s'assurer que la vache n'avait pas commencé son travail. Il restait un moment, observant la bête, l'enflure du pis, il tâtait les nerfs au-dessus de la queue ; s'il sentait de la résistance, il retournait se coucher pour quelques heures. Laisser une vache vêler toute seule, c'était courir le risque de perdre la mère ou le veau, ou les deux à la fois. Alors Patrick se relevait, la tête embarrassée de sommeil, les membres lourds et raides ; il enfilait sa veste et marchait dans l'obscurité jusqu'à la grange, luttant parfois avec les rafales de pluie qui cinglaient le visage, piquaient comme grêle. L'hiver, il sentait le sol durci par le gel qui crissait sous ses semelles. En rentrant, il prenait le temps d'attiser le feu avant d'y mettre un ou deux rondins qui se consumeraient tranquillement jusqu'au matin. Si, en matière d'agriculture, son père avait eu du goût pour les modernités, il avait refusé d'installer le chauffage au fuel. Personne n'avait pu le convaincre de passer l'hiver sans entendre le bois chanter dans la cuisinière.

Lorsque Patrick était vraiment trop fatigué, sa mère prenait le relais. Leurs nuits étaient ainsi rythmées pendant toute la période des vêlages.

Dans la journée, elle n'avait pas le temps de pleurer, ni de penser. Non seulement elle faisait la traite mais elle nourrissait les veaux deux fois par jour. Et, s'il y avait trop de travail aux champs, elle s'occupait toute seule des taurillons. Par obligation, elle avait fini par apprendre à se servir du tracteur. Patrick lui avait montré comment braquer et manier la fourche pour curer la stabulation. C'était tout ce qu'elle avait accepté de faire. Tant qu'il y aurait un homme à la ferme, personne ne la verrait dans un champ au volant d'un tracteur. Ils travaillèrent ainsi sept jours sur sept. Sa mère trouvait encore le temps d'entretenir un potager et de faire un peu de volaille. Ils n'arrêtaient jamais, s'éreintant du matin au soir pour venir à bout d'une trop grosse exploitation. Le Hénin s'était mis à gueuler comme son père. Ni l'un ni l'autre ne parlaient de lui à voix haute, mais il ne se passait pas un jour sans qu'ils songent à l'absent qui manquait si cruellement à la tâche.

À la Toussaint, la mère s'accordait l'après-midi pour

porter des chrysanthèmes au cimetière puis elle retournait à l'ouvrage. À eux deux et à eux seuls, avec une ténacité propre aux paysans, ils avaient tenu le coup. Ceux qui avaient prédit l'arrivée des huissiers, la faillite, se taisaient. Le Hénin et sa mère avaient gagné la première manche.

3

Lorsque la Renault blanche d'Irène Maillard freina dans la cour des Égliers, le chien aboya. Irène coupa le moteur puis elle ouvrit lentement la portière et sortit.

C'était une ferme de bonne apparence et de taille importante, sans fioritures ni prétention, construite en pierre meulière, cette pierre blanche qui ressemblait au tuffeau de la Loire sans en posséder la dureté. Différente des longères percheronnes, la bâtisse se composait de plusieurs volumes s'imbriquant les uns dans les autres avec des toits pentus recouverts de vieilles tuiles brunes. Les portes fermières en chêne gris, délavé par les pluies et desséché par le soleil, se fendillaient par endroits.

À l'arrière de l'habitation, les bâtiments agricoles offraient en désordre d'anciennes granges rafistolées encastrées entre des hangars plus récents dans lesquels étaient remisés du matériel agricole et des quantités vertigineuses de balles de paille amoncelées les unes sur les autres.

Sous un immense hangar à demi fermé, des taurillons se tenaient immobiles. Quelques-uns firent l'effort de se lever et regardèrent en direction d'Irène. Les poules aussi la regardaient d'un air désagréable, furieuses d'avoir été dérangées, et maintenant elles attendaient, fières et dédaigneuses, pour retourner picorer sur le tas de fumier qui fumait dans la froidure.

À l'entrée de l'ancienne écurie, quelques iris tenaces poussaient contre les murs aux pierres disjointes, des seaux et des sacs traînaient pêle-mêle à côté de fioles et de boîtes en carton vides qu'on avait oublié de jeter. Au-dessus du linteau étaient accrochées des plaques de prix agricoles obtenus dans les concours des comices.

Le tracteur avec sa fourche relevée attendait comme abandonné devant un monticule de maïs ensilé qui fermentait sous une bâche de plastique noir en partie relevée et que le vent faisait claquer. L'odeur était forte et incommodait.

Irène attendit un peu puis s'approcha de la maison. Le chien se mit à aboyer rageusement et à bondir comme un fauve en tirant sur sa chaîne. Elle frappa à la porte qui resta obstinément fermée puis elle retourna jusqu'à sa voiture et se décida à klaxonner, une fois, deux fois.

Un vent brutal faisait grincer les portes en taule. Un sentiment d'abandon, d'étrangeté la submergea. Elle se mit à frissonner et faillit partir quand Le Hénin apparut d'un chemin creux portant deux balles de paille au bout d'une fourche. Il s'arrêta quelques instants en reconnaissant la représentante de chez Massey Ferguson, puis il s'avança d'une démarche décidée, comme attiré par la chevelure éclatante et lourde de la rouquine qui faisait une tache de couleur vive dans la campagne éteinte. Arrivé près d'elle, il remarqua les quelques mèches de cheveux rebelles que le vent avait défaits de son chignon et qui caressaient sa nuque.

— Bonjour, je ne vous dérange pas ?

— Non, mais je ne m'attendais pas à vous voir de si tôt.

— C'est un peu le hasard, j'étais chez un client à Bellême et je me suis risquée jusqu'ici.

— Vous avez trouvé facilement ?

— J'ai demandé à quelqu'un dans le village.

— Faites pas attention, j'ai dû réparer la tronçonneuse, lui dit-il en levant ses mains noires de cambouis et en lui présentant son poignet qu'elle serra rapidement.

— J'ai l'habitude, fit-elle en riant.

Elle se tut quelques instants puis reprit sur un ton plus professionnel :

— J'ai des conditions intéressantes à vous proposer pour le 6015.

— Je ne me suis pas encore décidé. J'ai été pris par le travail. Il faut que je réfléchisse.

Irène remonta le col de son manteau pour se protéger du vent qui soufflait en toute liberté, balayant la cour.

— Rentrez donc ! On sera mieux à l'intérieur pour discuter.

Il la devança pour ouvrir la porte et la laissa passer la première, il se dirigea vers l'évier et, tout en se lavant les mains, lui proposa un café.

— Volontiers.

Il s'essuya les mains lentement en la dévisageant puis réalisa soudain qu'elle était toujours debout au beau milieu de la salle qui sentait la suie froide, tapissant les murs d'une odeur épaisse et âcre.

— Asseyez-vous !

Irène enjamba le banc en chêne et posa son porte-documents sur la toile cirée, si élimée qu'on distinguait la trame par endroits. Elle fixa un instant le dessin usé de la toile où les dessous des plats et des assiettes avaient tracé des cercles, et examina furtivement la pièce où tout avait l'air fatigué. C'était bien tenu, selon un ordre et une propreté rythmés sur le balancier de la pendule. Irène remarqua l'alignement des chaises, le sol impeccable, l'absence de vaisselle sur l'égouttoir et devina la présence d'une vieille femme qui s'occupait du ménage. Elle s'interrogea alors sur le célibat de l'homme qui se trouvait devant elle et chercha l'anomalie cachée, car elle avait du mal à croire qu'il n'y ait pas eu preneuse pour un tel homme et pour la ferme.

Le Hénin apporta deux tasses de café, ouvrit une boîte en fer et s'installa en face d'elle.

— Voilà un catalogue. Vous y trouverez toutes les informations concernant le 6015, le dernier modèle.

Le Hénin suivait du regard les ongles rouges qui virevoltaient sur le papier imprimé d'une brochure dont elle tournait les pages rapidement puis ils se regardèrent un court instant avant de boire le café brûlant.

Le Hénin ne paraissait nullement gêné par la présence de cette femme, il n'était même pas étonné de la voir assise à la table familiale. Après la foire, il avait souvent repensé à la rouquine. Penser. Il n'avait que cela à faire dans la cabine de son tracteur. Il n'avait pas oublié ses jambes et, tout en conduisant, il revoyait les chevilles fines, les mollets galbés et imaginait le reste, déshabillant la fille petit à petit, rarement en entier ; tout dépendait de la longueur du sillon, de la manœuvre à faire qui interrompait ses rêveries. Et maintenant, elle était là, presque trop présente, mais aussi vraie que celle qu'il convoitait dans ses rêves solitaires.

— Le mois de mars s'annonce plutôt mal ! Avec toute cette pluie, vous ne devez pas pouvoir travailler aux champs ?

— Non, on est coincés, la terre est trop lourde et pourtant, il serait temps de mettre de l'engrais, sinon il sera trop tard pour le maïs.

— Vous exploitez seul ?

— Oui, sauf pour l'élevage, il y a ma mère.

Le regard comme la voix du Hénin avaient quelque chose de ferme et de carré. Il se sentait à son aise avec la rouquine qui parlait le même langage, franc et un peu rude, sans détour ni sous-entendu, et qui continuait de le questionner sur les récoltes, les vaches et tout le reste, exactement comme si elle exploitait elle aussi une ferme.

— Il y a longtemps que vous faites du taurillon ? reprit la rouquine.

— Une dizaine d'années.

— Combien avez-vous de vaches laitières !

— Trente.

— Ce n'est pas trop lourd ? En général, on fait l'un ou l'autre ?

— Je sais, mais le lait se vend bien, et, tant que ma mère pourra m'aider, je continuerai.

Au bout d'un quart d'heure, Irène en savait assez pour évaluer les revenus de son éventuel client et avoir une idée des crédits qu'on lui accorderait s'il se décidait à acheter le Ferguson. Elle effectuait les opérations promptement : cent vingt hectares de culture à six mille francs l'hectare, cent soixante dix mille litres de lait à deux francs le litre, cent taurillons à sept mille francs. Il pouvait acheter sans peine le tracteur.

— Fiscalement, vous auriez intérêt à vous équiper de matériel neuf.

— Je sais, mais je ne suis pas pressé.

Ils parlèrent du prix du tracteur et de la reprise de l'ancien.

— Chez Renault, on me fait un meilleur prix. Franchement, je n'ai rien à gagner à prendre un Massey Ferguson.

— Sauf que celui-ci sera plus performant.

En matière d'argent, Le Hénin était doué d'une ténacité à toute épreuve. Tout gosse, il avait été à bonne école avec son père et les marchands de bestiaux qui discutaient âprement le prix d'une bête. Cela se passait dans la cuisine. Des discussions serrées sur le ton de la dispute et qui terrorisaient l'enfant trop jeune pour comprendre les enjeux. Patrick craignait que les hommes en viennent aux coups. Quel soulagement quand le maquignon tapait dans la main de son père en criant : Top, c'est vendu !

Sa mère qui se tenait debout près du buffet sortait alors la bouteille de calvados pour arroser ça. Elle emplissait deux petits verres et ils trinquaient en buvant la fine à petites gorgées.

— Ils me proposent une reprise de quarante mille francs. Dix mille de plus, ça fait une grosse différence.

— On peut peut-être s'arranger, il faudrait qu'un de nos mécaniciens vienne faire une estimation exacte.

— Vous avez bien une idée ?

— Trente-cinq mille francs, ça vous va !

La reprise était intéressante, un prix inespéré. Le Hénin ne pouvait guère imaginer mieux et, de toute façon, il avait décidé d'acheter le Ferguson, mais il voulait réfléchir encore un peu. Et revoir la rouquine.

— C'est tout de même pas courant de voir une femme vendre du matériel agricole ? lui fit-il remarquer en posant ses mains bien à plat sur la table et en rejetant les épaules en arrière.

— Je m'y prends mal ?

— Non, au contraire, mais avouez qu'il y a de quoi surprendre. Je ne dois certainement pas être le premier à vous le dire.

— Non, et souvent on me demande si j'assure aussi l'entretien des machines.

Le Hénin se mit à rire. Irène souriait lui montrant des lèvres pleines, dessinées au rouge à lèvres, de la couleur des pivoines qui fleurissaient en mai, d'un rouge décidément trop vif dans cette pièce où les couleurs paraissaient soudain plus éteintes que de coutume.

Ils discutèrent encore de la situation des agriculteurs, de leurs difficultés, puis, habilement, Irène ramena la conversation sur le tracteur, ses performances, ses capacités. S'il le fallait, elle reviendrait autant de fois qu'il le faudrait aux Égliers, mais elle ne repartirait pas de cette ferme sans un bon de commande signé. Puisqu'il refusait de venir chez Massey Ferguson, elle lui proposa un tracteur à l'essai ; c'était un argument souvent décisif qui engageait implicitement les deux parties. Une fois l'engin dans les mains du paysan, celui-ci finissait par acheter. Le Hénin ne refusa pas l'offre mais ne voulut pas fixer de rendez-vous précis. Il se contenta de promettre d'un ton conciliant qu'il verrait avec la banque. Irène avait l'habitude. À ce stade-là, elle savait qu'il suffisait de rappeler d'ici une quinzaine de jours pour conclure l'affaire. Elle regarda la pendule et annonça qu'elle devait partir.

Dans la cour, le chien avait cessé d'aboyer. Irène regarda autour d'elle et vit des pneus et des outils disséminés un peu partout. Elle découvrit le potager soudain inondé d'une lumière blonde, celle d'une fin d'après-midi. Elle faillit lui demander s'il avait le temps de cultiver ses légumes puis se tut. Elle avait encore un client à voir et elle était maintenant pressée. Le Hénin la raccompagna jusqu'à sa voiture. Au moment où elle lui tendit la main, il se sentit brusquement audacieux.

— J'ai peut-être un client pour vous, un type de l'Eure-et-Loir ; si vous lui faites les mêmes conditions, je suis certain qu'il sera intéressé.

— Je peux déjà lui envoyer de la documentation.

— Il n'aime pas lire, il vaudrait mieux lui rendre visite ; si vous voulez, je vous y emmène la semaine prochaine.

Il parlait vite avec une sorte d'urgence dans la voix, les mots se suivaient sans intervalle au point qu'il fut surpris lui-même d'avoir osé lui faire une telle proposition.

— Pourquoi pas !

Ils ne se quittaient pas des yeux, se regardaient soudain avec affront.

— Quel jour vous arrangerait ? demanda la rouquine.

— Le mieux ce serait dimanche ! mais vous ne travaillez peut-être pas ?

— Exceptionnellement, cela m'arrive, répondit-elle en prenant son carnet dans le porte-documents.

Elle feuilleta les pages, s'arrêta au dimanche puis releva la tête vers lui.

— Pas de problème, je suis libre.

— Alors, on peut se retrouver à Longny, vers dix heures, et je vous conduirai chez lui.

— Entendu.

Quand la Renault blanche démarra, Le Hénin avait déjà tourné les talons et se dirigeait vers la grange. Le soir, il mangea avec l'entrain d'un homme content d'avoir conclu une bonne affaire. Il jubilait et raconta à sa mère qu'il allait bientôt acheter un nouveau tracteur.

Quelques mois plus tard, alors que le printemps se dessinait à peine sur les Égliers, Pauline, une voisine, vint aider Denise Le Hénin à tuer et à plumer de la volaille.

Malgré ses occupations, Denise ne pouvait se résoudre à supprimer son poulailler qu'elle entretenait de la même manière qu'elle avait vu sa mère le faire. C'était presque une distraction. Elle aimait voir les poules baguenauder dans la cour comme des princesses, l'œil en coin, bêtes à souhait, une patte en l'air, fouinant avec soin dans le fumier ou dans le sol à la recherche d'un ver qu'elles ingurgitaient précipitamment avant même qu'on puisse le voir. De temps en temps, un coq à la crête rouge et charnue, au plumage d'un noir luisant qui tranchait avec les faucilles vertes de sa queue, traversait la cour d'un air dégagé et attendait que les poules s'accroupissent en battant des ailes pour grimper sur leur dos avec des allures de chef glorieux.

Matin et soir, elle leur jetait du blé en les appelant : p'tits, p'tits, p'tits et n'oubliait jamais de les compter avant de fermer le poulailler pour la nuit. Comme sa mère, elle continuait de placer des gnieus dans les nids pour les faire pondre toujours au même endroit, elle y mettait aussi des feuilles de noyer contre les parasites et surveillait les couvades. Dès que les œufs étaient éclos, elle faisait jeûner les poussins pendant une journée puis leur donnait une pâtée de pain rassis et de lait écrémé. Sa mère ajoutait de l'ortie pour fortifier les poussins, car, à l'époque, une poule, c'était précieux, on en prenait soin. Maintenant c'était différent. Patrick lui reprochait parfois de perdre son temps avec sa volaille alors qu'on en vendait de toutes prêtes dans les magasins pour trois fois rien. Elle n'écoutait pas et s'obstinait mais, pour gagner du temps, elle tuait une vingtaine de poulets d'un coup et les mettait au congélateur.

À cette occasion, elle demandait à Pauline de venir l'aider car, une fois tuées, il ne fallait pas attendre que les bêtes se raidissent. Une à une, elle les plongeait dans une bassine d'eau très chaude, et il suffisait ensuite de tirer d'un coup sec sur les plumes mouillées qui s'éparpillaient dans la grange.

Denise ne voyait pas souvent du monde et c'était la fête lorsque Pauline venait. Cela rompait la monotonie habituelle du travail quotidien qu'elle faisait du matin au soir avec, pour seule compagnie, son fils qui n'ouvrait la bouche que lorsqu'il jugeait nécessaire d'avoir quelque chose à dire, ou pour gueuler.

Pauline s'était flétrie à l'âge où d'autres prétendent encore à la jeunesse. Ne pouvant lutter sur tous les fronts, elle avait laissé la nature faire son travail un peu en avance. Son maintien craintif la ratatinait encore plus, mais, dans la contrée, il n'y avait pas de mains plus expertes pour saigner les poulets. Denise avait ralenti le travail. Elle parla la première pour demander à Pauline des nouvelles de son mari et de ses filles.

— Jeanne va accoucher dans quelques semaines. Elle se fait du souci. C'est son premier. Ça se comprend. Claudine, elle, est en vacances en Bretagne chez ses beaux-parents, elle revient à la fin du mois. Éliette travaille. Et le Patrick ? interrogea à son tour Pauline.

— Il va bien.

— Dis donc, il aurait pas une fiancée par hasard ?

Denise Le Hénin leva la tête et regarda Pauline d'un air ahuri.

— Pas que je sache. Pourquoi ? Tu sais quelque chose ?

— Non, rien, c'est Éliette qui m'a raconté qu'elle avait vu Patrick, il y a deux semaines, à Alençon, à la bijouterie Camus.

Denise s'immobilisa. Elle regardait Pauline, la bouche grande ouverte dévorée d'impatience, mais Pauline prendrait son temps. C'était ainsi, on tournait autour du pot avant de le casser. Pauline parla encore de son gendre, le mari d'Éliette. Pauline ne l'aimait pas, il passait tout son temps au café, et c'était sa fille qui travaillait. Denise l'interrompit :

— Éliette s'est pas trompée avec quelqu'un d'autre ?

— T'oublies qu'ils ont été à l'école ensemble. Par contre, elle ne connaissait pas la femme avec qui il regardait des bagues. Tout ce qu'elle m'a dit, c'est qu'elle était rousse.

— Rousse ?

— Comme le feu ! m'a dit Éliette.

— C'était quand ?

— Il y a deux semaines environ. Attends que j'te dise pas de bêtises... Oui, c'est bien ça, elle est venue chercher des plants de pommes de terre. Éliette est repartie tout énervée parce que j'ai fait des réflexions sur son mari.

Pauline posa son poulet sur la table et le fit passer à la flamme d'un réchaud à gaz pour enlever les duvets, puis elle arracha quelques sicots noirs, restés sous la peau grainée de la volaille.

— Eh bien, tu vois ! J'suis au courant de rien, soupira Denise que la nouvelle oppressait. Tu sais, il est pas bavard.

— Comme son père !

— « À midi on s'est déjà tout dit et de toute façon trop parler nuit », voilà ce qu'il répond si je lui fais des reproches.

La mère Le Hénin se tut un moment puis elle reprit :

— Au fond, je serais pas étonnée qu'il fréquente. J'aurais dû me douter de quelque chose en le voyant s'absenter le dimanche !

— Tu m'en veux pas de t'avoir raconté ça ! lui demanda Pauline qui était déçue que Denise ne sache rien. La curiosité l'avait emporté sur la prudence et, maintenant, elle repartirait bredouille. Denise ne savait rien, et elle ne serait pas au courant de ce qui se passait aux Égliers. Une autre fois peut-être.

La nouvelle d'un mariage, d'une naissance, d'une mort, la construction d'un hangar, la venue du bouilleur de cru, la maladie, tous ces petits et grands événements sédimentaient la vie du village et donnaient à chacun le sentiment d'exister ensemble. Si Le Hénin fréquentait, on allait pouvoir commenter, évaluer, prédire, et même conclure sur l'avenir des Égliers, mais visiblement c'était encore trop tôt.

— Au moins, je sais maintenant pourquoi il rêvasse le soir, répliqua Denise en plissant ses petits yeux noirs qui brillaient soudain de malice.

Puis elle se mit à réfléchir. La nouvelle était franchement énorme. Son fils pensait enfin à se marier ! Soudain elle s'inquiéta :

— « Et si ce n'était pas vrai ! »

Elle n'osait pas se réjouir. Elle aussi devrait attendre que Patrick veuille bien parler. Depuis l'adolescence, il s'était obstinément tu sur sa vie intime. Lui-même n'aurait pas voulu entendre sa mère parler de sentiments, ni exprimer sa joie ou son chagrin. Ce qu'elle n'avait d'ailleurs jamais fait. Ils préféraient vivre dans le silence d'eux-mêmes. Un silence feutré, perdu dans le ronronnement d'une télévision bavarde qui les soûlait presque quand ils se mettaient à table le soir après le travail.

Autrefois, la mère préparait encore la soupe, mais elle n'avait plus le temps. À cinq heures, ils prenaient de gros sandwichs. Et pour dîner, ils se contentaient d'une émiettée de pain dans du lait qu'ils mangeaient rapidement. Puis ils terminaient le repas avec de la charcuterie et du fromage. Dès que Patrick pliait sa serviette, la mère se levait et faisait la vaisselle pendant que son fils restait assis, les coudes posés sur la table. Ses épaules s'arrondissaient, il allongeait les jambes et s'abandonnait ainsi en regardant des images en couleurs qui défilaient trop vite.

Quand il en avait encore le courage, il ouvrait *Ouest-France* et lisait les nouvelles locales. Avant d'aller se coucher, il faisait toujours un tour aux bêtes puis il fermait la porte de la stabulation. C'étaient de bonnes journées, des journées pleines. Des journées qui s'étendaient à perte de vue sur les années. Des journées de labeur qu'aucune menace, à l'exception de la pluie et du vent, ne venait assombrir.

Ce soir-là, Denise épia son fils à la recherche d'un indice, d'une odeur qui aurait pu confirmer cette histoire de femme et de bague, mais il n'y avait rien à dire. Patrick était comme d'habitude, ni plus gai ni plus morne. Après le départ de Pauline, elle avait été en proie à tous les tourments. Cette visite chez le bijoutier signifiait forcément quelque chose. Elle essaya de se rappeler les faits et gestes de son fils depuis quelques semaines pour essayer de comprendre. Éliette avait vu Patrick un matin ! La mère ne se souvenait pas d'une absence particulière. Si Patrick était allé en ville, elle aurait forcément remarqué quelque chose ; il se serait habillé autrement. Ah ! si elle avait pu questionner Éliette.

4

Le Hénin invita Irène au restaurant. C'était une folie, mais la rouquine en valait la peine. Tout avait été si rapide. Le jour où ils étaient allés dans l'Eure-et-Loir, il l'avait embrassée avec ce désir impossible à maîtriser, une sorte d'instinct qui donne parfois à l'homme une audace spectaculaire.

Et Irène avait répondu à ses baisers. Ils s'étaient ensuite revus à plusieurs reprises à Alençon, d'abord pour régler les modalités d'achat du tracteur, puis pour s'habituer à cette liaison brutale.

Ni l'un ni l'autre n'avaient su se dérober à cet appétit charnel qui les avait unis dans un même élan et qui se renouvelait à chacune de leurs rencontres. Ils s'étonnaient de leurs différences, mais n'en disaient rien, préférant se retrouver dans des gestes, dans la crispation du désir, dans cette envie qui abolissait le reste, qui les mettait hors du temps. Ils se donnaient l'un à l'autre, sans aucun refus ; puis, ils restaient à s'épier dans l'espoir silencieux d'un futur qui s'élevait, immense, devant eux. Elle était amoureuse de cet homme, de cette violente certitude qu'il exhibait sans retenue. Tout lui paraissait si évident, comme si son amour était déjà là, avant lui. Les explications leur paraissaient presque inutiles. Irène fumait et lui caressait les cheveux, puis ils se racontaient des morceaux de leur vie.

Maintenant elle l'attendait sur le parking de Mortagne. Elle le vit se garer et sortir de sa voiture aux portières encore maculées de boue séchée. Elle descendit la vitre de la Renault et alluma une cigarette en souriant d'un air complice.

— Tu m'attendais depuis longtemps ? demanda-t-il.

— Un quart d'heure.

— Je m'excuse.

— Tu sais, avec les clients, j'ai l'habitude d'attendre !

— Ah ! c'est vrai, j'oubliais ! Moi aussi, je suis un client avec qui tu viens de faire une bonne affaire ! Mais alors, c'est toi qui m'invites ? lui dit-il un peu narquois.

Patrick se sentait plein de gaieté. Il souriait. Il avait l'air si jeune, plus jeune qu'à la foire-exposition.

Elle monta dans sa voiture. Le soleil ne les avait pas oubliés et brillait sur la verte campagne. Pendant qu'il conduisait, Irène s'abandonna à ces paysages de printemps qui défilaient de chaque côté de la route. C'était le joli mois de mai, celui des pommiers en fleur, des talus fleuris. Elle regardait de temps en temps les mains calleuses de Patrick et un frisson la parcourait, c'était comme si elle sentait le contact brut de ses mains sur sa peau. Elle aimait cette rudesse, la force qu'il avait en lui. Il portait une chemise blanche, un blouson, des vêtements pour sortir. Irène pensait qu'un agriculteur n'était beau qu'en tenue de travail et que ces vêtements trop neufs lui donnaient un air amidonné et moins authentique que lorsqu'il portait sa cotte et ses bottes.

Les apparences vestimentaires ne trompaient plus Irène. Elle avait dû tout apprendre de la vie, tout inventer. Partie de rien, d'une maison bien ordinaire que son père, employé municipal et, pour tout dire, fossoyeur, louait dans un hameau en Mayenne. À l'exception de l'indispensable, la maison était vide de mobilier mais sonore des rires et de l'allégresse des quatre enfants qui jouaient, se fâchaient et se réconciliaient à longueur de temps. La mère d'Irène les avait élevés avec une infinie patience, raccommodant, nettoyant, épluchant des kilos de pommes de terre et des poireaux du jardin. À l'automne, toute la famille ramassait les pommes de terre pour l'hiver et, dès que le printemps arrivait, il fallait les dégermer tous les deux ou trois jours. L'argent, on n'en parlait pas, il n'y en avait pas. Avant d'acheter quelque chose, on attendait le plus longtemps possible pour être certain que c'était indispensable, sinon, on apprenait à s'en passer.

On économisait du matin au soir, et Irène, qui voulait vivre autrement, dépensa ses forces à l'école, s'appliquant à bien écrire, apprenant vite et bien. Un soir, elle avait annoncé que, plus tard, elle ferait institutrice ! Son père l'aurait embrassée, mais la pauvreté lui avait appris à être prudent et économe même avec ses sentiments.

À la fin de la primaire, l'institutrice vint voir les Maillard parce que, si le père voulait bien, Irène pourrait faire des études au collège d'Alençon. On leur accorderait certainement une bourse. Le père n'était pas contre que la fille ait de l'instruction mais, Alençon, c'était aussi loin que l'Amérique !

— Trente kilomètres, ce n'est rien. Moi aussi, j'ai bien été pensionnaire. Ne craignez rien, elle sera surveillée, il ne peut rien lui arriver, dit l'institutrice.

Irène se tenait debout dans la cuisine, n'osant plus bouger, sachant que son destin dépendait du oui paternel. Au bout d'un moment, le père regarda sa fille trop grande pour son âge, avec ses vêtements mal ajustés, son gilet tricoté, ses longs cheveux roux en désordre, puis il releva sa casquette et s'essuya le front avec ses mains usées.

— Eh bien, qu'elle aille donc à la ville !

Irène était partie avec une valise aussi vide que la

maison. Elle avait pris l'autocar en compagnie de son père jusqu'à Alençon et ils avaient traversé toute la ville à pied jusqu'au collège de jeunes filles. C'était un dimanche après-midi, la ville était vide, elle aussi, comme désaffectée, mais Irène ne voyait que les boutiques, des vitrines pleines d'objets dont elle s'émerveillait en silence.

De son enfance pauvre, Irène ne se souvenait que de l'opulente liberté dont elle avait joui en courant dans les champs, escaladant les arbres, se réfugiant les jours de pluie dans les granges et les greniers avec d'autres gamins du village. Personne ne lui volerait le souvenir de ces moments de bonheur, de ces soirées où le père, à force d'enterrer les morts, voulait que la vie soit belle, même quand il fallait se contenter de pommes de terre avec un peu de lard.

À table, le père ne s'embarrassait pas avec les manières, il avalait bruyamment ; quand il avait fini de manger, il essuyait la lame usée du couteau sur le tissu solide de son bleu de travail, puis il prenait un jeu de cartes écornées et jouait avec les gamins à des parties de bouchon qui déchaînaient des fous rires et des hurlements.

Le père ne se résignait pas. Malgré son éternelle pauvreté et sa vieille Mobylette qui pétaradait si fort qu'on l'entendait à des kilomètres à la ronde, il réclamait son dû de bonheur et riait en ouvrant grand la bouche, serrant parfois sa femme à l'improviste avec des clins d'œil allusifs qu'Irène interprétait à sa façon. Il avait rétréci la taille du monde et ne se risquait jamais au-delà de Villaines-la-Juhel. Sa vie n'allait pas plus loin, il n'en avait pas les moyens.

Au collège, Irène affronta le regard des autres, leur mépris, avec le courage d'une gosse à qui le curé avait dit avant de partir : « Ma fille, écoute-moi bien, faut être fière de ce que tu fais, fière de toi, et, pour ça, faudra te prendre en charge comme une grande. » Elle fit comme le curé lui avait dit. Elle fit même mieux qu'une grande. Avec acharnement, elle se mit à travailler en essayant d'oublier les autres.

Au pensionnat, il y avait surtout des filles d'agriculteurs. Des filles plutôt ordinaires, sans méchanceté, pas comme les externes, ces citadines prétentieuses, si promptes à se moquer d'elle. L'épreuve la plus cruelle était de répondre à l'inévitable et redoutable question : « Qu'est-ce qu'il fait, ton père ? »

La question revenait aussi brutale qu'une lame de fond destructrice et presque mortelle. Chaque fois, Irène sentait sa voix décliner, se perdre. Elle aurait voulu être la fille de personne, mais elle ne pouvait pas faire ça à son fossoyeur de père et puis mentir, c'était aller en enfer. Par la suite, elle s'esquivait en prenant la fuite sur un ton qui aurait pu paraître léger à tout autre qui ne la connaissait pas : « Tu ne devineras jamais ! » et déjà elle était loin. Elle n'avait pas encore l'orgueil suffisant pour répondre par un silence rebelle aux saillies moqueuses de ses compagnes.

Pendant des années, elle porta cette honte comme une injustice, un bagage en trop qu'elle comprimait pour le dissimuler aux autres, puis elle apprit à relever la tête, en dégageant sa nuque qu'elle avait longue et fine. De temps en temps, elle enviait les filles de divorcés, c'était mal vu mais moins encombrant qu'un père fossoyeur.

Après le brevet, on lui suggéra de devenir comptable et elle se mit à calculer avec l'impression que sa vie n'était déjà qu'une suite d'opérations.

Avec son premier salaire, Irène s'habilla. Elle observa d'abord les femmes dans la rue pour comprendre les codes et les secrets d'une garde-robe. Pendant des samedis entiers, elle piétinait devant les vitrines, se composant toutes sortes de tenues sans jamais se décider. Les magasins de la ville étaient les témoins de sa pauvreté. C'était un défi de pousser la porte et d'affronter le regard impitoyable d'une vendeuse, qui, d'un simple coup d'œil, s'apercevait que les chaussures d'Irène s'effondraient d'usure. Finalement elle acheta une jupe et un pull au Prisunic où les vendeuses semblaient moins arrogantes et même indifférentes. Puis, un jour, elle se risqua dans une boutique. Elle tremblait presque en sortant de la cabine d'essayage, craignant qu'on ne l'oblige à acheter les vêtements qu'elle avait mis sur elle.

Il n'y avait eu personne pour lui montrer, lui expliquer. Elle devait sa survie à son sens aigu de l'observation et à sa détermination qui défiaient toutes les limites que le monde aurait voulu lui imposer.

Le Hénin se tourna vers elle :

— Je parie que tu t'ennuies et que tu regrettes déjà d'avoir accepté de déjeuner avec moi.

— Non, c'est exactement le contraire.

Elle disait vrai. C'était même la raison pour laquelle elle se sentait bien, assise à côté de cet homme fort de son corps, fort de son silence. Toute la journée, elle n'entendait que des bavards, des jaseurs, des phraseurs avec leur bagou, leur baratin. Elle connaissait tous les artifices de la vente, la ruse des mots, la malhonnêteté des mots. Voilà pourquoi elle appréciait ce silence d'homme, ce silence qui n'était ni gêne ni tension. Cet homme à qui elle avait pu dire sans éprouver de honte que son père avait été fossoyeur. Avec lui, elle ne se sentait plus en fraude. Son passé n'existait même plus.

Ils arrivèrent au restaurant du *Dauphin* situé en plein centre ville. Rien que par sa façade et son alignement de fenêtres l'établissement imposait le respect.

Un maître d'hôtel vint les chercher dans le hall, et ils firent leur entrée dans la grande salle au luxe provincial, un luxe épais et confortable avec des murs tapissés de papier peint à grandes fleurs, des cuivres brillants, des appliques dorées, du parquet ciré. Les clients s'empressèrent de la saisir du regard, certains même se retournèrent pour mieux voir cette grande rousse flamboyante vêtue d'un tailleur d'un vert trop vif, qui marchait la tête haute sachant qu'on l'observait. Il y avait des éleveurs de chevaux, des notables, des femmes en bleu marine et collier de perles, des Parisiens en week-end.

Elle sentait tous ces regards et souriait, satisfaite de cette curiosité. Irène ne craignait pas l'arrogance des couleurs et les effets vestimentaires. À force d'observer les autres, elle avait décidé d'être plus qu'elle-même. Elle avait choisi d'éblouir et de ne plus se laisser impressionner par ceux qui étaient nés parés pour la vie, dans des maisons pleines, ceux à qui on avait appris la soumission dans la discrétion, l'essence même de ce qu'ils appelaient le bon goût.

— On nous regarde ! fit Le Hénin, avant de s'asseoir à la table de celle que personne ne quittait des yeux.

— Je sais, lui dit-elle avec la parfaite indifférence d'une duchesse amusée.

Irène en profita pour exhiber ses jambes en écartant un peu la nappe et prit avec négligence le menu que lui tendait le maître d'hôtel. Puis elle attendit que l'homme s'éloignât pour s'adresser à voix basse à Patrick. Elle ne voulait pas qu'on l'entende conseiller Le Hénin qui ignorait les subtilités langagières des grands restaurants et ne savait déchiffrer que les menus de mariage avec les croustades, les ballottins de canard, les vol-au-vent, les galantines de volaille, les filets de bœuf sauce Périgueux, les saumons Bellevue.

Lorsque le maître d'hôtel revint, Irène le gratifia d'un sourire enjôleur. Voyant briller dans le regard gris perle de cette belle femme la promesse d'un généreux pourboire, il se fit moins hautain et même patient pour prendre la commande, celle d'un long repas.

Les plats arrivèrent puis se succédèrent. Le Hénin tenait sa fourchette et son couteau à pleines mains, découpait les aliments en levant trop haut les coudes et mastiquait consciencieusement. Elle savait qu'il prendrait son temps pour manger et que, au dessert, il parlerait, d'abord avec une lente hésitation, puis il l'interrogerait à brûle-pourpoint. Des questions serrées, celles qu'on doit poser avant de s'engager. Tranquillement, il dessinait le paysage de leur vie future, une vie qu'elle voulait désormais continuer d'inventer avec lui. Il parlait avec une détermination qui dépassait tout ce qu'elle avait connu. Elle répondit à ses questions, sans hésiter, sans le moindre artifice, au plus près de ce qu'elle pensait. Une vérité qui passait par cette terrible attirance qu'elle avait de lui. Elle le regardait avec appréhension comme si on lui avait demandé de pointer sur un atlas le pays où elle voudrait vivre.

Par une sorte d'intuition, elle lui accorda sa confiance et fit alliance avec lui sachant qu'elle ne se trompait pas sur les qualités de celui qui allait devenir son mari. Pour le reste, elle avait tant appris à ne compter que sur elle qu'elle s'accommoderait des failles et des manques. Ce furent deux semaines après ce déjeuner qu'ils allèrent à la bijouterie Camus sceller leur contrat en choisissant une bague de fiançailles, la plus chère.

Quelques mois plus tard, un peu avant les moissons, les cloches de Saint-Hommeray sonnèrent à toute volée. Le Hénin sortit sur le porche de l'église d'un air décidé, non pas ému, mais satisfait et fier de la femme qu'il tenait à son bras sans savoir s'il l'avait méritée ou pas. Les invités se pressaient autour d'eux en se disant qu'elle était belle, la mariée, sous son voile en dentelle ! Tout Saint-Hommeray avait les yeux sur elle. Elle saluait presque, souriant à ces curieux venus voir la femme du Hénin. Irène était une étrangère. Ici, chacun était cousin ou presque. On disait même qu'il suffisait de tirer d'un côté d'une famille pour que cela bouge à l'autre bout. Alors une rousse qui venait de la Mayenne, cela intriguait.

La noce se fit à la ferme des Égliers. On avait dressé des tables à tréteaux sous les pommiers déjà lourds de fruits. Au milieu de l'herbe haute, les vaches regardaient de leurs gros yeux ronds tous ces invités qui festoyaient. Quelques poules s'enhardissaient et s'approchaient des tables puis soudain se sauvaient dès que des rires retentissaient. Il faisait chaud, trop chaud. On buvait à pleines gorgées le vin ou le cidre jaune et joyeux qui luisait dans les verres et qui donnait encore plus chaud. Les hommes en bras de chemise ne cessaient de manger les plats copieux qu'on leur servait. Cela faisait bien quatre heures qu'on était à table. De temps en temps, des convives se levaient pour se dégourdir les jambes.

Irène riait aussi fort que les hommes. Tout le vert de la campagne normande, le vert tendre de l'herbe, celui des arbres, le vert bleu du trèfle, le vert des tilleuls qui embaumaient, s'immobilisait autour de sa robe blanche éblouissante, comme une tache de lumière trop vive dans cette verdure infinie. Au loin, Irène pouvait voir la grande ferme dont elle franchirait le seuil sous le nom d'Irène Le Hénin. Elle aimait ce nom qui résonnait comme une cloche d'airain et faisait penser à un lignage. Elle s'était débarrassée du sien, dur et terne. Elle riait et se réjouissait de ce changement et de la vie qui continuait de se laisser prendre à ses ambitions. Elle n'avait eu qu'une idée, qu'un même entêtement : « Il faut y arriver et c'est tout. » Le monde lui appartenait et maintenant, Le Hénin et la ferme des Égliers. Elle se sentait heureuse et forte.

Le Hénin sut aussitôt qu'il ne s'était pas trompé, une évidence si énorme qu'elle l'enivrait parfois quand il y pensait. Il aimait la personnalité d'Irène, ses yeux moqueurs, sa désinvolture, son sans-gêne de vendeuse que rien n'effrayait. Il aimait la retrouver chaque soir après leur longue journée de travail. Il aimait se réveiller près d'elle. Il aimait la tuer d'amour. Elle ne lui refusait rien. Elle se sentait en paix avec lui. S'ils s'agaçaient, c'était pour rien et cela ne durait jamais, juste le temps d'une dispute.

Elle parlait souvent fort ou bien se fâchait contre les uns et les autres et s'emportait, jetant des jugements lapidaires d'un ton houleux sur tous ceux qui ne partageaient pas sa vérité. Le Hénin la laissait dire et faire. Il avait maintenant besoin de cette femme qui montrait tant de confiance dans l'avenir. Il savait qu'avec elle il irait loin. Cela lui suffisait.

Très vite, ils eurent l'impression d'avoir toujours été ensemble, tant leurs gestes s'étaient emboîtés au quotidien sans que l'un ou l'autre éprouvent de l'embarras. Le soir, à table, elle parlait avec générosité, elle avait toujours quelque chose à raconter, des nouvelles, des plaisanteries. C'était sa façon d'être reconnaissante de ce bonheur enfin trouvé.

Denise Le Hénin était restée avec eux. Au début, elle avait annoncé qu'elle prendrait une maison dans le bourg, mais Irène s'opposa farouchement à ce déménagement. La mère pensait qu'il n'y avait pas de place pour deux femmes dans une maison, Irène soutenait le contraire et, avec son franc-parler, elle l'appelait maman et la taquinait :

— Vous nous rendez trop de services pour qu'on vous laisse partir. Non, vous restez. Votre place est ici, avec nous, avait-elle dit fermement et avec une telle sincérité que Denise n'avait plus osé reparler de ce projet. Et puis, si cela ne collait pas, il serait toujours temps de s'en aller. En attendant, elle regardait sa belle-fille avec admiration. Avec Irène, tout avait l'air si facile. Elle devinait ce qu'il fallait dire ou faire. Elle était si naturelle, juste un peu trop élégante, mais cela ne gâchait rien. Denise appréciait la bonne humeur qui dominait même si, parfois, la fatigue des jours reprenait le dessus. Elle appréciait aussi de ne plus entendre Patrick gueuler.

Et puis, Irène n'avait pas cherché à s'imposer dans la cuisine. C'était le domaine de la mère, elle la laissait maîtresse des casseroles et des fourneaux, du repassage, de tout ce qui ne la concernait pas. L'autre lui en sut gré. L'installation d'Irène se fit donc tout naturellement sans provoquer de bouleversement ni de désagrément. Irène s'adaptait, ne critiquait pas leur façon de vivre qui avait été autrefois la sienne, économe, humble, rude. Seules les habitudes du dîner changèrent, car elle aimait manger de la viande et boire du vin au dîner. Une habitude de représentante de commerce, comme elle disait en riant. Chez les Hénin, comme dans toutes les fermes du Perche, on buvait de l'eau ou du cidre, le vin c'était pour les fêtes ou bien pour le dimanche. Mais, avec Irène, ce fut la fête tous les jours de la semaine. Patrick partageait désormais ces libations quotidiennes.

— Allez, maman, vous allez bien trinquer avec nous, disait Irène à sa belle-mère en battant des paupières sur ses beaux yeux gris et lui adressant un sourire de fée.

— Mais non, Irène, le vin me tourne la tête. Allez, voyons, arrêtez de m'embêter.

La mère avait adopté Irène avec la même joie que son fils. Son seul regret, c'était le rouge de ses cheveux. Une rouquine ! Quand elle était gamine, il y avait une famille de roux dans le village voisin et sa grand-mère lui disait toujours : « Va pas traîner avec les rouquins car, s'ils te mordaient ou te griffaient, ça s'envenimerait. » Elle pensait aussi que ces gens-là avaient une odeur forte, l'haleine mauvaise. Mais ce n'était pas le cas d'Irène même quand il avait plu, car c'était aussi ce qu'on disait : « Quand il pleut, elles sentent. » Les histoires des vieux, ça restait toujours un peu dans la tête. Elle avait beau constater que sa belle-fille n'était pas une créature, elle n'aimait pas ses cheveux couleur de feu, couleur de sang. Elle ne les aimerait jamais.

Sa belle-fille n'avait rien apporté dans la corbeille de mariage. Pas un seul arpent de terre, juste un peu de linge de maison et bien sûr toute sa garde-robe. La première fois que Patrick lui avait présenté sa fiancée, elle n'avait point voulu se montrer curieuse mais, un matin, en allant aux vaches, elle s'était risquée à le questionner :

— Qu'est-ce qu'il fait, le père d'Irène ?

— Fossoyeur.

La mère laissa tomber le bout de serpillière qu'elle venait de rincer dans un seau.

— Fais pas cette tête-là. Tu verras, c'est un marrant, un type honnête, lui répliqua Patrick.

— Et si ça portait malheur !

— Arrête avec tes sornettes, j'ai l'impression d'entendre la grand-mère.

La mère n'ajouta rien. Elle n'allait pas reprocher à Irène de venir les mains vides, car elle-même, lorsqu'elle s'était mariée, ses beaux-parents s'étaient contentés de sa paire de bras robustes pour toute dot. À l'époque, les filles se sauvaient des campagnes : « Finir au cul des vaches, sûrement pas ! » disaient-elles. Pas de salle de bains, de l'eau qu'il fallait chercher dans la souillarde et faire chauffer sur la gazinière pour se laver. Pas de dimanche, pas de distractions. La ville les dévorait une à une, sans que personne pût les retenir : coiffeuses, infirmières, institutrices, vendeuses, employées. Elles se donnaient du mal pour ne pas rester, elles échangeaient des tuyaux, des adresses et partaient vers Alençon, Le Mans, Chartres. Certaines se risquaient même jusqu'à Paris. Se sauver de là, à n'importe quel prix ! Elles étaient prêtes à tout pour une vie qu'elles savaient plus facile.

Pour arrêter cette hémorragie, une école ménagère avait été créée à Mortagne, dans l'espoir de former les futures épouses des paysans, mais cet avenir ne séduisait plus les filles qui évitaient de tomber amoureuses dans le pays pour ne pas être prises au piège.

— Agricultrice, tu parles d'un métier, c'est une manière de vivre et rien d'autre ! T'as même pas de salaire, moi, j'ai trop vu ma mère se crever à la tâche et sans jamais avoir un sou, répétaient les jeunes femmes que personne n'arrivait à convaincre.

On exhortait les paysans à se moderniser pour nourrir la France. Mécanisation, modernité, productivité, ces mots revenaient à toutes les sauces et, à leur tour, les filles se voulaient modernes, mais pas de la façon dont la France l'entendait. Elles ne se sentaient pas investies de cette grande mission de nourricières nationales.

Denise Le Hénin, comme les autres, avait rêvé de la ville, mais l'amour l'avait ramenée à la ferme. Le jour de ses fiançailles, la grand-mère Le Hénin, une petite femme sévère, avait fait venir Denise près d'elle. Elle l'avait examinée des pieds à la tête puis l'avait interrogée brutalement.

— Etes-vous pieuse ? fit la grand-mère d'un ton sec en scrutant Denise pour lire l'éventuel mensonge.

— Oui, je le suis, répondit Denise d'un seul souffle et en appuyant sur les mots pour la convaincre.

— Etes-vous économe ?

— Oui, je le suis.

— Et vous aimez travailler ?

— Oui, beaucoup.

— C'est bien.

Denise aurait dit oui à tout avec assurance pour plaire à la vieille qui soudain se renfrogna.

— Tu m'as l'air honnête mais t'es pas bien grande. Une méchante héroussette comme toi aura sûrement du mal à faire des enfants.

En voyant Irène, Denise ne se fit aucun souci. C'était un don du ciel. Le jour où les bans furent publiés à la mairie, la mère se sentit bien joyeuse, ce qui ne lui était pas arrivé depuis longtemps.

Pour faire honneur à la mariée, elle s'était acheté une robe marine à pois blancs, un chapeau, un sac et des gants, tout ce qu'il y avait de plus cher. Irène avait même insisté pour lui offrir une broche en argent en forme de feuille sertie de quatre perles grises que

Denise avait acceptée. Ce jour-là, elle en avait profité pour remercier le bon Dieu de tant de bienfaits en s'acquittant d'un cierge, allumé en douce à l'église Notre-Dame, tout en s'excusant auprès du Seigneur de ne pas être venue depuis longtemps.

5

À cet endroit de la côte, le père Morel descendit de sa bicyclette. Il se faisait vieux et ses jambes ne répondaient plus comme avant à l'effort. À son âge, ce n'était déjà pas si mal de grimper jusqu'à cet endroit de la route et de profiter du paysage qu'il affectionnait tout particulièrement et qu'il connaissait si bien, à force de passer là chaque matin pour se rendre chez son neveu.

En contrebas de la hêtraie, un troupeau de moutons immobiles dans la clarté d'une aube indécise broutait l'herbe humide qui scintillait de froid. Un peu plus loin, il apercevait le clocher de l'église et les premiers toits en tuile de Saint-Hommeray. De l'autre côté se trouvait l'herbage de Patrick Le Hénin au milieu duquel s'élevait un chêne centenaire. Un chêne qui imposait le respect et sous lequel les vaches se réfugiaient pendant les heures chaudes de l'été. Le pâturage longeait la rivière dont il entendait la petite voix frémissante qui lui rappelait les parties de pêche de son enfance avec Régis. Plus tard, ils étaient partis ensemble faire la guerre. Trop jeunes pour comprendre et se prenant pour des héros, ils avaient ri dans le train qui les emmenait vers le nord, espérant bien que ça ne ferait pas comme l'autre guerre, celle qui avait pris tant d'hommes de Saint-Hommeray. Morel se souvenait des batailles perdues, du camp en Allemagne. De colère, il fit un geste de la main pour chasser le souvenir de son copain qui n'était jamais revenu au village et que les jeux de la mémoire avaient fait surgir au détour de ce chemin qui menait vers Saint-Hommeray où Régis aurait dû faire sa vie.

Arrivé en haut de la côte, son regard fut attiré par une masse blanche allongée sur le sol qui faisait tache dans l'herbe verte. Il avança plus vite malgré la montée un peu raide et, lorsqu'il fut à quelques mètres, il comprit que c'était un veau né pendant la nuit et mort faute de soins dans les heures qui avaient suivi sa naissance. Le père Morel regarda le cadavre près de la clôture en fronçant les sourcils, rajusta sa casquette et prit le chemin des Égliers pour prévenir Le Hénin.

Deux mois plus tard, il découvrit un deuxième veau crevé et la vache avec la matrice entièrement ressortie mais, cette fois-ci, le père Morel passa son chemin en hochant la tête. Cette histoire de veau s'était sue dans le village. De mémoire de paysan, on n'avait encore jamais laissé des vaches laitières vêler en plein champ. Le risque était bien trop grand de perdre le veau ou la vache. Ici on faisait corps avec les bêtes, même s'il fallait parfois les brutaliser pour se faire obéir. Un veau, on essayait de le sauver par tous les moyens. Les femmes restaient parfois en pleine nuit dans une grange glaciale pour réchauffer des petits veaux à l'aide d'un sèche-cheveux. On faisait attention.

Les anciens s'indignèrent d'un tel laisser-aller, certains avaient la plaisanterie graveleuse, Le Hénin préférait rester au lit avec la rouquine, pardi ! Les plus jeunes se moquaient pas mal des veaux morts du Hénin, ils avaient assez de soucis avec les cultures et leurs propres élevages. S'il était trop bête pour laisser son argent partir en fumée ! tant pis pour lui.

La vérité était que Le Hénin n'en pouvait plus. La fatigue le tenait depuis quelques mois. Un mauvais passage. Jamais auparavant il ne s'était senti aussi débordé. D'accord, il y avait Irène mais elle aussi travaillait dur et se levait tôt pour vendre ses machines agricoles et ses tracteurs dans tout l'Orne. Non, ils n'avaient pas le temps de traîner au lit. Ils n'avaient même pas le temps d'y penser. Le samedi, elle rentrait rarement avant huit heures du soir et travaillait parfois le dimanche quand il y avait des foires, des comices.

Quant à Patrick, il avait agrandi son troupeau de vaches laitières, en achetant des Prim'Holstein, des bêtes hors de pair, bien charpentées en os et en muscles, qui produisaient des quantités records de lait. À la laitière, matin et soir, un véritable fleuve blanc et tiède circulait dans des tuyaux avant de se jeter dans un tank où le lait était conservé jusqu'à l'arrivée du camion laitier.

Cela représentait une vingtaine de vêlages et autant de veaux qu'il fallait nourrir avec du lait en poudre reconstitué ; celui de ces nouvelles races de laitière, trop riche en graisse, donnait la diarrhée à la progéniture. Matin et soir, les veaux se jetaient sur les seaux qu'ils vidaient en quelques minutes. Les plus voraces bousculaient les plus faibles pour boire les premiers. À coups de bâton, Denise faisait la police. Certains ne savaient que téter, et il fallait plonger la tête des récalcitrants et leur maintenir le museau pour les forcer à boire, et puis il y avait les imbéciles qui tétaient les veaux mâles et s'infectaient avec l'urine. Au moindre œil fiévreux, elle leur faisait une piqûre d'antibiotiques. Denise surveillait, portait les seaux trop lourds. Elle aussi peinait.

Le Hénin avait les yeux creusés par le travail. Toutes ces nuits à se lever et à se relever dans le froid, sous la pluie, quand le sommeil plombait la tête et paralysait les jambes pour surveiller les vaches prêtes à vêler ! Le Hénin se serait bien passé de cette corvée mais, sans veaux, pas de lait.

Pour la première fois, il avait laissé deux vaches dans l'herbage sans surveillance au lieu de les ramener à l'étable et avait perdu les bêtes. La fatigue était réelle et il n'arrivait plus à la chasser depuis qu'on menaçait de leur imposer des quotas laitiers qu'il faudrait respecter sous peine d'amendes, car maintenant du lait, il y en avait trop, partout.

Comme son père, il avait pris sa carte au syndicat sans même réfléchir. Paul Richard faisait sa tournée pour récolter les cotisations et endoctriner les paysans. Il empochait l'argent, prenait un café, puis un deuxième. Paul parlait, un vrai moulin à paroles. Patrick Le Hénin l'écoutait par obligation. Il le trouvait prétentieux avec sa façon de faire croire qu'il était au courant de tout, qu'il était aussi très bien placé auprès de ses chefs, les dirigeants comme il les appelait, et que ceux-ci tenaient compte de ses commentaires. D'ailleurs, il ne se gênait pas de leur en faire. Il fallait cependant reconnaître que Paul était bien informé. Il avait prévenu Patrick des fameux quotas, mais celui-ci n'arrivait pas y croire.

— Ils se foutent de nous ! Avant, on nous disait qu'il fallait produire, qu'il fallait nourrir la France. Mon père a travaillé du matin au soir pour payer une salle de traite et constituer un troupeau. Aujourd'hui, tu sais combien ça vaut, une Prim'Holstein ! Et tu voudrais maintenant que je dise à mes vaches de ne plus faire autant de lait ? On ne peut pas accepter. Non, c'est une sacrée vacherie, c'est le cas de le dire !

— Il faudra bien.

— Et les gars de ton syndicat, qu'est-ce qu'ils foutent ? C'est le moment de nous défendre.

— Personne ne pouvait prévoir une telle production. Faut rétablir la situation, l'assainir, et tout le monde y gagnera.

— Tous ces techniciens en cravate, les experts et compagnie, ils ne pensent pas plus loin que le bout de leur nez. Ils ne pouvaient pas le prévoir plus tôt ? Modernisez-vous, faites du lait, foncez et, maintenant, arrêtez. Ils nous prennent vraiment pour des imbéciles !

Le Hénin s'énervait, il parlait vite et fort. Il en avait après les politiciens qui ne faisaient pas leur métier, qui finassaient et rien d'autre.

— Leur politique agricole, c'est de ne pas en avoir.

— Tu n'as pas à t'inquiéter. Le syndicat a toujours obtenu ce qu'il voulait, il suffit de montrer les dents pour que les autres filent doux. Mais je dois t'avouer que, cette fois-ci, c'est plus compliqué. Avant on était chez nous, maintenant faut faire avec l'Europe. Mais on va se battre et leur montrer qu'on ne se laissera pas faire. Tu verras, s'il le faut, on fera couler le lait, comme si c'était notre sang, et les préfets auront peur. On obtiendra des subventions et des primes pour ceux qui veulent arrêter puisqu'il y en a trop, tiens, pardi !

— Oui, eh bien, ne compte pas sur moi pour aller faire le mariole dans les rues, va chercher d'autres abrutis. En attendant, ça m'arrange pas, cette histoire de quotas.

— Écoute, Le Hénin, je vais te dire ce que je ferais si j'étais à ta place.

— C'est ça, dis-moi ce que tu ferais ?

— Je vendrais les vaches et j'encaisserais les primes que l'État va donner. Si tu calcules bien, tu peux te mettre dans la poche plus de trois cent mille francs. Pourquoi tu t'ennuies avec le lait ? Fais davantage de maïs et engraisse des taurillons. Si ta mère tombait malade, tu serais dans un sacré pétrin, hein ?

— Je prendrais quelqu'un.

— Parce que t'as les moyens de payer un employé ?

— Non.

Cet aveu contraria une fois de plus Le Hénin. Un comptable s'occupait de ses affaires et, chaque année au moment des bilans, il voyait, noir sur blanc, les chiffres avec des séries de zéros : de quoi faire des envieux mais ensuite commençaient les soustractions. La Mutualité sociale et le Crédit agricole recevaient la plus grosse part ; ensuite la coopérative agricole pour les semences, les engrais, les pesticides, les aliments pour animaux ; puis venaient la location des terres, les frais de mécanicien, de l'entrepreneur pour la moisson des blés et l'ensilage du maïs, l'entretien des machines, les frais de vétérinaire, d'assureur. De l'argent, il en restait, bien sûr, même beaucoup, mais qui était aussitôt réinvesti pour remplacer le matériel.

— Ah ! les Beaucerons ! ils peuvent bien crâner, eux qui ne travaillent que six mois de l'année pour récolter leur or ! Tu verras qu'ils nous laisseront tomber pour le lait.

Ici, personne n'avait assez de terre pour prétendre se spécialiser en céréales, alors on faisait de tout, par prudence aussi, histoire de ne pas mettre tous ses œufs dans le même panier, comme disaient les vieux. Malgré la pression du syndicat, la loi fut votée. Le soir où le dossier d'information concernant les quotas arriva aux Égliers, Irène entra dans une colère noire.

— Encore jamais vu ça ! Ils vont maintenant vous donner des ordres ! Si on n'est plus libres de faire ce qu'on veut, alors dans quel pays vivons-nous ?

Irène ne se contrôlait plus. Elle insultait le gouvernement, les syndicats et même les paysans.

— Vous vous faites avoir ! Si ça continue, tu verras, on t'obligera à planter de l'herbe là où tu voulais faire du blé. En un mot, tu ne seras plus ton patron.

Irène touchait un point sensible. Sa liberté. Même si, chaque jour, le Crédit agricole et la coopérative s'infiltraient toujours plus dans son exploitation, le forçant à produire plus et à s'agrandir pour payer, c'était lui qui décidait de ses terres et de ses bêtes. Seul sur son tracteur, perdu entre ciel et terre, il régnait sur des parcelles immenses dont il était le maître. Ses terres formaient comme une mosaïque qu'il avait patiemment constituée et ajustée, morceau après morceau, champ après champ. Comme son père, rien n'avait pu réprimer son instinct de rapine, sa vigueur physique ne l'avait jamais trahi et, tant qu'il le pourrait, il livrerait bataille avec la terre à coups de labour, de pesticides et d'engrais pour obtenir les meilleurs rendements. Avec l'acharnement têtu et viscéral du paysan soucieux d'échapper à la précarité et au mépris des citadins, il rêvait de produire des milliers de litres de lait, des tonnes de viande, autant de céréales. Et voilà que des hommes venus d'ailleurs, qui ne connaissaient rien à la terre, voulaient se mêler de ses affaires. Contre de telles ingérences, il aurait volontiers pris le fusil.

Chaque soir ou presque, on reparlait de cette histoire de quotas, Irène s'enflammait, elle en avait fait son cheval de bataille. En temps ordinaire, elle n'avait pas d'opinions en matière de politique agricole. Cette fois-ci, elle se sentait concernée. Après dîner, elle ouvrait un cahier et se mettait à calculer les amendes qu'il aurait à payer s'il ne respectait pas les mesures prises, elle refaisait les additions, les multiplications. Désormais quel profit pourrait-on envisager avec le lait qui avait représenté une ressource importante ? Si on leur imposait des quotas, adieu les bénéfices ! D'autant qu'il ne croyait pas à une possible et future augmentation du prix du lait si de nombreux producteurs arrêtaient comme on essayait de leur faire croire. Ce n'était plus valable, telle était la conclusion d'Irène.

Patrick la regardait faire ses calculs. Cette histoire de réglementation, c'était comme si on lui mettait des menottes aux mains. Il réfléchissait. Allait-il accepter de réduire la production de lait et multiplier le nombre des taurillons, comme Paul le lui suggérait ?

— Qu'est-ce que tu vas faire ? demandait Irène, impatiente et agacée de voir son mari qui ne réagissait pas plus violemment.

Selon elle, il ne fallait pas hésiter. Jusqu'à présent, elle n'était jamais intervenue dans les décisions concernant la ferme, c'était le domaine de Patrick, et, de son côté, elle ne l'importunait pas avec son travail. Seulement, à force de rencontrer des agriculteurs en tout genre : des audacieux, des timorés, des gros, des petits, des endettés, des entrepreneurs qui faisaient de l'or, d'autres sur le qui-vive, elle commençait à s'y entendre en matière d'agriculture et, surtout, elle faisait des comparaisons entre les uns et les autres. Chaque soir, ou presque, elle revenait sur le sujet avec ses habituels emportements, assenant des jugements redoutables sur ceux qui n'osaient pas ou qui géraient mal leur exploitation. Parmi ses clients, elle avait des grosses légumes ; le président de ceci ou de cela, le maire de telle ou telle commune, elle les connaissait tous pour les avoir rencontrés dans des comices ou des manifestations régionales. Elle avait été présentée à un conseiller général. Irène les faisait parler, finissait par être au courant de tout ce qui se tramait à la chambre d'agriculture, et elle voulait en faire profiter son mari pour qu'il ne rencontre pas un jour les difficultés auxquelles certains agriculteurs se retrouvaient confrontés parce qu'ils n'avaient pas su prendre la bonne voie. Au bout de quelques mois, elle en était arrivée à la conclusion suivante : il fallait arrêter de produire du lait, mais convaincre Patrick s'avéra plus difficile qu'elle ne l'avait imaginé. L'homme résistait à son argumentation par des silences qui la rendaient de plus en plus nerveuse.

— Tu peux me dire quel est ton intérêt à continuer ? Tu vas te tuer au boulot et travailler à perte.

— Je fais ce que j'ai à faire. Tu n'as pas de conseils à me donner. Occupe-toi de tes affaires. Je n'ai de comptes à rendre à personne.

— C'est vite dit !

— Ça suffit.

Si elle insistait, Le Hénin lui criait de se taire, ou bien il sortait faire un tour aux vaches pour ne plus l'entendre.

Les rares fois où sa mère avait eu le courage de s'opposer à un changement ou oser réclamer quelque chose à son père, celui-ci avait eu recours à des méthodes plus lapidaires. En général, il tapait du poing sur la table, en criant : « Qui est-ce qui paye les impôts ici ? », et si la table n'avait pas été en chêne, les couverts auraient tremblé sous la force du coup assené.

Patrick ne faisait pas autant de bruit. Il attendait qu'Irène se lasse, mais elle ne désarmait pas. Elle s'obstinait à penser qu'il commettait une erreur de jugement. C'était à elle de l'empêcher de se tromper, de lui montrer le chemin à suivre. La résistance de Patrick n'était qu'un obstacle qu'elle vaincrait un jour ou l'autre. Ce n'était pas encore le moment, se disait-elle bien décidée à venir à bout de son refus.

Un samedi soir, elle apporta à la maison du champagne pour fêter l'anniversaire de Denise. Elle avait acheté de la charcuterie en abondance, du foie gras, un gâteau chez le pâtissier. On allait faire la fête avec l'habituelle gaieté du samedi soir, comme ceux qui ont attendu toute la semaine, se contentant de l'ordinaire pour faire du samedi une fête qui éloignerait le travail, les soucis. Ces quelques heures de débauche en marge du quotidien étaient un rituel pour Irène. Elle devenait plus rieuse, plus éloquente, entraînant avec elle Le Hénin et la mère, qui ne résistaient pas au charme de ces soirées où plus rien n'existait que les rires d'Irène. On souffla les bougies et on reprit du vin puis, tard dans la soirée, juste un peu avant d'aller se coucher, Irène se colla le dos contre le poêle et, sans regarder Patrick, elle se mit à parler d'une voix plus abrupte.

— J'ai rencontré François Garnier ce matin. Il m'a confirmé que les primes de cessation d'activité laitière étaient intéressantes et m'a laissé comprendre que, dans ton cas, il y avait sûrement moyen d'arrondir la somme, tu vois ce que je veux dire ! Il suffisait d'être un peu malin.

En entendant le nom de François Garnier, Le Hénin se redressa. François Garnier n'était pas seulement propriétaire de sa ferme et de son cheptel, il était aussi maire de Saint-Hommeray, président de la Caisse agricole, membre de la Chambre d'agriculture, membre du syndicat, enfin administrateur de la Fédération porcine et agriculteur par erreur. Une carte de visite professionnelle bien fournie. C'était un Normand de belle taille avec des épaules pour porter des sacs de cent kilos. C'était aussi un monsieur, un notable, un homme adroit. Un homme aux yeux sombres avec du caractère et des manières de ville. Toujours bien coiffé et habillé impeccablement, il séduisait sans peine, usant de cette familiarité que donnent le pouvoir et l'influence. Ailleurs, il aurait fait l'homme du monde, ici, il paradait et s'imposait à force d'orgueil et d'autorité, se faisant craindre des plus petits, admirer des autres. Garnier savait leur parler d'une voix pleine et caressante qui brisait les réticences, captait l'attention.

Le Hénin l'avait tout de suite détesté, d'instinct. Et maintenant Irène en parlait comme d'un seigneur.

— Tu l'as vu quand ?

— Je viens de te le dire ! ce matin ! François Garnier pourrait nous aider, il connaît tout le monde, insista Irène.

— C'est un arriviste, un magouilleur et rien d'autre. Il vendrait sa fille pour être assis à côté du député dans les banquets.

— N'empêche qu'il a le bras long dans toutes les administrations et il sait être arrangeant. Grâce à lui, le petit Vernet a obtenu un prêt au Crédit agricole, et la fille de Pauline, n'oublie pas qu'elle est entrée à l'usine grâce aux appuis du maire !

— Tant que cela ne lui coûte rien, il rend des services, cela lui fait des rentes électorales. Pourquoi crois-tu qu'il dépense son argent gros comme lui pour ses chiens ? Tout bonnement pour se vanter de chasser avec de gros bonnets et venir nous impressionner ensuite. On se croirait revenu au temps des nobles. Pas un comice, pas une réunion sans M. François Garnier qui donne son avis sur tout. Tu prends le journal, il est en photo partout. Faut le voir frétiller de la prunelle, quand ses administrés viennent lui chanter leur petit refrain : « Bonjour, monsieur le maire. »

Le Hénin agitait sa main avec affectation en courbant les épaules pour se moquer de la docilité des habitants de la commune envers cet orgueilleux.

— Il est devenu paysan parce qu'il n'a rien su faire d'autre et que son père lui a laissé en héritage une ferme et sa place de maire. Il n'a eu qu'à se baisser pour ramasser le gâteau. Il n'a même pas été foutu d'acheter un seul hectare.

— Et toi, ton père t'a laissé sans rien ?

— Il m'a laissé autant de dettes que de terre. J'ai tout payé, et après ça je me suis saigné pour doubler la mise, tout le monde ne peut pas en dire autant. Le Garnier, il ne fait rien d'autre que vivre de ses rentes.

— En tout cas, il n'en vit pas si mal, il part même en voyage.

— Il peut faire ce qu'il veut, je n'ai pas d'estime pour ce gars-là. Sa position dans le pays, il la doit à la chance et c'est tout.

— Tu es jaloux !

— Peut-être et c'est mon droit.

— Moi, je dirais que tu es bête. Pourquoi ne pas profiter des relations ? Tu n'en as rien à faire de Garnier ; ce qui compte, c'est de toucher le gros lot et, si ce n'est pas toi, ce sera un autre qui touchera les primes.

— Je ne veux pas le savoir, je n'irai rien demander à ce salopard. L'idée même de lui devoir quelque chose m'empêcherait de dormir.

— Je m'en charge, si tu veux. J'adore remplir les papiers.

— Remplis tes bons de commande, moi, je remplirai mon tank à lait.

— Et nous passerons toute notre vie coincés à la ferme ! lança Irène en haussant les épaules.

— Fallait épouser un représentant de commerce. Je croyais que tu en avais ton content de courir les routes toute la semaine ?

— C'est exact, mais, une fois par an, j'irais bien à la mer, ou même aux sports d'hiver.

— Aux sports d'hiver ? Mais tu es tombée sur la tête ?

— Pas du tout. Nous gagnons de l'argent, seulement on ne peut jamais en profiter, et tout cela à cause de tes vaches.

— Et les taurillons, qu'est-ce que tu en fais ?

— Le père Morel viendra s'en occuper ou bien Raymond. Il ne refuserait pas de gagner un peu d'argent. Avec la retraite qu'il a ! Tu peux dire tout ce que tu veux, des types comme François Garnier, ils savent se débrouiller avec les primes, les aides et les subventions. Vous, vous vous éreintez pour gagner trois sous avec du lait qui coûtera bientôt plus cher à produire qu'à vendre. C'est lui, le malin.

Irène répliquait, parlant rapidement, sans s'apercevoir que Le Hénin était hors de lui. Il s'était brusquement levé de table et, de ses muscles tendus, il dominait Irène.

— Écoute-moi bien, je n'aime pas qu'on me compare à un type comme lui. Je ne veux pas lui ressembler et, à l'avenir, moins j'entendrai parler de cet individu chez moi, mieux je me porterai.

— Mais, voyons, je ne cherche pas à te comparer à lui, je veux seulement que tu comprennes que l'agriculture, aujourd'hui, c'est une question de paperasserie et d'astuce. Ce n'est plus les lapins qu'il faut chasser mais les primes, alors autant bien se placer pour être les mieux servis.

— Une bonne fois pour toutes, tu laisses tomber. Maintenant, si tu veux prendre l'exploitation à ton nom, c'est différent, railla-t-il.

D'un mouvement, Le Hénin repoussa sa chaise contre la table et sortit, préférant mettre fin à la conversation plutôt que de se quereller. Il avait trop entendu son père faire des histoires à la maison.

Tout cela n'avait aucun sens. Il n'arrivait pas à

croire que le gouvernement puisse le menacer, lui, personnellement, pour avoir fait son travail. Il y aurait peut-être quelques sanctions ici ou là, mais, à moins d'installer un agent administratif derrière chaque paysan, il imaginait mal qu'on puisse pénaliser les producteurs de lait. Quant à vivre aux frais de l'État, c'était encore plus impensable. Il attendrait de voir comment les choses se passeraient. Il se sentait même prêt à la fraude.

Son père avait été si fier d'installer une laiterie moderne. Il se souvenait de lui, le premier jour, à l'intérieur de la fosse, les mains calées sur les hanches, regardant d'un air satisfait les trayeuses électriques, efficaces et propres, qui travaillaient à sa place dans un bourdonnement rassurant. Non, rien qu'en pensant au père, il savait qu'il n'abandonnerait jamais.

6

Des odeurs d'automne, humides et tièdes, s'élevaient de la terre mouillée et nue. Les jours raccourcissaient et, même si le soleil brillait de ses derniers feux avec une douceur qu'on aurait voulue éternelle, la fraîcheur en fin d'après midi s'accrochait aux hommes et aux bêtes, annonçant le début de l'hiver auquel personne ne voulait croire. Cette froidure qu'on aurait voulu repousser avec force ne semblait guère affecter Irène qui portait des vêtements trop légers pour la saison. Elle avait relevé sa fougueuse chevelure en un chignon qui laissait apparaître sa nuque frêle et souple. Aujourd'hui, elle accompagnait Patrick et sa bellemère à une tuée de cochon, et cette perspective l'enchantait.

Ils arrivèrent tôt dans la matinée à la Hulotière, une ferme isolée près d'un bois et protégée par des haies épaisses qui jetaient leur ombre sur la maison ; une longère dans laquelle Mariette et Raymond vivaient depuis trente ans. Dans la cour, la volaille furetait, gloussait en grattant le sol fangeux en quête de vers appétissants. Lorsque la voiture d'Irène freina brusquement, les poules s'envolèrent en caquetant.

Il y avait déjà du monde dans la cour. Mariette, une petite femme large de hanches, vint vers eux, suivie de Raymond, tout aussi court en taille et aussi charpenté par le travail. Ils marchaient sans urgence, plantant solidement leurs pieds dans le sol comme pour y trouver l'aplomb nécessaire aux besognes laborieuses.

— Vous v'là enfin, c'est pas trop tôt, la patronne commençait à s'impatienter ! s'écria Raymond.

— Si Mariette s'énerve, la boudinée sera foutue ! blagua Patrick qui connaissait la tranquille façon de vivre de la maîtresse de maison.

— Mais non, y raconte n'importe quoi ! répondit Mariette. Ses yeux sautillaient.

Des jours comme aujourd'hui, il y en avait sept ou huit dans l'année. C'étaient des jours d'abondance, des jours heureux. Avec un cochon, on remplissait le congélateur pour l'hiver. Des réserves qui rassuraient, même si maintenant on ne manquait plus de rien.

— C'est que, depuis hier, elle fourbit la maison et, ce matin à six heures, elle était déjà aux fourneaux à transpirer, répliqua Raymond dont le visage était rouge et sillonné de fines veinules bleutées.

Contre les murs de la grange, des seaux percés et des outils rouillés attendaient depuis des lustres, mais ici on ne jetait rien. Le couple vivait de la ferme plus que de la terre. Mariette faisait du beurre et des fromages blancs qu'elle vendait deux fois par semaine au marché. Elle engraissait aussi des nourrains, des cochons de luxe qui s'étaient ébroués dans la terre, se goinfrant de petit-lait, de soupes et de bouillies que Mariette cuisinait chaque jour pour eux, comme on nourrirait de gros bébés édentés ; écrasant, hachant, broyant des betteraves, des topinambours, des orties et de la luzerne qu'elle mélangeait à des céréales. Raymond leur avait installé des soues à l'arrière de la grange avec du bois de récupération et des tôles où trois énormes coches faisaient plus ou moins bon ménage à côté d'un verrat belliqueux qui effrayait les gamins trop curieux. De petits porcelets musardaient près d'une auge vide. Ceux-là étaient particulièrement gâtés par Mariette qui leur gardait le meilleur, comme le marc des pommes, quand ils faisaient le cidre, que les bêtes gloutonnes dévoraient en un rien de temps. Les cochons de Mariette étaient renommés. Après les salutations, elle emmena d'abord ses clients visiter l'élevage. Pas question de tuer un de ses pensionnaires dont elle était si fière sans le présenter vivant.

Pendant ce temps, M. Besnier affûtait les couteaux sur une meule. C'était lui qui tuerait Nono. Il faisait ça trois ou quatre fois l'an pour garder la main et aussi parce qu'il ne refusait jamais de rendre un service à Mariette. Mais cette année, il l'avait prévenue :

— Je me fais vieux, c'est le dernier, et encore c'est bien parce que c'est toi, mais, après, faudra plus compter sur moi.

— T'as pas honte de dire des choses pareilles, je connais des jeunes qu'ont moins de santé que toi, railla Mariette.

Il venait de fêter ses quatre-vingts ans et, s'il était encore assez leste pour élaguer les pommiers, il avait décidé que, cet après-midi, il achèverait sa carrière de charcutier et de tueux de cochon. Un métier qu'il avait commencé à apprendre à l'âge de douze ans. C'était un 2 mars, il se souvenait de la date et de sa pauvre mère qui pleurait. Elle venait de perdre son mari et, maintenant, elle envoyait son petit Georges faire son apprentissage chez un charcutier d'Alençon, place Lancrel. Il était parti avec une chemise, une culotte de rechange et deux tricots de peau. Il apprit d'abord et surtout à ne pas pleurer et à se lever à cinq heures du matin tous les jours de la semaine.

Plus tard, il épousa la fille de son patron et continua de se lever à cinq heures, y compris le lundi, jour de fermeture de la charcuterie, pour sillonner la campagne et trouver de bonnes bêtes à acheter. À l'entendre, il y avait cochon et cochon, et, avant de faire affaire, il se renseignait sur la façon dont on avait nourri les bêtes. S'il entendait parler de maïs ou d'aliments fabriqués, il refusait d'acheter. Il ne prenait que le porc « pendu à la queue des vaches », nourri de petit-lait et de bouillies faites maison. C'était ainsi qu'il avait connu Mariette, à qui il venait maintenant donner un coup de main.

Il avait parlé doucement mais d'un ton ferme et Mariette sut qu'il disait vrai. On trouvait sans peine des tueux de cochons qui faisaient la tournée des fermes le samedi, des gars qui travaillaient dans les abattoirs, mais Mariette prétendait qu'ils ne faisaient pas bien le travail, ne s'y connaissaient pas pour la découpe.

L'ancien charcutier s'affairait devant la meule. D'un geste précis, il ciselait la lame du couteau qui brillait au soleil et avec lequel il accomplirait le dernier sacrifice. Mariette présenta M. Besnier à la famille Le Hénin, puis elle invita tout le monde à prendre le café.

Dans la grande pièce qui servait de salle et de cuisine, il y avait peu de mobilier, rien d'inutile, juste un buffet en bois verni et une longue table en chêne, usée par les hommes, usée par le temps comme les poutres brunies par la fumée. Le sol, lui aussi, s'était usé, se creusant par endroits. La cuisinière à bois d'une blancheur immaculée était si bien astiquée qu'on l'aurait crue neuve. Au mur, le calendrier des postes voisinait avec l'image de sainte Thérèse de Lisieux, Thérèse Martin, la petite sainte avec ses grands yeux noirs ; si pieuse sous son globe de verre auquel on avait accroché une branche de buis béni par le curé, le jour des Rameaux. Après le café, il y eut le pousse-café. Mariette ouvrit une boîte de biscuits assortis qu'elle offrit à ses convives. La conversation se faisait au rythme des nouvelles qu'on commentait sans se presser.

Cette année, il ne fallait pas trop se plaindre. Les récoltes avaient été bonnes. Le Hénin commençait à fumer ses terres. Ensuite viendrait le temps des labours ; cent trente hectares à retourner en deux mois, à peine. Raymond le regardait en écarquillant les yeux, le chiffre était si gros qu'il avait du mal à se représenter une telle étendue.

— Eh ben, je me demande comment tu t'en sors à toi tout seul ?

— C'est simple, je travaille la nuit et puis, en ce moment, il fait sec, alors ça va. Je n'ai pas pris de retard, mais on ne peut jamais savoir.

Travailler la terre en pleine nuit, c'était encore une invention qui dépassait Raymond. Il voyait les agriculteurs courir après les dernières nouveautés techniques, soi-disant pour gagner du temps, et lui pensait qu'ils perdaient plus souvent leur temps qu'ils n'en gagnaient puisque, au bout du compte, il les voyait travailler toujours plus. Il appelait ça la rançon faite au progrès. Pour le moment, il y avait une chose que personne ne pouvait encore changer, c'était le temps des semis. Et le blé, il fallait le semer avant la Saint-Denis, tel était le conseil qu'il répétait à Patrick.

Raymond croyait à la vertu des dictons et encore plus à la lune. Il l'observait, l'interrogeait, tenait compte des quarts ascendants ou descendants et n'entreprenait rien sans son aval. Pour couper un arbre, planter les poireaux, arracher les pommes de terre, la lune avait toujours le dernier mot. Patrick, lui, n'y croyait pas trop et surtout, il n'avait plus le temps de regarder ni lune ni le calendrier.

On énuméra les principaux événements survenus dans la contrée et que chacun ponctuait par des « on verra bien, de toute façon, ça ne changera rien ». Ceux qui étaient qualifiés de braves gens trouvaient grâce auprès de la petite assemblée ; les autres, les malins, se faisaient assassiner et on ne mâchait pas ses mots pour blâmer ses ennemis.

Denise demanda des nouvelles des enfants et des petits-enfants de Mariette. Puis on plaisanta M. Besnier.

C'était encore un bel homme, mince et leste, dont le corps refusait de se plier à la tyrannie du temps. Il portait une casquette en tweed et une cravate. Il avait de l'allure, il ne leur ressemblait pas ! pensaient les autres qui le regardaient jalousement en souhaitant que la vie leur fasse le cadeau d'une vieillesse aussi vivace. Cet homme-là avait de la chance ! se disait-on. À le voir sourire, on devinait sans peine qu'il avait dû plaire aux femmes et qu'il pourrait bien leur plaire encore.

Irène remarqua le teint frais, le regard vif, empreint d'une si grande douceur et ne put imaginer que ce même homme égorgerait tout à l'heure l'animal.

On bavarda encore un moment, puis M. Besnier se leva, prit un grand tablier bleu qu'il attacha avec soin et annonça qu'il était temps de s'y mettre.

— Faut pas faire attendre not' Nono, renchérit Raymond qui repoussa sa chaise en se redressant, prêt au meurtre.

Tout le monde sortit dans la cour. Les femmes restèrent devant la porte de la ferme pendant qu'on allait chercher l'animal. Raymond ouvrit brutalement la soue, et Nono, affolé, ébloui par le soleil, se rua dans tous les sens. Les hommes le cernèrent. C'était Raymond qui tenait la corde avec le nœud coulant. Ce fut une vraie corrida. Chacun se méfiait, car la bête pesait son poids. Un nourrain de cette taille pouvait jeter un homme à terre et le piétiner. Une fois maîtrisé, le cochon gueula. Il bavait et les hommes devenaient rouges sous l'effort. Irène se boucha les oreilles pour ne plus entendre les cris de l'animal qu'on ficelait solidement pour l'immobiliser.

Le charcutier prit tranquillement son couteau qu'il examina quelques instants, puis, d'un coup sec, il planta la lame acérée dans la gorge de l'animal. Du sang clair et rouge gicla sur le sol. Nono eut un dernier soubresaut pendant que Raymond recueillait le sang bouillonnant dans une immense poêle en fonte noire.

— Il était bon à tuer, conclut le charcutier comme s'il se parlait à lui-même.

Il s'essuya le front qu'aucune sueur ne mouillait ;

juste un moment de peur qu'il voulait effacer. C'était son dernier. Il avait fait les choses comme il fallait. Il regarda perplexe le récipient se remplir de sang auquel on mélangerait des oignons, du sel et du poivre pour faire la boudinée. Raymond tournait avec une mouvette pour lui garder sa fluidité. Tout le monde regardait Nono se vider, mourir à bout de sang. Cela bruissait dans la marmite. La saignée se faisait bien, le charcutier avait frappé juste. Mariette aussi surveillait le flux de l'écoulement, lent et continu ; elle savait que si le sang ne venait pas bien, le boudin en souffrirait. La lumière grandissante du matin éblouissait maintenant la campagne.

Puis le charcutier recouvrit de paille le cochon qui gisait, gras et lourd, et mit le feu pour desoyer l'animal. Une odeur forte et âcre de couenne et de poil brûlé se répandit dans la cour, c'était à faire vomir. Le cochon fut ensuite lavé, gratté, étripé puis crucifié sur une échelle en bois qu'on posa contre le mur. Maintenant, il attendait, suspendu, les pattes écartelées par un jambier. Alors, le charcutier écorcha la bête en fendant la couenne de haut en bas, du cul à la gueule. Le gras épais, blanc et translucide, brillait au soleil. D'un geste ample et précis, il fendit la colonne vertébrale. Un à un, les os cédèrent dans un craquement net. Les hommes aidaient à porter les quartiers de viande fraîche sur une table, les recouvrant de linge propre qu'aucune goutte de sang ne vint tacher.

Irène les regardait faire et se demanda si elle verrait encore une fois cette tuerie qui rendait les hommes si contents. Un jour, on les empêcherait peut-être pour des questions d'hygiène, même si ces cochons-là étaient souvent plus sains que ceux qui partaient à l'abattoir bourrés d'additifs en tout genre.

Le travail terminé, les couteaux lavés et rangés, la viande mise au frais, les hommes remontèrent leurs manches pour se savonner les mains et les avant-bras avec l'eau chaude que Mariette leur versait dans une bassine avec un broc.

Dans la grange, les femmes œuvraient. Une belle-sœur et une voisine s'étaient jointes pour les aider à entonner le boudin dans les boyaux qu'elles avaient longuement nettoyés à grande eau. Elles s'occuperaient aussi de le faire cuire sans quitter le chaudron des yeux de peur que le boudin n'éclate. Le charcutier vérifia ensuite la cuisson en piquant le boudin avec un picot. Plus une seule goutte de sang ne devait suinter. Avec précaution, il posa la boudinée sur une brassée de paille propre pour la faire refroidir avant qu'on fasse les partages. On offrait toujours du boudin aux proches. En fin de journée, il préparerait les pâtés et toute la charcuterie, mais maintenant on allait manger.

Une fois qu'ils furent tous assis autour de la table, Raymond apporta du cidre frais et chacun se désaltéra à grandes gorgées. C'était une bonne cuvée fruitée, un cidre sec avec un petit quelque chose de moelleux. Raymond présidait, les mains posées sur son ventre, qu'il avait aussi gros que celui de Nono.

Mariette préparait des salades. Dans le four de la cuisinière à bois, un coq cuisait et depuis une heure une délectable odeur de viande rôtie se répandait dans la pièce et allumait les faims. Avec une attention particulière, Mariette surveillait l'animal qui dorait à la chaleur des flammes vives et qu'elle arrosait régulièrement. Irène voulut aider, mais Mariette la renvoya à la table où les hommes attendaient qu'on leur serve à boire pour calmer la soif.

Raymond portait une chemise en flanelle à carreaux bleus et verts, au col tout effiloché. Il parlait sans trop articuler avec un accent normand si prononcé qu'on comprenait à peine ce qu'il disait. Il hachait un mot, avalait un autre ou l'écorchait selon ses caprices. Il prétendait être dur d'oreille et faisait souvent répéter les gens. Il aimait avoir l'air un peu bête, c'était sa manière de tromper le monde. Pour arrondir ses revenus, il allait chez les uns et les autres donner des coups de main : curer les étables, élaguer, moissonner. Raymond, c'était d'abord une solide paire de bras et personne ne se méfiait de ses deux oreilles tendues qui enregistraient tout ce qui se racontait. Il faisait fortune des nouvelles entendues à droite et à gauche, qu'il commentait d'abord avec Mariette avant de les faire circuler d'une ferme à l'autre.

Mariette apporta une nouvelle cruche de cidre qui fut vidée en un rien de temps.

— Il fait soif ! s'écria Raymond en tirant sur le col de sa chemise et en tendant le pichet.

— Regarde-toi, t'es tout rouge !

— C'est à cause de ton four, on est tout desséché avec cette chaleur. Tu ferais mieux d'allumer la gazinière !

— Maudis encore le poêle et le coq pourrait bien s'envoler.

Il but une grande goulée de cidre en faisant claquer sa langue de plaisir puis il s'adressa à Patrick :

— Les fils Duval, tu sais, ceux des Marcheries, il paraît qu'il viennent d'arrêter le lait, lança-t-il en s'essuyant la bouche du revers de la main.

Patrick se contenta de hocher la tête sans donner suite et en évitant de regarder Irène.

— J'ai rencontré le Jean-Marie sur le marché, c'était la première fois que j'le voyais baguenauder en ville, poursuivit Raymond.

— Il peut se promener maintenant qu'il a du temps libre, dit Irène qui s'était approchée de la table.

— En tout cas, il a plus de soucis à se faire avec les amendes. Il a eu gros à payer. Quand il a vu la note, il a fallu le retenir pour l'empêcher d'aller faire des conneries. Deux francs cinquante chaque litre en trop, plus cher que le lait vendu. En un an, il avait dépassé son quota de trente mille litres. Heureusement, il a pas continué. Les gars qui veulent frauder, ils se feront épingler un jour ou l'autre. À Bruxelles, ils rigolent plus. Il va engraisser des taurillons. Il a construit un hangar pour les veaux qui a dû lui coûter de l'argent, mais de ça, il a pas voulu en parler. Pour le mettre en colère, j'y ai dit : « Te v'là comme un banquier, il te suffit plus qu'à faire grossir tes veaux ! ».

— Il a raison de faire une nursery, il fera des économies, parce que moi, j'achète les veaux à six mois et c'est plus cher.

— Y a aussi des risques parce que les veaux élevés comme ça, moi, j'appelle ça sous vide, ils sont plus fragiles, et le vétérinaire, faut le payer. Alors, je sais pas si c'est une économie qu'il fera. Dans le lot, y a forcément des mauvaises bêtes, tu choisis pas et les gars dans les coopératives, y promettent toujours la lune et puis, dans la réalité, c'est rarement aussi beau que sur les prospectus. En ce moment, ils font de la publicité pour les porcheries industrielles. Et ça y va. Ils organisent même des réunions pour expliquer comment ça marche. T'es au courant ? interrogea Raymond en plissant des yeux.

— Non.

— Pourtant, ils en distribuent dans toutes les fermes.

— Ah ! tu vas pas encore nous embêter avec les porcheries industrielles, s'écria Mariette. Je veux pas entendre parler de ça chez moi. De la viande à la chaîne. Pouah.

Un rictus de dégoût parcourut son visage.

— Il paraît qu'il n'y a plus de place en Bretagne. Alors les industriels voudraient bien s'installer par chez nous, expliqua M. Besnier.

— Qu'ils y viennent, je les attends ! cria Mariette toute hérissée de colère.

— C'est le progrès, on ne peut rien faire ; faut pas vous fâcher, Mariette, vous avez rien à craindre pour vos cochons, lui dit Le Hénin.

Raymond aussi voyait d'un mauvais œil ces industries qui fleurissaient dans la campagne. S'il fallait vivre avec son temps, il était bel et bien largué. De toute façon, qui lui aurait donné trois sous pour créer un élevage moderne ? Les banques avaient de l'argent à prêter mais pas à tout le monde. Des notables dans les conseils d'administration veillaient au grain. Et des types comme Raymond ne les intéressaient pas.

— Moi, tu vois, je suis pas convaincu par toutes ces nouvelles méthodes. Je dis pas que t'as tort de faire du taurillon mais avoue que ça fait tout de même curieux de voir tes bêtes enfermées toute l'année sous des hangars en tôle au lieu d'aller manger l'herbe bien grasse qui pousse toute seule dans les prés.

— L'herbe, elle n'est pas gratuite et faut avoir les moyens de laisser son argent dormir pendant trois ans dans un champ ! rétorqua Irène que ces discussions de vieux agaçaient.

— Ah ! je voudrais pas contrarier madame la comptable, mais je crois plutôt que c'est pour payer les dettes qu'on fait de la viande de cette façon-là. C'est peut-être moderne, mais ça fait quand même mal de voir ces bêtes manger du maïs et de la farine en plein mois de juin quand on a de l'herbe chez nous !

Raymond s'emportait, il n'aimait pas que les femmes se mêlent de ces affaires-là. La rouquine ne l'impressionnait pas et, si elle ouvrait encore la bouche, il la ferait taire.

— Tiens, Patrick, je vais te dire. À la manière où vont les choses, le jour où tu partiras à la retraite, tu auras encore des dettes à payer. Le gars Raymond, tout le monde pense qu'il est pauvre avec ses trente hectares de prairie, dix vaches et vingt bœufs à l'embouche. Ah ! pardon, j'oubliais les cochons de la patronne ! ajouta Raymond d'un air goguenard ; mais, au moins, j'dois rien à personne et, tu veux que je te dise, je me sens riche. J'ai pas d'autres soucis que de me réveiller le matin et de retrouver le monde comme je l'ai laissé la veille. Le richard, c'est moi, j'ai encore le temps d'aller au bistrot et de me promener le dimanche.

Parler lui avait donné soif et il reprit de ce cidre clair et pétillant qui le chatouillait.

— Nous aussi, on est heureux, lança Irène. On n'a pas honte de vouloir gagner notre vie de cette façon-là et de vouloir être des agriculteurs modernes. Tu le sais toi-même qu'on n'a pas le choix. Regarde, ton fils a dû partir travailler en ville. Si nous voulons continuer, il faut voir grand et se moderniser. On a des dettes, mais on a largement de quoi vivre et puis faudrait être bête de ne pas profiter de la technique et de tout ce matériel qui rend le travail moins fatigant.

— Vous, vous n'êtes peut-être pas fatigués, pour sûr ! C'est la terre qui est fatiguée ! Un jour, elle se vengera, gronda Raymond.

— Irène a raison, répondit Patrick. Je crois qu'on n'a pas le choix. Si on veut rester compétitif, il faut faire du rendement.

— Et surtout, si on veut avoir droit aux subventions ou aux primes, il faut désormais répondre à certains critères, enchaîna Irène.

D'un geste brusque, Raymond essuya la cendre de sa gauloise qui venait de tomber sur la table. Incapable d'articuler, on l'entendit siffler entre ses dents écartées, signe qu'il allait lui faire avaler sa langue de vipère à cette rouquine. Comme si on parlait de choses pareilles à table. Les aides, c'était la honte des agriculteurs. Il n'avait jamais touché un sou de l'État et n'en toucherait jamais, il n'était jamais dans les bons créneaux. Cela le mettait hors de lui de voir des paysans se faire payer pour travailler. Il avait entendu dire que ces aides publiques représentaient la moitié du salaire de certains agriculteurs et que d'autres touchaient des magots. Il enrageait. Essoufflé par la colère, il aspirait l'air en filet.

Mariette avait reconnu le sifflement, elle s'approcha de la table avec une pile d'assiettes.

— Vous referez le monde tout à l'heure, y a le coq

qui crie au feu ! Je veux bien un petit coup de main, fit-elle en s'adressant à Irène.

Avec regret, Irène la suivit pour mettre le couvert, les hommes ne bougèrent pas.

À la vue de la boudinée encore fumante avec la peau craquelée et luisante de graisse, un brouhaha de satisfaction se fit entendre. Il y en avait bien deux mètres enroulés dans un grand plat. Sans attendre que tout le monde soit servi, on commença à manger avec appétit ce boudin si goûteux qui ne ressemblait à aucun autre boudin de charcuterie. On mangeait avec empressement, trop vite. Il ne resta bientôt plus que quelques morceaux qu'on se partagea sans se faire prier. Mariette apporta ensuite des terrines de rillettes maison, un cadeau de M. Besnier.

Puis vint le moment de sortir le coq du four. Lorsque Mariette posa la volaille encore triomphante dans le plat, ce fut un festin des yeux. La chair moelleuse, ruisselante de jus, la peau croustillante et dorée mouillèrent les bouches et mirent tout le monde dans la gaieté. Un bouchon de cidre bouché sauta. On trinqua pour la énième fois. Après le coq, on ferait un trou normand avec un bon calva pour digérer. Les hommes commencèrent à raconter des plaisanteries, celles qui leur appartenaient et qui faisaient taire les femmes.

Cela faisait deux heures qu'on était à table. La nourriture alourdissait, les corps s'abandonnaient. Les femmes avaient les joues chaudes. Du coin de l'œil, elles surveillaient le remplissage des assiettes tout en causant la bouche pleine. Tout le monde avait oublié la colère de Raymond. Quant à Irène, elle souriait et bavardait de nouveau avec son entrain habituel.

7

L'annonce était passée dans le journal *Le Perche* mais déjà tout le pays savait : Le Hénin vendait ses vaches, les trayeuses, le tank. Cela s'était su le jour même où il avait déposé un dossier de cessation d'activité laitière à la direction départementale de l'agriculture.

Le Hénin n'était pas le premier. Les sanctions se durcissaient à l'égard des imprudents qui ne respectaient pas les quotas. Certains persistaient à ne pas tenir compte des injonctions qui leur étaient faites. Frondeurs ou simplement poussés par la nécessité de rembourser des crédits, des producteurs augmentaient leur rendement jusqu'au jour où l'Office national interprofessionnel du lait envoyait les huissiers dans les fermes. Cela atteignait parfois de telles sommes qu'il fallait vendre des bêtes pour rembourser les pénalités qui s'étaient accumulées. Ceux qui se conformaient aux règlements ne se sentaient plus solidaires des coupables. Certains se reconvertissaient dans l'élevage hors sol. « Moins de lait, plus de viande » était le dernier slogan qu'on entendait. Le mouvement faisait tache d'huile. D'ailleurs, on ne parlait que de ça : « Fallait-il continuer ou pas ? » L'idée de payer des amendes scandalisait les jeunes comme les vieux. Jamais on ne s'en était pris aux paysans d'une telle façon ! Ils s'étaient adaptés à toutes sortes de modernités mais, là, c'était contraire au travail de générations d'hommes et de femmes qui avaient vécu et avancé du même pas, sous la pesée et à la force d'un seul mot : produire. Travailler plus, augmenter les rendements par tous les moyens possibles pour nourrir le monde entier et s'enrichir. Et maintenant, on voulait les empêcher d'aller de l'avant. La plupart ne se sentaient pas capables d'étouffer en eux l'élan qui les avait soutenus toute leur vie.

— On ne sera bientôt plus not'maître chez nous, martelaient les anciens, soucieux et abattus, espérant que les plus jeunes se rebellent.

Patrick Le Hénin ne demanda conseil à personne. Le vétérinaire était venu faire une césarienne en plein milieu de la nuit ; le veau avait été sauvé mais pas la vache. Cela avait duré trois heures. Trois heures de lutte. Le temps pour Le Hénin de décider que c'était fini, qu'il fallait arrêter.

Le lendemain, alors qu'ils venaient de se mettre à table, il annonça brutalement son intention d'arrêter le lait, de vendre les vaches et le matériel. Puis il s'était mis à manger avec application, la tête penchée au-dessus de l'assiette, bien décidé à ce que personne ne vienne troubler son repas. La mère n'avait rien dit comme d'habitude. Mais Le Hénin savait lire ses silences, comme il avait aussi remarqué la façon dont elle se tenait les reins après avoir porté les seaux à l'étable. Sa mère s'usait.

Irène n'avait pas bronché. Surprise, elle l'avait d'abord écouté avec un sourire triomphant puis avait espéré qu'il s'expliquerait sur sa décision, sur ses intentions futures, mais il mangeait comme si de rien n'était. Elle regarda son mari furtivement, vit son regard buté et mesura sa détermination à sa façon de mastiquer les aliments. L'interroger ne servirait à rien, il n'en dirait pas plus, il fallait se contenter de ces quelques mots lapidaires, prononcés à la hâte, avec la fermeté de son père qui, à table, coupait les tranches de pain pour les distribuer à ceux qui mangeaient avec lui.

Au lieu de se réjouir de la nouvelle, Irène s'agaça contre son mari qui ne faisait jamais la moindre allusion à ce qui se tramait dans sa tête. Elle aurait pourtant voulu qu'il eut une opinion sur tout, sur les fameux quotas, par exemple, mais il s'obstinait à ne rien dire. Irène pouvait s'irriter de ses silences, il restait muet comme une tombe. À force de vivre seul sur son tracteur, entre ciel et terre, il ne savait plus parler aux autres de ce qui lui tenait à cœur. Il n'avait jamais eu l'habitude de le faire et, avec le temps, ce mutisme professionnel devenait un refuge.

Elle avait beau gesticuler, s'acharner, l'homme résistait. L'œil tenace, il refusait de répondre aux questions d'Irène. C'était sa seule avarice. Par moments, elle le sentait aussi massif et robuste que ces armoires normandes, taillées dans le chêne, faites pour durer des siècles et qu'il fallait démonter pour les bouger. Des armoires qu'on fermait à clef.

Cette retenue qu'elle avait tant appréciée au début de leur liaison désormais l'impatientait. Irène n'aimait pas le silence, elle bourdonnait de conversation comme un insecte gourmand et effronté. Elle ne faisait aucun cas des gestes. Les mots lui plaisaient davantage, elle jouait à leur répondre, à les répéter, à les abîmer. Le Hénin ne s'encombrait pas de cela. Jamais il ne lui aurait dit « je t'aime » avec des mots, de peur de les dire trop vite. Il préférait lui faire l'amour pour lui parler de son bonheur d'homme avec force et sans compter. Et Irène ne se détournait jamais de ces façons de dire.

Mais, un jour comme aujourd'hui, elle aurait voulu qu'il parle. Et s'il changeait d'avis ? Elle n'osait plus lever la tête et mangeait précipitamment, incertaine soudain de ce nouvel avenir auquel elle aspirait autant pour elle que pour lui.

Elle calculait le montant des primes. Il y avait peut-être moyen de truquer l'ardoise et d'obtenir davantage d'indemnités. Elle irait demander conseil à François Garnier.

Faire du lait ! Il fallait être d'un autre siècle pour s'enchaîner matin et soir à des vaches qui ne rapporteraient plus. C'était aussi ce que Garnier pensait. Irène s'entretenait volontiers avec le maire de toutes ces questions. Elle appréciait son jugement, sa détermination. Elle aimait sa voix basse et pressante.

La veille de la vente, Le Hénin se mit au lit mais ne put trouver le sommeil. Au bout d'un moment, il se releva, enfila sa canadienne, mit ses bottes et sortit dans la cour. La nuit était froide et craquante de gel. Son souffle faisait une buée dans l'air glacé. Il entendit la chaîne du chien grincer et les taurillons heurter les barrières de métal dans la stabulation. Une multitude d'étoiles brillaient en pointillé dans cette immense nuit d'hiver. Par habitude, il reconnut la Grande Ourse, repéra l'étoile Polaire dans la voûte céleste illuminée de mille feux. Puis il se dirigea d'un pas rapide vers la salle de traite.

Le Hénin tâtonna un moment avant de trouver l'interrupteur, les néons clignotèrent avant de s'allumer pour de bon. Cette lumière crue et blanche rendit le lieu sinistre. L'humidité suintait du sol et des murs lavés deux fois par jour et qui n'avaient jamais le temps de sécher.

Dans l'étable, la vue des vaches couchées paisiblement, leur odeur tiède et grasse accentuèrent son malaise. Les bêtes sentirent la présence du Hénin et se mirent à fourrailler dans la paille.

Demain tout disparaîtrait. La salle de traite ne fonctionnerait plus. Il n'y aurait plus d'animaux. L'étable que son père avait maintes fois curée serait vide, abandonnée. Il ne resterait que des saletés, du désordre, comme en laissent les voyageurs en quittant une chambre d'hôtel.

Tout était si simple du temps du père. Maintenant tout lui paraissait vague et inquiétant, une foule d'incertitudes abîmait ses jours et ses nuits. Il lui semblait qu'un destin étrange le menait. Jusqu'à présent, il avait pu compter sur ses forces tout en sachant que rien n'était jamais acquis. Il s'était fait aux caprices du temps, aux hasards. Désormais, il tendait le dos, il sentait que le danger venait d'ailleurs, que c'était sans appel, sans espoir. Il fallait plier ou ne plus exister. Il eut envie de crier sa rage, puis l'envie sauvage se perdit en lui.

Il resta un moment à écouter et à regarder les vaches. Mais Le Hénin n'était pas homme à réfléchir indéfiniment ni à se nourrir de nostalgie. Il fit un grand geste de la main pour chasser le passé. Il voulait en finir avec cette histoire exactement comme il brisait les rondins de bois avec sa hache, d'un coup sec et violent. Ne plus en parler, passer à autre chose, voilà ce qu'il avait décidé.

La vente se ferait à la criée pour les meilleures bêtes. Les autres, les vaches de réforme, partiraient directement à l'abattoir où elles se transformeraient en viande de bœuf. Avec les primes, il agrandirait la stabulation et doublerait le nombre des taurillons. Il entendait déjà les murmures des acheteurs, les appels des uns, les réflexions des autres, les boniments du crieur.

Le lendemain matin, il se réveilla tendu et pensa : « C'est aujourd'hui ! » puis il se leva et s'habilla en prenant son temps. Irène dormait encore. Sa mère était déjà debout depuis longtemps, il l'entendait qui s'affairait dans la cuisine. Sans un mot, il s'installa à table et attendit. Sa mère prit la cafetière qu'elle tenait au chaud sur un coin du fourneau, versa le café fumant dans les bols, reposa la cafetière, vérifia qu'il y avait ce qu'il fallait sur la table, puis elle vint s'asseoir en face de son fils et commença à déjeuner dans le même silence résigné.

Le Hénin coupa une tranche de pain blanc, du pain

de la veille sur lequel le beurre s'étalait mal. Il mordit dans la tartine et la reposa sur la table. Il n'avait pas faim. Il se contenta d'avaler lentement son café puis, d'un geste brusque, il essuya la lame usée du couteau sur son pantalon de travail et se leva.

Vers treize heures, des voitures, des tracteurs avec des bétaillères arrivèrent les uns après les autres. Il n'y eut bientôt plus de place pour se garer le long du chemin qui menait à la ferme. Comme aux funérailles du père !

Le Hénin attendait dans la cour. Il salua quelques connaissances. Un petit groupe d'acheteurs commençait à faire cercle autour du notaire qui avait installé une table devant la grange pour enregistrer les ventes. Ils attendaient, l'air faussement calme, les lèvres pincées. Ils n'aimaient point ces ventes trop rapides, les crieurs qui les malmenaient, prenaient le dessus. Celui d'aujourd'hui avait les dents mal plantées, le nez écrasé, des yeux minuscules perdus sous des paupières lourdes, mais du bagou à revendre. Quand tous les acheteurs furent rassemblés, le crieur, juché sur une chaise, lança quelques boutades et, quand il fut certain de tenir son auditoire, il commença, annonçant la mise à prix à la cantonade, menaçant de retirer la bête de la vente si on faisait la fine bouche. Il causait, s'échauffait en scandant les prix d'une voix sans faille et n'attendait pas de voir des mains se lever ; les regards lui suffisaient pour monter les enchères avec une rapidité qui étourdissait les paysans.

Le Hénin s'était mis un peu à l'écart, à l'entrée d'une grange, afin d'assister à la vente sans être vu. Pas une seule fois, il n'avait sourcillé, mais n'importe qui, en s'approchant de lui, aurait pu voir sa pomme d'Adam vibrer quand le crieur annonçait haut et fort : « Adjugé ».

Les paysans n'avaient point chaud. Ce n'était pas dans leur habitude de rester debout à ne rien faire ; leurs pieds avaient perdu connaissance et, dès qu'une enchère était terminée, ils remuaient pour se dégourdir le sang. Certains chuchotaient quelques remarques étouffées, puis le crieur reprenait.

Parmi les acheteurs, un homme en veste de velours, presque chauve, l'air attentif, suivait le mouvement de la vente : c'était Louis Tessier.

— 8 300, 8 400, qui dit mieux ? 8 400 ? 8 400 ? Allez pour 8 400 ! 8 400.

Louis serrait les poings dans ses poches et se contentait de cligner des paupières.

— 8 550, qui dit mieux ?

Les prix grimpaient. Louis retint sa respiration. Il y eut un fléchissement, comme une hésitation, puis l'enchère reprit. Enfin la voix traîna, une fois, deux fois. Quelques instants qui parurent des minutes, mais personne ne vint renchérir.

— 9 200, vendu !

Ce fut un soulagement. La génisse était pour Louis Tessier. Une Prim'Holstein, la robe noire, la culotte rebondie, le pis rose, la ligne de dos parfaitement rectiligne, certainement une des meilleures du troupeau, qu'il payerait tout à l'heure en espèces sonnantes et trébuchantes. Louis flirtait avec la modernité tout en tirant parti de la sagesse et du bon sens des anciens. Il avait surtout mauvaise grâce à engraisser les banques et préférait attendre de pouvoir payer comptant. Aujourd'hui, la chance s'était mise de son côté, il avait pu s'offrir deux belles bêtes. Satisfait, il leva la tête vers le ciel d'un bleu limpide qui inondait la cour. Les rayons du soleil blondissaient les tuiles des granges. L'herbe brillait sous l'air froid et sec qui purifiait la campagne. Au loin, on apercevait les frondaisons de la forêt qui encerclait l'horizon. Louis repartait heureux.

Ses terres touchaient celles de Patrick, mais les deux hommes ne se voyaient qu'à de rares occasions et, quand ils se croisaient en tracteur, ils se saluaient d'un simple geste. Louis Tessier faisait aussi du lait ; à vrai dire, il faisait de tout, des veaux, des vaches, des bœufs à l'embouche, il avait même quelques dizaines de taurillons dans une grange. Ni la ferme ni les terres, à l'exception d'une soixantaine d'hectares, ne lui appartenaient. Chaque année, en janvier, il portait son chèque au propriétaire pour s'acquitter des fermages. C'était l'occasion de prendre le café et de bavarder un moment de tout et de rien.

Louis était né à la Châtaigneraie. Il avait quitté la ferme pendant deux ans pour faire son service en Algérie. De cela, il ne parlait jamais. Lui, le petit paysan du Perche, il avait vu le désert, les casernes, la peur, et autre chose encore. Il avait vu la guerre et gardait pour lui tous ces souvenirs dont personne ne voulait. À son retour, il avait rencontré Suzanne, l'avait fréquentée puis épousée. Quand les parents de Louis avaient pris leur retraite, ils s'étaient installés à leur place. Suzanne avait changé le linoléum dans la chambre de leur fils, fait installer un évier à côté de la gazinière pour ne plus aller chercher de l'eau dans la souillarde ; puis elle était devenue agricultrice sans passer de diplôme, juste en regardant son mari travailler et en écoutant les conseils qu'il lui prodiguait patiemment et toujours à bon escient.

Louis ne s'énervait jamais. D'une humeur constante, il n'éprouvait pas la nécessité de gâcher le travail et la vie par des remontrances et des complaintes. Il préférait la quiétude du silence qui l'environnait aux bavardages intempestifs et souvent inutiles. Il parlait lentement, après les autres, et seulement s'il jugeait nécessaire de prendre la parole.

S'il n'était pas propriétaire de sa ferme, l'air et les arbres lui appartenaient, comme ses journées, qu'il faisait durer à sa guise. L'hiver, il se levait le premier pour allumer le feu avec le bois qu'il avait lui-même remisé au début de l'automne et, quand les flammes s'élevaient dans le poêle, il se sentait le plus heureux des hommes.

Il préparait alors le café en attendant Suzanne puis ils s'asseyaient l'un en face de l'autre, se regardaient à peine et déjeunaient en écoutant le doux crépitement du feu qui dissipait lentement la dernière rêverie de la nuit.

Au printemps, son premier geste était d'ouvrir la porte pour respirer l'air nouveau. De partout, il sentait cette vie multiple qui s'éveillait avec lui. Tout était signe de renouveau, le sifflement du merle, le craquement des bourgeons sous l'or des rayons, les premières feuilles d'un vert tendre et délicat, l'herbe qui envahissait les moindres recoins et se tachait du jaune des pissenlits. Le souffle puissant de la germination montait en lui. Et qu'importe la couleur du temps, Louis aimait les nuages, le ciel inconstant, le vent frais, le soleil timide ou insolent ! Louis serait mort d'aller à la ville. Ses yeux habitués aux grandes étendues seraient devenus aveugles. Il n'aurait pas survécu sans les odeurs de la terre, sans le bruissement du vent dans les arbres qu'il regardait grandir.

Louis n'avait qu'une prétention, celle d'être heureux et il n'économisait pas sa peine pour gonfler sa poitrine de ce bonheur qui s'offrait chaque matin à lui et auquel il restait fidèle. Louis était le poète de sa vie.

Avec Suzanne, la ferme tournait sans histoire. On n'aurait pas su dire si l'un influençait l'autre. Suzanne parlait plus volontiers la première. Louis la laissait prendre les devants, puis il disait ce qu'il avait à dire et même s'il ne partageait pas l'avis de sa femme, on avait l'impression que leurs propos s'accordaient. Pierre, leur fils, conduisait déjà le tracteur et reprendrait plus tard la ferme. On n'en avait jamais parlé, mais c'était une chose entendue ; enfin, c'était ainsi que Louis voyait les choses. La Châtaigneraie était maintenant une affaire de famille qui tenait bon la route. L'inquiétude des lendemains ne le tourmentait guère. L'aventure agricole ne le concernait pas. Lui aussi avait pensé que les quotas étaient une vacherie, mais il n'avait pas cherché à resquiller et l'argent rentrait malgré tout.

Suzanne et Louis prenaient le temps de travailler, le temps de vivre en défendant farouchement leur indépendance. Des agricultrices avaient voulu embrigader Suzanne dans une histoire de revendication de statut juridique, elle avait refusé de les suivre. Elle n'avait pas de salaire, mais, à quoi bon, puisque son mari respectait son travail et qu'elle gérait la trésorerie ?

— Pourquoi veux-tu que j'aille à ta manifestation ?

— Pour qu'on soit reconnues et qu'on ait un salaire, un vrai.

— Ce qui compte, c'est mon métier, si les autres ne le reconnaissent pas, j'en ai rien à faire, et puis j'ai pas besoin d'un bulletin de paye.

— Tu as de la chance d'avoir le Louis ! Seulement, ce n'est pas pour tout le monde pareil, il y a des femmes qui n'ont pas un sou à elles.

— Elles s'y prennent mal.

— Tu n'as pas le droit de dire ça.

— Je ne crois pas à vos histoires. Dans une ferme, un agriculteur sait bien que, sans sa femme, il n'est rien, même s'il fait le malin par-devant.

Suzanne savait surtout qu'ici on parlait vite et trop, et elle avait choisi de vivre sans se faire remarquer. À chacun ses affaires, à chacun son malheur, à chacun son bonheur, à chacun de se débrouiller ! La vie n'avait pas toujours été tendre avec elle et elle avait fait face à l'adversité avec la même discrétion sans pour autant oublier les débuts difficiles. Travailler, elle savait le faire de naissance. Sa mère avait été placée dans une ferme où elle avait rencontré son père : un brave homme qui l'avait épousée à la première grossesse. Ils se seraient bien arrêtés là, mais le sort en avait voulu autrement.

Suzanne n'osait même pas imaginer ce qu'avait été l'enfance de ses parents, le pain noir gagné en guenilles avec des mains crevées et des pieds nus dans des sabots, du pain noir sur lequel on tartinait du saindoux. Le père, qui ne savait ni lire ni écrire, était parti en terre, usé comme une vieille trogne, sans que Suzanne s'en aperçoive. Sa mère était restée pour travailler chez les autres. Elle y avait fait le métier de bonne à tout faire, le métier qu'elle avait tout naturellement appris à Suzanne.

Maintenant qu'elle avait un peu de terre, Suzanne se sentait à l'abri et n'enviait plus personne.

Le notaire frappa un dernier coup sur la table. C'était terminé. Tout était vendu ; il ne restait qu'une ou deux machines dont personne n'avait voulu. Les acheteurs se dispersaient. Les uns rentraient dans la cuisine où la secrétaire s'était installée pour encaisser l'argent, les autres chargeaient le matériel et les bêtes, ce qui prenait du temps.

— C'était une bonne vente. Nous avons fait mieux que prévu, annonça le notaire lorsque le dernier acheteur fut parti. Il glissa son stylo-plume dans la poche intérieure de sa veste avec les manières et l'air satisfait de quelqu'un qui s'apprête à prendre congé.

— Vous prendrez bien quelque chose ? proposa Le Hénin.

Il refusa. Quant au crieur, il avait déjà disparu. Le Hénin regretta que le notaire et la secrétaire partent si vite, le laissant seul avec sa mère. Il faisait très chaud dans la cuisine. Denise se saisit du pique-feu accroché à la barre de cuivre et régla le tirage de la cuisinière, puis elle resta devant, comme plantée, l'air soucieux. Son fils avait-il bien fait de vendre ? Elle s'interrogeait en silence, sachant que Patrick se demandait peut-être la même chose. Elle attendait debout sans rien dire, laissant l'obscurité envahir la pièce où ils se sentirent comme dépouillés, abandonnés du reste du monde avec le sentiment d'être devenus deux êtres inutiles, après tant d'années rythmées par la traite des vaches. Le tic-tac de l'horloge s'était emparé du vide, cognant contre les murs pour leur rappeler sa présence, leur donnant le vertige.

C'était l'heure de rassembler le troupeau, et le chien attendait ses maîtres en gémissant dans la cour. Couché de tout son long contre le sol, les pattes en avant, il agitait la queue d'impatience, les yeux accrochés à la porte qui ne s'ouvrait pas.

Un faible bourdonnement brisa le silence accablé qui régnait dans la cuisine, un chant d'airain lointain, qui venait de la plaine, pénétra dans la maison. Les cloches de l'église de Saint-Hommeray sonnaient l'angélus.

Ils écoutèrent, surpris. D'habitude, ils étaient dans la salle de traite où le moteur bruyant des trayeuses couvrait tous les bruits. Cela faisait des années qu'ils n'entendaient plus sonner les cloches. Puis le silence revint et ils glissèrent tour à tour dans une sorte d'engourdissement, essayant de s'habituer à cette étrange paralysie du temps. Ils restèrent là, verrouillé chacun dans leur silence, un silence de pierre, immense comme une nef de cathédrale. Ils respiraient à même le silence. Ils savaient qu'ils avaient vendu les bêtes. La chose était maintenant faite, consommée. Une partie du père avait disparu.

Quand ils entendirent la Renault blanche d'Irène, ils tressaillirent, étonnés de s'être laissé prendre à tant de rêveries.

Quelques semaines plus tard, Le Hénin fit des enclos dans l'étable pour loger une centaine de taurillons en fixant et en rafistolant des barrières. Puis il défonça les prairies et laboura pour semer du maïs.

Dans la salle de traite, les araignées tissaient leurs toiles qui scintillaient dans la poussière. Le vasistas d'aération devint bientôt opaque. La pièce servait désormais à entreposer du petit matériel, ainsi que les granulés qui, comme de l'engrais sur les plantes, faisaient grossir les taurillons à vue d'œil.

Désormais, on dînait plus tôt aux Égliers. Denise

faisait griller de la viande pour Irène, on entendait la graisse cracher dans les braises du fourneau. Le feu crépitait. Le repas achevé, Irène fumait une cigarette. Un soir, elle se hasarda.

— Ce que la vie a changé ! On est bien mieux comme ça !

Le Hénin ne voulait pas répondre et la mère n'osa pas dire son mot.

— On se croirait en vacances ! ajouta Irène.

Imperturbable, sans se soucier du mutisme du fils et de la mère, Irène poursuivit d'un ton enjoué :

— Vous n'êtes plus tenus par les horaires. Et les taurillons, c'est tout de même moins de travail. Un coup de balai, quelques coups de pelle, et hop ! c'est terminé.

Irène disait vrai. Denise faisait maintenant ses courses sans s'occuper de l'heure qu'il était. En ville, elle s'accordait le luxe de flâner, de regarder les vitrines des magasins sans se dépêcher. Désormais, elle prenait le temps de musarder, de bavarder avec les gens qu'elle connaissait.

Une ou deux fois, elle s'était arrêtée pour lire les publicités de l'agence des Autocars Verney qui organisait des voyages en Alsace, en Autriche. Elle déchiffrait les noms des villes et se mettait à rêver. Plus tard, peut-être !...

Quant à Irène, elle n'avait pas l'intention d'attendre. Elle travaillait et voulait profiter de la vie, en faire profiter son mari. Le samedi, elle rapportait des prospectus qu'elle ouvrait dès que le repas était fini. Elle n'attendait même pas que la table soit essuyée pour étaler les revues qui collaient à la toile cirée encore humide.

Ivre de la fatigue de la semaine, elle s'abandonnait en riant à la chaleur du poêle qui chauffait trop, à la perspective de la grasse matinée du lendemain. Elle était gaie, de cette gaieté du samedi soir qui referme la semaine et ouvre la parenthèse du dimanche, un jour à soi, volé ou bien gagné, qu'il fallait faire briller de tous ses feux, ceux de la paresse, de l'excès. Patrick ne connaissait pas ces parenthèses, ces pointillés, il ne découpait pas le temps ; le sien ne faisait qu'un, s'étalant en continu sur des années entières.

Irène feuilletait les catalogues en s'émerveillant bruyamment de tout ce qu'elle voyait, les paysages, les monuments, les bords de mer. Elle découvrait avec le même appétit « ses ailleurs en papier glacé ». Ses étonnements résonnaient dans la cuisine éclairée par la lumière crue du néon. Elle forçait Le Hénin à feuilleter les revues avec elle.

— Tu as vu cet hôtel ! C'est magnifique, non ?

— Pourquoi aller si loin ? les étangs de Brochard, aussi, sont beaux ! répondait Le Hénin, réticent à ce nouvel engouement.

Elle le câlinait en lui passant la main dans le dos.

— Tu m'emmèneras là-bas ?

— Pourquoi veux-tu que je t'y emmène, tu es bien capable d'y aller seule. Je te l'ai déjà dit, pour les voyages, faut pas compter sur moi.

— Ne sois pas bête, je ne vais certainement pas te laisser tout seul, n'est-ce pas, maman ?

— Tu ne te rends pas compte. On ne laisse pas une ferme, comme ça. C'est trop de responsabilités. Il suffit d'un pépin. On ne peut jamais savoir.

— Il y a des avions, tu peux rentrer au moindre problème.

Le Hénin n'eut rien à répondre. Un soir, elle montra la photo d'un rivage planté de parasols, une mer bleu azur.

— Tiens, regarde, c'est là que François Garnier et sa femme partent tous les ans ; il paraît que c'est formidable, on pourrait y aller, et même partir tous ensemble. Mais, oui, c'est une bonne idée. Tu ne trouves pas ?

Le Hénin se renfrogna, il n'aimait pas qu'on prononce le nom de François Garnier chez lui.

Irène avait suffisamment insisté sur les indemnités généreusement accordées grâce à cet homme, mais Le Hénin refusait de faire des concessions au maire, se contentant de lui adresser un bonjour beaucoup trop sec, au goût d'Irène.

— Tu pourrais tout de même être plus agréable avec lui.

— Je n'ai rien demandé.

— Espérons que tu n'aies pas un jour à le regretter, ni à lui demander quelque chose.

Pour remercier le maire, Irène l'avait invité avec sa femme à dîner. Cette invitation fut le sujet de conversation de toute une semaine. La mère s'inquiétait, se demandait si tel plat plairait à monsieur le maire, si les quantités suffiraient. Irène, elle, s'inquiétait de l'attitude de son mari.

Il fallut sortir le beau service, le laver, faire un feu de cheminée dans la salle. La mère cira les meubles. Toute la journée, elle se démena dans la cuisine, bouscanant après tout ce qui n'allait pas.

À sept heures du soir, tout était prêt. François Garnier arriva seul. Au dernier moment Mme Garnier s'était décommandée car elle se sentait fiévreuse. On prit l'apéritif. Cela durait. Denise se faisait du souci pour les bouchées à la reine. Si on tardait à se mettre à table, la pâte feuilletée serait trop sèche.

Pendant le repas, elle se leva pour servir le pain, changer les assiettes, découper le poisson, réchauffer la sauce. On mangeait avec appétit, les coudes sur la table. Les visages étaient rouges. Avant de découper la pintade, on fit le trou normand.

Irène s'occupait du vin car Patrick n'y connaissait rien. Le maire, pour excuser l'absence de Mme Garnier, s'autorisa à manger pour deux, content d'être chez des agriculteurs qui le recevaient comme un prince. Il aimait la compagnie d'Irène, le lui montrait sans se préoccuper des regards en biais que lui lançait Patrick. Garnier n'était pas dupe, il savait qu'il avait été invité parce que Irène l'avait exigé, de même qu'il appréciait sa façon d'ajuster au mieux les conversations pour faire oublier l'hostilité muette de Patrick.

Denise, épatée d'avoir monsieur le maire à sa table qui appréciait le repas, le couvait des yeux, lui proposait de se servir, lui tendait la banette de pain. François Garnier la complimenta sur son entrain, sur ses qualités de cuisinière. Denise souriait. Il y avait si longtemps qu'un homme ne lui avait pas parlé ainsi, et celui-ci usait de sa voix comme d'un doux murmure. Elle aussi finit par penser que son fils aurait pu faire un effort pour se montrer aimable. Le lendemain, il fallut la matinée pour tout ranger.

Le samedi suivant, Irène reprit :

— On pourrait aller sur une île, ce serait amusant. À moins que tu préfères aller au Maroc, tu imagines, le soleil en plein hiver !

Et elle lisait à voix haute les noms exotiques de pays et de villes, trop lointains pour Le Hénin qui n'avait jamais quitté la France.

Les vacances étaient devenues l'ultime luxe qu'elle voulait lui offrir. Chez Massey Ferguson, elle avait de plus en plus de responsabilités. On parlait d'elle à Paris. Le grand patron avait même dit qu'il aimerait bien rencontrer cette « fameuse représentante ».

— L'année prochaine, on pourrait partir une semaine, juste une petite semaine ? Allez !

— On peut dire que tu as de la suite dans les idées ! lui répondit Le Hénin qui, au fond, admirait une telle ténacité.

L'horloge sonna onze heures et demie.

— Faut aller se coucher, dit-il en repoussant sa chaise.

Mais Irène le retint par la manche, le pinça pour rire, puis elle bâilla, étira ses jambes et défit une à une les épingles à cheveux, laissant libre cours à son épaisse chevelure qui lui recouvrit les épaules. Il la regarda, fasciné par ce geste du soir. Combien de fois lui avait-il fait promettre de ne jamais couper ses cheveux !

Patrick céderait. Elle irait en vacances ; un rêve de gamine qu'elle réaliserait coûte que coûte, et en compagnie de son mari. C'était ensemble qu'ils séjourneraient dans ces hôtels de l'enchantement. À force de lire ces catalogues de voyages, elle était persuadée que le bonheur était là-bas sur les chaises longues alignées autour des piscines bleutées assorties au ciel sans nuages. Elle s'achèterait un superbe maillot de bain. Patrick l'attendrait à l'ombre d'un parasol.

Le Hénin remit quelques rondins de bois dans la cuisinière pour la nuit et attendit qu'Irène se levât paresseusement pour éteindre la lumière.

8

Les représentants de la coopérative agricole prirent congé. Le Hénin regarda la voiture s'éloigner, puis il jeta un coup d'œil à sa montre et jura. Il n'avait plus de temps à perdre s'il voulait pulvériser de l'engrais sur les blés. Le temps sec avait pris avec la pleine lune et devait durer plusieurs jours ; c'était ce qu'on disait, mais Le Hénin se méfiait. Il laissa un mot sur la table pour que sa mère lui porte un sandwich aux Grandes Grouas, des parcelles situées à une vingtaine de kilomètres de la ferme. Cela lui éviterait de revenir manger à la ferme.

En partant avec son tracteur, il vit les deux cents taurillons de la stabulation patauger dans un fumier de plus en plus liquide. Ils attendraient. Il valait mieux profiter du temps pour travailler dans les champs. Il décidait son emploi au jour le jour, au coup par coup, scrutant le ciel, écoutant les bulletins météo, toujours prompt à changer d'activité, anticipant tel ou tel travail.

Le Hénin tenait le bon bout. Cela faisait trois années consécutives que tout allait bien. L'argent rentrait. Irène venait d'être nommée responsable de toute la Basse-Normandie, une promotion importante qu'aucune femme n'avait obtenue jusqu'alors !

Irène avait fait cadeau à sa belle-mère d'une cuisine

moderne tout équipée, avec des dizaines de portes de placards à ouvrir à chaque fois qu'on cherchait un récipient. La mère s'y perdait, mais cela faisait joli, comme le four à micro-ondes dont se servait Irène, et qui paraissait diabolique et parfaitement inutile à sa belle-mère. La salle de bains avait été rafraîchie par la même occasion. Pour Irène, ce n'était pas un luxe d'avoir des miroirs, des rangements pour ses crèmes et ses flacons.

Patrick, qui ne voulait pas rester en compte, lui avait offert une montre-bracelet en or sertie de diamants. Le prix de trois vaches ! Puis il avait fini par la suivre en vacances, aussi résigné qu'un cheval qu'on mène à l'abattoir. Au retour, ce fut avec le plus grand soulagement qu'il vit surgir dans le lointain le clocher de Saint-Hommeray. Il n'y avait rien à faire, il n'était bien que chez lui. Il détestait les hautes montagnes glaciales dont il se sentait prisonnier. Quant à la mer, il ne savait pas bien nager, et cette étendue d'eau à perte de vue l'inquiétait au point de lui donner le mal de mer. Il préférait regarder la côte. Le jour où Irène l'avait fait monter dans un bateau pour visiter Jersey, il avait jeté un œil à sa montre tous les quarts d'heure, sous prétexte de ne pas rater le ferry. Cependant, il avait échappé au pire en refusant de passer une semaine avec Garnier et sa femme. Sa répugnance à fréquenter le maire était trop grande pour céder cette fois-ci à Irène qui avait beau se fâcher.

— On ne peut pas se mettre mal avec un homme qui a un pied dans tous les organismes importants. Que ce soit à la banque ou ailleurs, on lui demande son avis. Un mot de lui et les portes s'ouvrent ou se ferment devant toi, lui répétait-elle.

— Cela m'est égal. Il ne m'impressionne pas. C'est un escroc de la pire espèce. Il a fait une crasse en allant dire au menuisier que Delivet était toujours à découvert ; l'autre n'a plus voulu travailler pour lui. Et Moreau ! Il n'a pas pu se mettre à son compte, Garnier disait qu'il ne pourrait pas payer et on lui a refusé son crédit. Je n'ai jamais rampé devant personne, je ne commencerai pas à le faire devant Garnier, s'écria Le Hénin d'une voix sèche mais menaçante.

Rien que d'y penser, la colère lui collait aux lèvres. En affaires, Patrick Le Hénin ne faisait pas de sentiments. Il s'était montré capable des pires roublardises envers des gens, il n'hésitait pas à gruger l'État si cela l'arrangeait, il avait maintes fois envoyé des bêtes malades à l'abattoir sans dire au vétérinaire qu'elles avaient été piquées aux antibiotiques et sans éprouver le moindre scrupule. Ce n'était qu'une façon de se débrouiller.

— Pour s'occuper des affaires des autres, leur nuire au besoin, il est très fort. À part cela, il n'est bon à rien.

— Libre à toi de jouer les orgueilleux. Le jour où tu auras un pépin, tu feras comme les autres, tu mettras ton amour-propre de côté. L'orgueil est un luxe ! Personnellement, je n'ai pas les moyens de me l'offrir. Il rend des services, c'est tout ce qui compte et, de ce côté-là, tu n'as rien à dire.

— Non, sauf qu'il faut toujours qu'il ait raison, et ça, je supporte pas, marmonna-t-il pressé d'en finir, craignant, par-dessus tout, qu'Irène évoque les fameuses indemnités, cette dette à perpétuité dont il ne se déferait jamais et qu'il regrettait bien, lui qui disait toujours haut et fort qu'il ne fallait rien devoir aux autres, qu'il préférait se débrouiller seul et avec ce qu'il avait, plutôt que de se faire l'obligé de quelqu'un.

— Même si tu as raison, cela ne vaut pas la peine de s'attirer des ennuis alors qu'il suffit d'un sourire, d'un mot agréable quand tu le rencontres. En plus, vous partagez les mêmes opinions.

Irène avait raison, que ce soit en politique ou en agriculture, les deux hommes s'accordaient. Ils avaient toujours voté à droite comme leurs pères et leurs grands-pères, comme la majorité des paysans de l'Ouest depuis qu'on leur avait donné le droit de vote. C'était une tradition. Les agriculteurs ne s'étonnaient plus des députés et des ministres qui venaient les courtiser jusque dans leurs étables. Avec leurs bottes de caoutchouc Aigle, ils visitaient la ferme et il fallait voir ces messieurs enflés jusqu'à l'obscénité de cette suffisance propre à leurs fonctions contempler avec naïveté des veaux ou des agneaux. Ils n'y connaissaient rien. Aucun d'eux ne pouvait distinguer une vache allaitante d'une vache laitière, reconnaître de l'orge ou du blé. Et, pourtant, ils affichaient avec certitude leur supériorité à l'égard des paysans. Ils feignaient de s'intéresser, posaient des questions. Les paysans répondaient et un délégué syndical traduisait.

Ils promettaient tout ce qu'on voulait, des aides, des subventions, la baisse des charges sociales, le maintien des prix, puis ils repartaient à toute allure dans des voitures officielles, satisfaits mais pressés d'aller se réchauffer ou se rafraîchir selon la saison dans une auberge en compagnie des élus locaux à qui on donnait des consignes en matière de politique agricole, sachant que la majorité des agriculteurs voterait à droite et pas à côté. On venait les voir pour la forme, histoire de vérifier que rien n'avait changé. Quant aux paysans, ils savaient comment s'y prendre pour obtenir des aides : il suffisait de déverser quelques bennes de fumier devant la préfecture pour que le gouvernement débloque les fonds nécessaires. C'était ainsi, et tant pis si les aides n'allaient pas aux plus nécessiteux, mais aux plus malins.

Un jour, on donnait de l'argent pour supprimer les haies et, quelques années plus tard, on payait les mêmes afin qu'ils replantent. Un journaliste photographiait l'événement. Les vieux paysans ne souriaient même pas en voyant ce gâchis. Tout était allé trop vite.

Le Hénin n'avait plus que quelques hectares à labourer. Des oiseaux s'attardaient. C'était maintenant l'instant crépusculaire où le soleil finissant triomphait encore sur la pierre blanche des églises, où les ombres s'imposaient et rendaient l'homme si petit mais soudain éternel avant l'obscurité à venir. Puis, un à un, les bois s'étaient fondus dans la nuit noire, plongeant la campagne dans la nuit profonde.

Il aurait fini dans une demi-heure. Le ronflement du tracteur s'entendait au loin. Les phares balayaient la nuit, éclairant les sillons et les ornières comme en plein jour. Un son et lumière champêtre auquel Le Hénin s'était habitué mais qui le fatiguait. À chaque nouveau sillon, il relevait la charrue, manœuvrait en marche arrière, avançant, reculant pour rabaisser les socs au bon endroit, puis il enclenchait sa vitesse avant et repartait en vérifiant qu'il creusait bien droit. Il s'arrachait la nuque dans tous les sens et supportait les secousses du tracteur sans se plaindre.

Depuis des années sa colonne vertébrale servait d'amortisseur aux soubresauts de son engin mais il était dur à la douleur et, lorsque cela le pinçait trop fort, il serrait les dents.

Le tracteur avançait sur la terre, comme un tank sur un champ de bataille. Le Hénin ne prêtait plus attention à la radio qui hurlait dans la cabine, trop préoccupé par la visite des représentants et des techniciens de l'Agra qui étaient venus ce matin lui proposer de monter une porcherie industrielle. La première de ce genre dans la région : 2 000 porcs, 80 kilos chacun, à 11 F le kilo, deux tournées et demie par an, 5 000 porcs au total. Des techniques d'engraissement performantes, entièrement automatiques. Les aliments étaient livrés par la coopérative. Il suffisait de surveiller la chaîne alimentaire et la climatisation. Une usine en quelque sorte qui coûterait la bagatelle de trois millions de francs. C'était de la folie ! Le Hénin continua de ruminer les chiffres, ceux des bénéfices le ravissaient, l'absorbaient presque entièrement et, tout en conduisant, il recomptait le magot qui grossissait au fil des heures.

Quelques années plus tôt, il avait été sollicité pour un élevage de dindes. On lui avait fait miroiter des taux préférentiels pour monter l'atelier. Le coût était moins élevé mais les bénéfices aussi. Les dindes étaient exportées dans les pays de l'Est et Le Hénin s'inquiéta de ce marché lointain.

Par curiosité, il avait cependant accepté de visiter un poulailler pilote. De l'extérieur, on ne voyait rien qu'un hangar en taule hermétiquement clos avec juste une porte d'accès. À l'intérieur, la puanteur. Du pas beau à voir : des milliers de dindes entassées, agressives, essayant de survivre à la surpopulation, réduites à l'état de grabataires montées sur pattes. Les dindes étaient d'un blanc sale avec le cou et les flancs à vif à force de se déplumer entre elles. Pour pénétrer à l'intérieur, il avait revêtu une combinaison propre, trempé ses bottes dans un produit désinfectant. Il suffisait d'un microbe pour décimer un lot entier de cette volaille peu appétissante.

En voyant la masse bruyante de ces milliers de dindes en mouvement, il avait eu le vertige. Le technicien qui l'accompagnait l'avait alors prévenu : il valait mieux ne pas être pris d'un malaise en traversant cet océan de chair grouillante car les dindes se chargeaient de vous dépecer à coups de bec en un temps record.

Naturellement, il y avait des avantages ; ce n'était pas très fatigant de venir deux fois par jour appuyer sur des boutons qui actionnaient la distribution automatique de l'alimentation, de surveiller et vérifier la ventilation, de désinfecter le local après chaque lot.

Le Hénin ne s'était pas laissé convaincre. Il avait vite compris que le marché fluctuait au gré d'une offre et d'une demande qui n'obéissaient à aucune loi. Il ne se sentait pas prêt pour passer à ce type d'élevage.

La porcherie, c'était une idée d'Irène. Elle l'avait entraîné à une réunion organisée par la Fédération porcine dont Garnier était membre. Il siégeait au conseil d'administration et participait activement au développement de ce type d'élevage. En bon tacticien, il avait d'abord appâté Irène sur les avantages de la haute technologie agronomique et sur les marchés du troisième millénaire qui pouvaient rapporter gros.

Il s'engageait à appuyer le dossier à la banque, à la préfecture, à obtenir une partie du prêt à zéro pour cent, ainsi que des subventions qu'il grappillerait à droite et à gauche. Une chance à saisir ! Du cochon, on n'en faisait pas assez dans la région. La peste porcine avait dévasté les élevages des Pays-Bas et fait grimper les prix. Irène n'avait pas eu besoin de calculette pour convertir les cinq mille cochons en milliers de francs. Depuis, elle harcelait son mari pour le convaincre de visiter un atelier d'engraissement. L'homme résistait, mais cela ne dérangeait pas Irène qui le talonnait chaque soir.

— Il ne faut pas attendre que les autres installent des porcheries, après cela sera trop tard.

— Je ne veux pas faire de cochons.

— Et pour quelles raisons ?

— Parce que ça pue, répliqua Le Hénin.

— Et le fumier ?

— Cela ne se compare pas. Le lisier, c'est pestilentiel.

— Il faut savoir ce qu'on veut dans la vie. Les cochons sentent mauvais, mais c'est de l'argent et l'argent n'a pas d'odeur. Tu gagnerais ta vie sans te fatiguer. Regarde-toi, tu n'en peux plus de travailler. C'est la seule solution pour t'en sortir.

— Tu crois ça ?

— Évidemment. C'est un élevage sur caillebotis, pas besoin de mettre de la paille tous les jours, et, pour le reste, il te suffit de programmer. Six mois plus tard, les petites bêtes bien grasses sont prêtes pour l'abattoir, et hop ! tu recommences. C'est le jackpot à chaque fois.

— J'ai suffisamment entrepris de choses, je n'ai pas besoin de soucis supplémentaires.

— Les soucis pourraient venir plus tard. Maman vieillit, elle ne pourra pas toujours te donner un coup de main ! N'est-ce pas ? fit-elle en s'adressant à sa belle-mère.

Denise se contenta de dodeliner de la tête en signe d'assentiment. Elle hésitait à répondre. Dans cinq ans, elle serait à la retraite, une étape administrative qui, en apparence, ne devait pas bouleverser son quotidien. Seulement à long terme, que deviendrait-elle ? C'était le mot vieille qui l'ennuyait. Vivrait-elle indéfiniment avec son fils et sa belle-fille ? Partir ? Mais où ? Irène et elle s'entendaient bien. Elles n'avaient rien à craindre l'une de l'autre. Pour le moment, elle rendait service, mais plus tard...

— Faut voir, répondit-elle finalement.

— C'est exactement ce que je pense, il faut aller voir à quoi cela ressemble. Ça me paraît une bonne idée, mais c'est Patrick qui décidera.

— C'est inutile, je n'arriverai pas à tout faire, et puis le cours du porc peut baisser.

— Mais aussi monter. Tu le sais bien. Une fois les crédits payés, ça rapportera plus que les taurillons. Tu y passes actuellement une demi-journée alors que, pour les cochons, c'est une heure à peine. Alors, que peux-tu répondre à ça ? De toute façon, ça ne coûte rien de se renseigner.

— Parlons d'autre chose.

Puis un jour, il céda.

— Allez, fais à ta mode et fiche-moi la paix, avait-il lancé, fâché mais résigné, sachant qu'Irène ne lui laisserait plus un moment de répit tant qu'il n'aurait pas accepté l'invitation d'aller visiter une porcherie. D'ailleurs, elle avait raison, cela n'engageait à rien d'aller voir à quoi ressemblait ce petit joujou qui valait plus de deux millions de francs.

Depuis que la Bretagne était saturée, les industriels du porc essayaient d'implanter des porcheries dans l'Orne, la Sarthe et la Manche, en s'assurant au préalable du soutien d'organismes comme la chambre d'agriculture qui claironnait désormais que faire du cochon, c'était l'avenir du département. De son côté, le Crédit agricole se frottait les mains. Les coopératives qui construisaient les ateliers avaient infiltré des agents dans tous les centres de décision de la région. Elles proposaient même des voyages à l'étranger avec au programme, bien sûr, une visite de porcherie.

François Garnier, en tant que pionnier d'une agriculture scientifique et économique, était convaincu. Il ne tarissait plus d'éloges sur les bienfaits de l'industrie porcine. C'était une chance, il fallait se dépêcher de recueillir la manne bretonne avant que d'autres départements s'emparent du butin.

Le tracteur entamait le dernier sillon. Le Hénin refit encore une fois les multiplications qu'il effectuait en fonction des possibles variations du cours du porc. Même en imaginant le pire, les sommes étaient encore énormes. Cela demandait réflexion.

À la ferme, toutes les lumières étaient éteintes. Il trouva son repas au chaud sur un coin du fourneau. Irène avait beau répéter qu'on avait un four à micro-ondes, Denise préférait la douce chaleur du feu de bois.

Le Hénin dîna rapidement, laissa son couvert sur la table et fila au lit. Dans la chambre, la lumière de la lampe de chevet éclairait le visage d'Irène qui dormait, couchée sur le côté, les bras repliés sur l'oreiller.

Avec précaution, il se glissa près d'elle. Il entendait et sentait le souffle tiède et léger de sa respiration. Un sentiment de bien-être l'envahit. Il se nourrissait de cette femme, la respirait, il aurait pu s'endormir, mais ses mains s'attardèrent sur son corps. Irène bougea. En se retournant, ses cheveux le caressèrent. Un fourmillement de plaisir courut en lui et éclata. Il se pressa si lourdement qu'Irène gémit et s'attacha à lui dans un même désir, avec lenteur d'abord, dans le geste appris et qui se renouvelle, puis ce fut un jeu de corps, des crispations désordonnées. Il s'étourdissait ainsi dans l'attente de l'instant où elle s'abandonnerait dans le désir aigu de jouir, un moment plein qui le grandissait avant de se raidir encore et de se perdre en elle, emporté par sa jouissance.

Sa bouche traça un dernier baiser sur sa peau, puis il se déprit d'elle, moite, rompu. Irène ne disait rien, prête à s'endormir de nouveau. Le Hénin éteignit la lampe et resta un moment à goûter la chaleur de leur amour. Entre eux tout allait bien et c'était tant mieux. Il s'en étonnait parfois, car il ne s'était guère mis en frais pour lui plaire. Le Hénin était de cette race d'homme qui s'impose aux autres, sans éprouver ni crainte ni appréhension, avec un naturel brutal, presque féroce. Il ne se perdait jamais au jeu de la séduction, devinant que ce naturel faisait sa force. Il se sentait et se disait paysan, c'était plus qu'un état, presque une religion, une destinée et n'avait à aucun moment de sa vie eu d'ardeur à se montrer autrement. Seul son instinct d'homme, son intuition l'avaient emporté vers cette femme si différente. Et, maintenant, il se réjouissait de l'avoir pour lui.

Il devinait les regards des autres, les regards d'envie, mais il n'éprouvait aucun dépit. Il n'était pas non plus jaloux de sa vie professionnelle, ni de ceux qu'elle séduisait et dont elle parlait avec tant d'animation. Lui, se plaisait à l'écouter, s'amusait de cette réussite. Il savait qu'elle se façonnait le jour pour faire des autres ses proies.

Le soir, quand elle rentrait et se mettait à table, Irène n'aiguisait plus son regard sur les gens et les choses, elle oubliait ses allures de femme d'affaires élégante, haute et imposante. Elle s'abandonnait comme une gosse à qui personne n'avait appris les bonnes manières. C'était sa façon à elle de se retrouver dans son histoire. Elle faisait tomber son chignon, se massait la nuque, bâillait en ouvrant grand la bouche, parlait fort. Les rires éclataient tout aussi gros que ses colères.

Elle aimait boire un whisky avant de dîner. Elle disait qu'elle avait besoin de se détendre.

— Sers-moi un verre, demandait-elle à Patrick tout en lui donnant un petit coup dans les biceps ou en lui passant la main dans les cheveux pour le taquiner.

La mère les regardait s'atticocher en souriant.

À table, elle sauçait les plats avec le pain, prenait les pilons du poulet avec les doigts, parlait la bouche pleine, s'étalait sur la table après le dîner, le menton sur ses deux mains comme elle l'avait vu faire pendant son enfance. À force d'être autre, à force de s'être inventée pour le dehors, elle aimait se retrouver le soir, authentique et identique à la fille du fossoyeur. Sans Le Hénin, cela ne se serait jamais fait. Parfois, ses yeux gris s'arrêtaient un moment sur les murs de la cuisine, son regard s'oxydait dans d'impossibles rêveries ; le temps d'un retour en arrière.

Elle avait toujours su qu'avec d'autres, ceux qui l'avaient courtisée, elle n'aurait jamais pu se permettre tant d'inconvenances. Elle aurait été obligée de se surveiller vingt-quatre heures sur vingt-quatre, de se tenir sur ses gardes, de paraître jour et nuit avec cet air altier qui la distinguait. Ici, dans la cuisine des Égliers, Irène ne craignait rien. Elle retrouvait même l'intonation et l'accent traînant de la Mayenne. Voilà pourquoi elle avait rayé de sa vie des hommes pressants et amoureux, mais trop bien élevés, des hommes lisses et nets. Des hommes propres en tout, qui, à force de s'être ajustés avec application à l'image qu'on voulait d'eux, en avaient perdu leur authenticité.

Une sorte de bon sens, appris chez le fossoyeur, l'avait guidée vers la liberté d'être soi-même, vers le plaisir. Un défi en quelque sorte ! Elle avait épousé un gars de la campagne et pas le fils Magnier ou le fils Artois, comme on disait en province où on épousait une famille autant qu'un homme. Se défaire de sa vraie nature lui aurait été fatal. Pourtant quelque chose manquait à ce bonheur, mais ni l'un ni l'autre n'en parlaient jamais.

Un an après le mariage, les gens avaient posé des questions insistantes, d'abord à la mère de Patrick.

— Alors, Denise, t'es pas encore grand-mère ?

— J'ai encore le temps. J'ai pas assez de cheveux blancs, répliquait la mère vite fait.

Cela frisait le harcèlement, et parfois elle se lassait. Au lieu de répondre, elle esquivait en feignant de n'avoir rien entendu. La mère, comme les autres, aurait voulu savoir, mais personne ne se risquait. On ne demandait rien à Irène. Elle leur faisait peur. On répétait qu'elle n'était pas d'ici et que c'était une fille avec des cheveux rouges, alors forcément, quand on épouse une créature ! Finalement, les gens oublièrent ou plutôt devinèrent.

Le Hénin, aussi muet que les autres, avait maintes fois voulu en parler avec Irène, mais chaque tentative s'était soldée par un échec. Il ne savait pas comment s'y prendre. Chaque fois, il reculait devant les mots. Maintenant, cela lui paraissait inconvenant et le silence était devenu plus commode. Il vivait ainsi avec ce qu'il appelait : « le mystère ».

Une fois, il avait pris un rendez-vous chez un médecin, mais, lorsqu'il s'était trouvé dans le cabinet, les mots n'étaient pas venus. Une autre fois, il avait pensé se confier à Mariette. Ces vieilles-là savaient des choses ! Un jour qu'elle était venue lui acheter du grain pour ses poules, Le Hénin se décida à lui en toucher deux mots.

Mariette, affublée de son éternelle blouse en Nylon, examinait attentivement la qualité du blé. Puis elle releva la tête, trop brusquement.

— J'te dois combien ? lui demanda-t-elle.

— Tu verras ça avec la patronne, elle est à la maison. Il désigna la ferme d'un mouvement du menton.

Lâche mais résigné, Patrick la regarda s'en aller. Mariette marchait lentement avec le déhanchement de ceux qui ont appris à adhérer solidement à la terre pour supporter toutes les charges et affronter tous les labeurs. Le sac de blé était lourd, elle le tenait à bout de bras pour éviter qu'il ne vienne se cogner contre ses genoux.

Elle frappa à la porte et entra. Le Hénin vit la porte se refermer derrière elle. Il prit une fourche et disparut dans l'étable, furieux de ses hésitations. Cela ne pouvait être que de sa faute. De toute façon, il n'arriverait jamais à parler de ça. Parfois, il pensait au mauvais sort, mais il se raisonnait : ce n'était que des sornettes, des inventions, personne ne lui voulait de mal et la nature ne pouvait pas être si injuste, il avait tort de désespérer ! L'idée surgissait qu'il fallait peut-être prier ; cela ne coûtait rien, mais il n'osait pas. Sa grand-mère lui avait si souvent dit que Dieu n'était le domestique de personne, qu'on ne lui demandait rien. Il avait longuement hésité puis il avait essayé : « Notre Père qui es aux cieux, que Ton nom soit sanctifié, que Ton règne vienne sur la terre comme au ciel, que Ta volonté... » Les mots trébuchaient et s'emmêlaient, et il reprenait en butant, mais avec une ferveur lancinante, puis il s'arrêtait. Il ne pouvait pas prier. Il fallait être innocent comme à l'époque où il avait fait sa communion : maintenant, cela n'allait plus.

Et plus le temps passait, plus il pensait à ces histoires, celles dont on ne parlait qu'à demi-mot et qu'il fallait deviner : « Moins on en parle, moins on est pris », disaient les vieilles en chuchotant. S'il avait pu, il serait bien retourné voir la dame de Bellême avec son sel et ses incantations, mais il avait entendu dire qu'elle était morte d'un accident de voiture. Il entendit le carillon sonner dans la cuisine. Penser ne servirait à rien, décida Le Hénin en fermant les yeux.

9

La famille Le Hénin finissait de dîner quand une voiture entra dans la cour faisant aboyer le chien. Patrick se leva et ouvrit la porte. D'un geste rapide, Irène attacha ses cheveux pendant que Denise faisait disparaître ce qui traînait sur la table. Une odeur tenace de nourriture imprégnait la pièce. Il faisait nuit et ce fut seulement lorsque le visiteur fut dans le cercle de la lumière extérieure que Patrick reconnut Garnier.

— J'espère que je ne vous dérange pas ? fit-il en les saluant d'un large mouvement de tête tout en frottant ses semelles sur le paillasson.

— Non, entrez, répondit Le Hénin, intrigué par cette visite tardive.

— Bonjour, Denise, vous allez bien ? demanda le maire en prenant Denise par le bras.

Denise, qui n'avait pas eu le temps d'enlever son tablier, inclina légèrement la tête en avant pour répondre à François Garnier. Ce fut suffisant pour contrarier Le Hénin qui ne supportait pas de voir sa mère courber le dos devant les autres et encore moins devant le maire. Il serra les dents. Quand l'autre serait parti, il lui ferait la leçon.

— Entrez donc ! répéta-t-elle joyeuse mais gênée d'être prise ainsi sur le vif, dans une cuisine en désordre, pleine d'odeurs fortes. Et toute la vaisselle qui encombrait l'évier !

Irène prit une cigarette et l'alluma lentement avec indifférence, puis elle releva la tête et adressa un large sourire à Garnier. Le Hénin vit l'empreinte carminée de ses lèvres qui s'imprimaient sur le bout de la cigarette. Elle tachait ainsi les verres, les tasses à café et, chaque fois, Patrick s'attardait sur ces lèvres décalquées en rouge sur fond blanc avec l'envie d'y poser les siennes. Irène tendit une main impeccable à Garnier qui la serra avec insistance, étonné de voir cette femme aux lèvres et aux ongles si rouges, en tailleur avec des chaussures à talons dans une cuisine de ferme.

— Je ne vous dérange pas ? s'enquit de nouveau Garnier pour excuser cette visite à l'improviste.

— Mais pas du tout ! fit Denise qui s'était enfin débarrassée de son tablier sur le dossier d'une chaise. Seulement ne faites pas attention, on venait de manger ! Venez vous asseoir, poursuivait-elle tout en leur faisant signe d'aller dans la salle à manger. Une sorte de sanctuaire meublé d'un imposant buffet à deux corps en merisier, d'une table ronde, de chaises paillées qui avaient l'air de fossiles ; un décor sur fond de papier peint aux couleurs ternes et fanées, une pièce qui sentait l'ennui, l'humidité, le renfermé. Garnier hésita, montra ses chaussures boueuses, mais la mère insista et il dut la suivre regrettant la cuisine accueillante qui respirait l'odeur de la vie et où il faisait meilleur.

— Vous prendrez bien des cerises à l'eau-de-vie ? enchaîna-t-elle tout en effaçant de la main les poussières imaginaires de la table.

— Volontiers, fit Garnier en s'installant.

Denise sortit du buffet le service à liqueur pendant qu'Irène et Patrick s'asseyaient en face de lui. L'individu était de forte constitution mais il savait mieux que quiconque se tenir en homme riche qui possède et qui décide. Il attendit que Denise ait servi tout le monde pour commencer la conversation.

On s'observait. Garnier parlait mais ne disait rien d'important, rien qui puisse servir d'indice pour expliquer sa visite. Il parlait du temps qu'il faisait, du travail qui s'accordait au temps, du vieux curé qu'on venait d'hospitaliser. Les trois autres répondaient vaguement, sachant que Garnier n'était pas venu pour rien. Ils attendaient, curieux et impatients, mais aucun d'eux ne commettrait l'erreur irréparable d'accélérer la conversation ou même de faire la moindre allusion aux raisons de sa visite, car, selon un accord tacite, on tournait d'abord autour des choses avant d'aborder le sujet essentiel. On cernait les mots, on étirait les phrases, on disait sans dire. Et cela pouvait durer longtemps ; parfois, on attendait le moment de s'en aller pour parler enfin. On feignait donc de s'intéresser à toutes ces nouvelles qui faisaient ainsi leur chemin d'une maison à une autre. On leur laissait du temps, de l'espace, des formes. La télévision n'y avait rien changé. On ne se pressait pas.

Garnier avait repris des cerises à l'eau-de-vie.

— Letellier part en retraite, fit-il.

— Ah ! il s'est enfin décidé !

— Oui, il s'arrête à la fin de l'année. Il s'est bien débrouillé, mais il faut reconnaître qu'il a eu de la chance d'exploiter les terres du Clos des Forges, les meilleures terres de la région. Même sans engrais, on y fait pousser tout ce qu'on veut !

— Pourtant, il a passé sa vie à se plaindre. À l'entendre, il avait le monde contre lui. Je me souviendrai toujours lorsqu'on lui a volé un agneau. J'ai cru qu'il allait devenir fou et prendre le fusil. Pendant deux jours, il a regardé tout le pays avec des yeux de braise, ajouta Denise.

Le Hénin savait maintenant pourquoi Garnier était là. L'énervement était à son comble. Il savait qu'il faudrait encore parler de Letellier, de son passé, de son exploitation, mais cela lui laisserait du temps pour retrouver son calme et aborder la discussion avec la fausse passivité du paysan.

On se languissait mais on se rapprochait. Irène croquait les cerises imbibées de calva, c'était fort mais bon, puis suçotait les noyaux qui lui râpaient la langue. En entendant parler du Clos des Forges, ses yeux se plissèrent et un vague sourire s'esquissa sur ses lèvres. Pour le coup, la nouvelle était de taille. Le Hénin se risqua :

— C'est vrai qu'il a eu de la chance. Déjà, du temps de mon père, tout le monde guignait ses terres ! Mais je n'aurais pas cru qu'il prendrait sa retraite si tôt. Il va s'ennuyer à ne rien faire.

— Non, il a l'intention d'aller vivre à Mortagne. Il veut les commodités et puis il a son fils qui est installé en ville. De toute façon, il n'était que locataire ; la terre et la ferme appartiennent à Mlle Levallet, une vieille fille d'Alençon. Son père, un ancien notaire, un bonhomme rusé comme un renard, achetait à bon compte des petits lopins de rien du tout et les mettait bout à bout. Il voulait faire un haras et puis il est mort. Le fils, un flambeur, a mangé sa part en jouant aux cartes. La fille, elle, n'a pas voulu se marier. Pourtant, elle n'a pas dû chômer en prétendants. Encore aujourd'hui, vieille comme elle, il y en a qui l'épouseraient volontiers pour sa fortune.

— Elle va vendre ?

— Oh ! que non ! L'histoire de son frère lui a servi de leçon, tant qu'elle vivra, elle ne vendra pas la moindre parcelle ; ses héritiers s'en chargeront ; par contre, les terres sont à louer.

Le Hénin croisa le regard d'Irène, brillant de convoitise. Ils auraient donné cher l'un et l'autre pour savoir si quelqu'un avait fait une proposition avant eux.

Le Hénin n'osait plus respirer, les mots lui faisaient défaut. Comme tout le monde se taisait, Garnier reprit la conversation d'un ton anodin :

— Je me souviens du père lorsqu'il faisait une fois par an le tour de ses fermes en compagnie de sa fille, blonde comme les blés et habillée comme une princesse. Les bonnes femmes ne savaient pas quoi inventer pour lui plaire, on allait cueillir des prunes, dénicher des œufs, chercher un fromage frais pour la petite demoiselle.

Pendant que l'autre parlait, le regard du Hénin se perdit dans une rêverie proche de la béatitude. Il voyait au loin le Clos des Forges, le parcourait des yeux, taillait déjà une haie, enlevait les pieux des clôtures. Trente hectares ! deux mille quintaux de blé. Il soupira et brusquement remua les lèvres, réalisant soudain que, pour avoir ces terres, il faudrait passer par le maire de Saint-Hommeray. Le Hénin releva la tête. Avec inquiétude et fureur, il tenta d'évaluer ses chances en fixant Garnier comme si l'autre avait déjà le bail dans la poche intérieure de sa veste. Ce regard pressant, ce changement d'expression n'avaient pas échappé au maire qui souriait sachant que Le Hénin était maintenant prêt à toutes les soumissions. Il le tenait enfin. Le Hénin allait venir manger dans sa main.

— Tu serais intéressé ? lança-t-il sans ambages, en souriant.

— Il faudrait d'abord connaître les conditions du nouveau bail.

— Ce seront celles de Mlle Levallet. Une légère augmentation, sans doute ! Le problème, c'est Letellier qui va exiger un droit de reprise, comme en Beauce, tu vois ce que je veux dire ! Il se pourrait qu'il soit même assez gourmand, car tout le monde a les yeux sur le Clos des Forges et le bonhomme le sait. Louis Tessier les reluque depuis des années. Trente hectares qui bordent sa ferme, tu penses bien qu'il ne va pas laisser passer ça. De plus, la mère de Suzanne a travaillé pour le compte du frère de Mlle Levallet. Le bandit s'en souviendra et parlera certainement à sa sœur en faveur de Louis.

En entendant le nom de Tessier, Le Hénin s'affola. Une haine grosse comme une nausée lui monta à la gorge : s'il avait été dehors, il aurait craché au sol. Il se souvenait du père Le Hénin. À chaque fois qu'il passait devant le Clos des Forges, le vieux riait et s'esclaffait : « Je les aurai. Je mourrai pas avant. » Alors, aujourd'hui, si Tessier ou un autre lui barrait la route, il l'écraserait d'un coup de botte comme on tue un cafard.

— Et Letellier, il a une préférence ?

— Oui, celle du porte-monnaie. Et Letellier ne fera pas de sentiment, tu peux me croire.

Le Hénin n'en douta pas une seconde. Pour le moment les chances étaient de son côté. Garnier méprisait trop les Tessier — des imbéciles, des attardés qui n'arriveraient jamais à rien, qui passeraient leur vie au cul de leurs vaches — pour les faire bénéficier d'un appui quelconque ! Il leur en voulait surtout de se débrouiller seuls, de ne jamais rien demander à personne, de tout payer comptant. Avec eux, c'était l'endettement zéro ou presque. Et puis Louis Tessier faisait partie du conseil municipal et n'hésitait pas à s'opposer au maire. À plusieurs reprises, il avait réussi à jeter le doute dans les esprits à propos de certaines décisions que Garnier considérait comme acquises. Mais était-ce des raisons suffisantes pour que le maire empêche Tessier de reprendre les terres de Letellier ? Il se tramait peut-être autre chose qu'il ignorait. Patrick, retors et méfiant, cherchait à comprendre. Il se tourna vers Irène mais elle écoutait, un noyau de cerise dans la bouche, le menton en l'air. Et cette tignasse rousse qu'elle portait haut. Elle fixait François Garnier avec ce regard impassible et froid d'une femme qui a déjà tout calculé.

— Eh bien, ça demande réflexion. Disons que tout dépendra des exigences de Letellier, fit Le Hénin réprimant son impatience.

— Ce ne sont pas mes affaires mais, si j'étais à ta place, je ne laisserais pas passer ces terres-là.

— À ma place ! Je voudrais bien t'y voir à ma place quand il s'agit de payer les échéances !

— Je suis venu te proposer de reprendre le bail, maintenant le reste ne me regarde pas. Seulement ne viens jamais me trouver pour me dire que tu as des regrets. Et, si je peux te donner un conseil, ne fais pas traîner, car elles iront à d'autres, et sans tarder.

— J'attendrai que le vieux grigou fasse une proposition, ensuite je verrai parce que j'en ai marre de payer. Payer, toujours payer ! Je ne fais que ça. Je n'en vois jamais la fin. Un crédit se termine, un autre se met en route, c'est comme une hémorragie, cela ne s'arrêtera jamais. Je ne reprendrai pas le bail à n'importe quel prix ! Je n'ai pas l'intention d'être la risée dans tout le pays.

Le Hénin disait cela sans y croire. Il savait qu'il fallait payer pour avoir les bonnes terres et qu'importait le prix ! Le carillon de la pendule sonna. Onze heures, ils se regardèrent surpris de s'être laissé emporter par la discussion. Dans la pièce à côté, la télévision parlait toute seule. Le Hénin pensa à la journée du lendemain et repoussa sa chaise pour se lever. Garnier l'imita, puis il se tourna vers la mère.

— Denise, il faudra un jour que vous m'expliquiez le secret de vos cerises à l'eau-de-vie, ce sont les meilleures que je connaisse.

Il parlait avec sa voix de basse qui résonnait dans la pièce, et Denise avait beau savoir que le compliment voyageait dans toutes les fermes de Saint-Hommeray, elle accueillit ces paroles avec d'autant plus de plaisir que c'était de la part de monsieur le maire qu'elle trouvait désormais charmant et surtout bel homme.

Après le départ de Garnier, Denise rangea le service à liqueur. Irène prit une cigarette, serrant ses bras sur la poitrine, comme si elle avait froid, le regard fixé au sol. Quant à Patrick, il arpenta la cuisine, réfléchissant, les traits crispés.

— Arrête, tu vas nous donner le tournis !

Le Hénin s'immobilisa comme une bête traquée. Il jeta un regard fauve à Irène, puis, vaincu, s'affala sur une chaise. Il paierait. C'était évident. Il voulait ces trente hectares. Il voulait le Clos des Forges, par fierté, par instinct aussi ! On n'avait jamais assez de terre, pensait-il. Son père en avait crocheté partout, pas un champ de Saint-Hommeray à Bellou qui ne soit à lui. Le Hénin continuerait d'en faire autant.

— Je peux rendre visite à Mlle Levallet ? fit Irène qui avait deviné l'intention de son mari.

— T'en mêle pas. C'est mon affaire, tu m'entends !

— Ne te fâche pas, je disais cela parce que entre femmes...

— Tu ne dois pas être son genre, et puis je ne préfère pas, c'est tout.

— Tu as peut-être raison. De toute façon, Garnier va nous aider.

— Tu parles ! C'est pas lui qui va payer ! répondit Le Hénin avec hargne.

— Tu pourrais t'estimer heureux qu'il soit venu te proposer cette affaire. J'en connais qui se montreraient plus reconnaissants si cela leur arrivait.

— Ce n'est pas une raison. Proposer, c'est facile. Il faut encore l'obtenir et, cette fois-ci, on verra ce qu'il est capable de faire...

— Il peut tout. La preuve, pour le moment, il est le seul à être au courant.

— Pas étonnant, il passe son temps à fouiner partout. C'est une fripouille.

— Et les autres sont des saints peut-être ? Allez, assez parler de lui, il est tard, il faut se coucher.

Les deux femmes disparurent. Le Hénin sortit faire un tour dehors. Cette conversation l'avait énervé. Le vent du nord soufflait avec une force soudaine et l'enveloppait de sa saveur froide, le fouettant légèrement jusqu'à le dégriser. C'était une nuit trop claire, une nuit de pleine lune. L'astre énorme et blafard dominait la nuit, répandant sur la campagne endormie sa lumière froide. Au loin, il distinguait parfaitement la ferme des Tessier. Les lumières extérieures étaient toutes allumées. Louis et Suzanne devaient être dans l'étable. Le temps des vêlages avait commencé. Cette nuit, un veau naîtrait peut-être dans la ferme d'à côté. Aux Égliers, à l'exception des poussins, il n'y avait plus de vie, plus aucune naissance.

Patrick resta ainsi immobile, le visage tourné vers la ferme voisine. Il devinait l'affairement autour de la vache. Il lui semblait entendre l'imperceptible bruissement de la poche d'eau qui s'écoulait au sol. Il imagina le veau maladroit sur ses pattes. Il connaissait la fierté de voir cet accomplissement. Faire naître une bête, l'élever, l'engraisser. Soudain il leva le poing en direction de la Châtaigneraie en signe de défi, marmonna quelque chose puis il rentra sachant que, désormais, le nom du Clos des Forges resterait collé à ses lèvres comme un mégot de cigarette, que ce nom avait dominé toute sa soirée comme un édifice élevé au milieu d'une plaine, que plus une parcelle de son cerveau ne connaîtrait la paix tant qu'il n'aurait pas signé ce bail.

10

Le samedi suivant, Irène se rendit chez Garnier. En affaires, il ne fallait pas attendre, surtout pour des terres. La femme de Garnier la reçut dans le salon. C'était une femme mince et pâle, avec des cheveux châtain clair. Par la porte entrouverte de la cuisine, Irène aperçut une planche à repasser et une pile de linge sur une table. Mme Garnier n'était pas agricultrice, elle s'occupait de sa maison, de ses armoires pleines. Aujourd'hui, elle avait repassé le linge.

Elle n'avait pas l'air surprise de voir Irène et semblait même ravie de cette visite à l'improviste. Qu'importe si ce n'était pas elle qu'Irène était venue voir : elle était curieuse de cette femme dont on lui avait si souvent parlé !

— Il ne va certainement pas tarder, il est allé à Alençon. Mais asseyez-vous.

Depuis le départ de ses filles, Mme Garnier n'avait pas souvent l'occasion de parler. Le facteur déposait le courrier à l'entrée de la ferme. Quant à son mari, trop souvent parti en réunions, elle ne l'attendait plus. Depuis longtemps, l'inactivité l'avait habituée à la somnolence d'une vie repliée. Elle s'était ainsi faite à la lenteur des heures et des jours qui passaient. L'hiver, elle s'asseyait dans son salon qui sentait l'encaustique. Du regard, elle vérifiait l'ordre des choses.

Aucun grain de poussière n'échappait à ce minutieux examen. Toute sa vie, elle avait lutté contre la poussière, cette poussière tenace qui revenait à heure fixe comme un linceul ternissant les reflets des cuivres, la transparence du verre. La poussière la contrariait mais Mme Garnier ne désarmait pas, la traquant constamment, balayant, époussetant, essuyant les meubles, les objets avec des chiffons, des plumeaux, sans jamais en venir à bout.

Elle aimait l'hiver plus que tout, c'était la saison la plus facile avec ces journées crépusculaires qui l'obligeaient à demeurer immobile près de la fenêtre avec la douce impression de s'appartenir. Le temps passait ainsi sans qu'elle s'en aperçoive. Il arrivait parfois que le mouvement des lourdes branches des sapins, frémissant sous la poussée du vent, attirât son regard vers le monde extérieur. Soudain tout s'immobilisait dans une intensité si profonde qu'il lui semblait devenir éternelle. Elle glissait dans cet état d'étrange volupté, ne craignant ni le vide ni la perte de soi. Elle restait ainsi, assise pendant des heures, à écouter le souffle plaintif du vent. L'arrivée soudaine et brutale d'une colonie de corbeaux freux s'abattant en croassant sur les labours l'éveillait quelques instants. Elle les regardait commettre leurs larcins, puis son regard s'attachait de nouveau aux oscillations des branches et elle reprenait l'infinie rêverie de l'attente des jours.

Elle aurait pu lire, tricoter, bouger mais tout lui semblait inutile. Elle s'était détachée depuis longtemps d'une vie où elle n'avait jamais existé autrement qu'à l'ombre des autres, comme greffée à eux ; d'une vie de côté qui tenait peu de place.

Pendant vingt ans, son emploi du temps s'était calqué sur celui de ses filles chéries. Maintenant qu'elles étaient loin, il n'y avait plus d'heures, plus de rythme, alors elle rêvait. Lorsque le soleil déclinait avec lenteur derrière l'immense grange, ne laissant plus que quelques reflets dorés de plus en plus faibles, éclairant dans son déclin les pierres et les champs pour quelques minutes encore avant de disparaître, elle se sentait sereine, prête pour vivre la nuit, protégée derrière les murs épais de la maison.

La présence intempestive de la rouquine bouleversait le silence de cette fin d'après-midi. Elle sentait l'énergie turbulente qui émanait de cette femme et lui proposa un café que l'autre refusa avec impétuosité, tant Irène aurait voulu fuir la présence fanée de Mme Garnier.

D'un coup d'œil rapide, elle avait deviné une vie en grisaille, la renonciation au bonheur, le refus des plaisirs, celui de s'habiller, de se mettre au lit avec un homme. Des renoncements qu'Irène ignorait, tant elle avançait dans l'existence à grandes enjambées nerveuses, le regard perçant, comme pressée de porter la vie le plus loin possible.

Irène fit des compliments sur les géraniums qui fleurissaient au rebord de la fenêtre, puis, devinant que Mme Garnier ne savait plus rien de la vie, demanda des nouvelles de ses filles. L'une d'elles faisaient ses études à Paris. Madame Garnier avait hérité d'une belle fortune et ses filles ne manquaient de rien. Irène repensa un court instant au collège d'Alençon. Tout en parlant, elle regardait à la dérobée par la fenêtre dans l'espoir que Garnier surgirait.

Quand il entra, il ne vit que la rousse chevelure et sourit à cette femme qui illuminait avec tant d'éclat son salon si pieusement propre et rangé. Irène s'inquiéta immédiatement de savoir s'il avait vu Letellier.

— Oui, ce matin.

— Alors, combien veut-il ?

— Deux cent cinquante mille francs !

Irène le regarda, hébétée, la bouche furieusement ouverte.

— C'est de la folie ! de l'escroquerie ! s'écria-t-elle. On n'a jamais demandé une telle somme pour reprendre un bail. Le vieux a perdu la raison. Personne ne paiera. Je vais lui parler.

Elle prit son sac. Garnier vit le mouvement de la rouquine et esquissa un geste pour la retenir.

— Attendez, je m'en occupe. Il me connaît. Avec une femme, il ne discutera pas.

— C'est ce qu'on verra ! Je vends des tracteurs tous les jours à des hommes qui soi-disant ne discutent pas avec les femmes et je me débrouille très bien.

— Je n'en doute pas, mais je vous assure qu'il vaut mieux que ce soit moi. Il ne vous connaît pas ! vous êtes la femme de Patrick Le Hénin et c'est tout.

— Vous vous trompez...

Les yeux gris d'Irène se prirent au regard de Garnier. Elle n'acheva pas sa phrase, passa le bout de sa langue à la commissure de ses lèvres d'un petit mouvement bref puis attendit, silencieuse, perdue dans ses pensées.

— Laissez-moi faire, j'ai des arguments pour le convaincre. Je lui ai rendu un sacré service en plaçant son fainéant de fils à la banque. Il m'écoutera et baissera son prix.

— Je l'espère bien, car Patrick ne paiera jamais une telle somme, juste pour reprendre des terres.

— Vous n'avez pas à vous en faire, je me débrouillerai.

— Sinon, j'irai moi-même trouver ce bonhomme pour lui dire ce que je pense. Il nous faut le Clos des Forges, vous le savez autant que moi.

— Vous l'aurez.

— Eh bien, on verra.

Elle le défiait. Il répondait en la fixant sévèrement.

La femme de Garnier se taisait, elle les regardait, éblouie par ces deux êtres si déterminés, oublieux de tout pour un bout de terre. Garnier raccompagna Irène jusqu'à sa voiture. Il marchait vite, mais il sentait cette femme si proche de lui qu'il eut soudain envie de la toucher. Il imagina son corps, la déshabilla des yeux.

Au moment de la quitter, il s'avança vers elle, lui serra la main qu'il retint quelques secondes et peut-être allait-il s'approcher plus près, mais Irène se dégagea brusquement.

— Dès que vous avez des nouvelles, vous m'appelez ?

— Oui.

Il hésita puis s'avança de nouveau et, avec l'inconscience d'un somnambule, il tendit sa main vers elle et, furtivement, caressa ses cheveux.

— Que faites-vous ? fit-elle sans élever la voix, trop surprise pour s'indigner.

Garnier était blême, bouleversé par la violence, la rapidité avec laquelle le désir avait eu raison de lui. Irène monta dans sa voiture et lança le moteur, mais elle scruta une dernière fois Garnier d'un regard, peut-être plus attentif, plus serré aussi. Les deux s'affrontèrent un instant puis elle reprit sur un ton de nouveau préoccupé :

— Surtout, ne parlez pas à Patrick des deux cent cinquante mille francs, il pourrait se braquer et refuser de négocier.

Il promit, éperdu, ne sachant pas s'il devait se réjouir de désirer cette fille. Dès que la voiture disparut au bout du chemin, Garnier voulut repousser cette idée folle, mais les forces étaient inégales et, au fil des heures, la rouquine s'infiltrait dans ses pensées. Il perdait l'équilibre. Au milieu de cette confusion, il se sentit envahi par des émotions anciennes, celles d'une lointaine jeunesse qu'il avait oubliée et qui lui revenait soudain. Lui qui s'enorgueillissait de barrer la route à ses sentiments, voilà qu'il cédait au désordre. C'était un immense désarroi. Il redoutait maintenant de s'être exposé à elle. Pendant le dîner, son regard erra sur les choses de la maison, et il se laissa aller à cette rêverie incertaine qui l'irradiait, se dilatait en lui, au-delà même de lui, puis il se fâcha, ricana, tenta de se convaincre que ce n'était plus de son âge et se leva de table, persuadé qu'il suffirait d'aller marcher un peu pour arrêter cette mécanique infernale. Il fit plusieurs fois le tour de la ferme, l'esprit agité. « Qu'est-ce que je viens de faire ? Je suis fou ? » se répétait-il en s'inquiétant de cet étrange regard qu'elle lui avait accordé.

Il continua cependant de penser que cette femme était redoutable, au-delà des possibles, qu'elle n'aurait jamais dû habiter la ferme des Égliers et qu'il la voulait sans attendre, sans délai de séduction.

Lorsque octobre fit place à septembre et que les soirées devinrent plus courtes, on sut que l'été avait bel et bien disparu. Un froid noir et rude atrophia les derniers élans de la nature. La sève se raréfia dans les arbres qui s'économisaient pour passer l'hiver.

Louis Tessier labourait une parcelle où il sèmerait du blé. Le soleil tardif avait effacé les traces blanches des premières gelées qui s'élevaient en fumée légère au-dessus de la terre nubile, brune et fraîche que Louis retournait. Son champ se trouvait en contrebas de la forêt. Soudain, un sanglier sortit brusquement d'un fourré à une dizaine de mètres du tracteur. Louis regarda l'animal massif et nerveux, les prunelles en feu, toutes soies hérissées, qui dévala la pente avant de disparaître dans un épais taillis. Louis sourit. Son fusil, accroché au-dessus de la cheminée, venait d'être graissé. Dans quelques semaines, la chasse ouvrirait. Il attendait avec impatience ce moment de l'année. C'était un plaisir qui lui venait de tous ses ancêtres réunis. Un droit autrefois réservé aux seigneurs puis laissé aux paysans devenus propriétaires de leurs terres.

Il avait appris à chasser avec son père et ses oncles. À l'aube, lorsque les premières lueurs éclairaient faiblement la campagne, les hommes partaient avec les chiens. Louis portait les casse-croûte. Le soir, ils revenaient les joues rouges, la besace lourde et surtout la tête pleine d'histoires de battue, de capture, de chasse à courre, d'hallali, de coups de fusil qu'ils racontaient avec appétit en parlant et en mangeant bruyamment. Ils ramenaient avec eux toutes les odeurs de la forêt et celles, plus fortes encore, des chiens dont les flancs étaient tout crottés. Le lendemain, Louis allait musarder dans le bois et, au moindre bruissement, il envoyait le chien à la poursuite de l'animal imaginaire qu'il abattait d'un coup net en visant avec son bâton, le brandissant haut et droit comme un fusil.

Puis il avait eu le sien et, depuis, Louis n'avait pas manqué un seul dimanche de chasse. Et malheur aux lièvres qui détalaient sur ses terres ! Une poignée de plombs arrêtait net leur course. Le sanglier était un gibier plus difficile et plus dangereux dont il fallait s'emparer. Une bête dangereuse et rapide qu'il fallait apiper, attendre, débusquer.

Les jours de chasse, Louis flairait le sol comme son chien ; l'odeur de la terre était si pénétrante qu'il la foulait avec force. Il aurait bien aimé transmettre à son fils son savoir, son plaisir, pour partager avec lui ce moment où les hommes demandaient des comptes à la terre à qui ils dédiaient leur vie tout entière et qui les rendait parfois si heureux. Mais Pierre ne trimait plus comme les vieux, il ne se fatiguait plus de la même façon et, le dimanche, il voulait oublier la terre, ses contraintes. Il s'habillait et partait retrouver des copains en ville où personne n'aurait pu dire à sa mise qu'il était paysan. Il avait mieux à faire que d'aller chasser avec son père.

Louis ne disait rien, on ne pouvait rien contre le changement. C'était déjà une grande satisfaction de savoir que Pierre s'installerait avec eux l'année suivante, à condition de s'agrandir car, pour le moment, il n'y avait pas de travail pour trois sur la ferme de la Châtaigneraie.

En apprenant le départ de Letellier, Louis se vit sauvé. Cela faisait des lustres qu'il convoitait ces terres grasses dont le rendement aurait fait rêver n'importe quel gros céréalier et qui s'étendaient au pied de sa ferme, trente hectares d'un seul tenant à quelques mètres de chez lui. Il espérait bien les avoir. Dès qu'il avait su la nouvelle, il s'était rendu chez le notaire de Mlle Levallet pour reprendre le bail. L'autre avait promis de faire le nécessaire, lui assurant qu'il transmettrait sa proposition dans les prochains jours ; mais un bon mois s'était écoulé et Louis n'avait toujours pas de nouvelles.

Chaque jour, il regardait les lettres que le facteur déposait sur la table. À chaque fois, il se jurait d'appeler le notaire pour savoir ce qu'il en était, puis la journée passait, puis une autre.

Suzanne partageait son impatience et guettait la voiture du facteur avec la même appréhension. Quand elle sortait dans la cour, elle laissait la porte de la maison ouverte pour entendre la sonnerie du téléphone.

À table, elle ne disait rien. Comme Louis, elle se promettait de passer chez le notaire en allant faire des courses. Suzanne pouvait rester des heures debout près d'une vache malade par des nuits où le froid la transperçait, affronter les bourrasques de vent et de pluie pour soigner les veaux, mais elle était trop timide pour s'adresser à un propriétaire et se dérobait à chaque fois qu'il fallait affronter les gens de la ville.

— Louis, on n'a toujours pas de réponse du notaire, fit-elle un soir en désignant du menton le téléphone.

— Je sais, ça fait même un mois !

— Si t'allais voir Letellier ?

— J'y ai bien pensé, mais c'est un filou. Il finaude toujours. Je n'ai pas confiance en ce gars-là. Il n'a jamais été bien franc. Il va me dire que c'est pas lui qui décide.

— Pourtant, ça se fait de présenter un successeur, il pourrait peut-être appuyer ton offre.

— Attendons encore quelques semaines, on est en plein dans les labours ; après, je verrai ce qu'on peut faire.

À la Toussaint, Raymond et Mariette se rendirent à la Châtaigneraie avec toutes sortes de présents pour les Tessier, des cèpes, un poulet, un bocal de cerises. Chaque année, à l'automne, ils venaient ainsi les remercier et demander la permission d'aller dans les champs glaner les épis de maïs que la gueule vorace de l'ensileuse oubliait dans les champs. Avec eux, rien ne se perdait. Après la moisson, ils ramassaient les blés et le restant de paille, se piquant les mollets dans les chaumes si durs qu'ils auraient pu crever les yeux d'un enfant, puis les mûres à l'automne, les escargots au printemps. Ils n'avaient pas besoin du calendrier pour connaître les mois et les saisons.

Dans la campagne, on avait l'habitude de voir la silhouette courbée de Mariette coupant des pissenlits ou des orties pour ses cochons et sa volaille. Mariette n'était pas fière, c'était une simple femme avec sa blouse en Nylon et son tablier en serge bleue, ses bas en jersey couleur chair, achetés au marché et reprisés sans fin, et ses bottes qui, l'été, creusaient des cercles rouges sur les mollets qu'elle avait trop ronds.

Deux fois par an, elle s'accordait le luxe d'aller chez la coiffeuse pour sa permanente. Elle aimait l'odeur chaude et parfumée du salon, elle aimait regarder les coiffeuses qui coupaient les cheveux avec tant d'assurance et qui s'occupaient si bien d'elle. Au moment de payer, elle glissait une pièce dans la soucoupe sur la caisse et la coiffeuse lançait à la cantonade : « Mesdemoiselles, service ! » Les deux employées s'écriaient en chœur : « Merci, madame ! » Et, si Mariette avait été riche, elle aurait bien recommencé pour entendre encore une fois ce « Merci, madame », qui lui donnait de l'importance.

Mariette s'estimait heureuse de vivre ainsi. Elle était de ceux qui avaient toujours loué leurs bras, leurs jambes et leur vie aux autres. Des besogneux qui ne se plaignaient jamais, trop occupés au travail quotidien, se levant à l'aube, se rassemblant le soir près du feu pour se réchauffer avec toujours trop d'enfants autour d'eux qui allaient en guenilles, avec des chaussures ressemelées et ferrées pour durer plus longtemps, des enfants morveux et peureux qui deviendraient inévitablement ces hommes harassés, se brûlant le corps à la gnôle. Et les femmes de prier qu'un malheur ne vienne pas s'ajouter à leur misère.

La sale guerre s'était chargée de distribuer ses morts dans toutes les campagnes de France. Sa grand-mère s'était retrouvée veuve. Pour faire taire les ventres vides qui criaient autour d'elle, elle était allée quémander du travail. Dès que les bras des petits purent tenir une bêche ou soulever une pierre, ils la suivirent, se contentant d'une lichée de pain et de soupe. La mère de Mariette lavait le linge au lavoir, des brouettes entières qu'elle frottait et rinçait, été comme hiver, pour des gens de la ville.

Les pauvres n'avaient guère de souvenirs, encore moins d'albums photo, mais Mariette se souvenait fort bien de sa grand-tante qui priait et faisait des pèlerinages à la place des malades pour demander leur guérison. On appelait cela faire le métier de voyageuse. Elle était allée plusieurs fois à pied à La Bazoche Gouet pour la femme d'un distilleur de Rémalard qui avait guéri. Cela s'était su. Il fallait être veuve ou vieille fille et avoir le don de toucher les statues des saints. Après ça, on était venu de loin pour lui demander d'aller prier pour les gens, les enfants, le bétail aussi. On lui faisait confiance. Pour savoir à quel saint s'adresser, elle mettait à tremper des feuilles de lierre dans de l'eau bénite pendant toute une nuit et, au matin, la feuille la plus blanche indiquait le saint préposé.

Elle priait sainte Apolline pour les enfants malades, saint Timothée pour les maux d'estomac, et en savait plus long que monsieur le curé. Elle connaissait aussi dans les forêts les endroits où les ermites avaient vécu, les fontaines miraculeuses. Pour s'y rendre, elle partait à l'aube et toujours à jeun. Il n'y avait pas de tarifs ;

elle disait aux bonnes gens : « Vous donnez ce que vous voulez ! » Forcément, pour guérir, on ne regardait pas à la dépense. Plusieurs fois par an, elle allait à Lourdes, en Bretagne, à Chartres, au Mont-Saint-Michel. Au retour, elle rapportait des bondieuseries et on lui offrait à manger. La misère et les maladies des autres la mettaient en appétit. Il fallait prendre des forces pour prier, disait-elle, tout en besognant de la fourchette. Elle avait toujours la bouche pleine et s'amusait à parler patois aux gamins qui la regardaient avec des yeux apeurés.

La mère de Mariette n'avait pas eu ce talent-là ; elle s'était mariée à un ouvrier agricole, et ils avaient pris une ferme pour le compte d'un patron et fait cinq enfants.

Ses frères et sœurs étaient allés travailler en ville. Mariette, elle, refusa de quitter la terre. Elle se débrouilla avec Raymond et, aujourd'hui, elle était maîtresse chez elle ; personne pour lui donner des ordres.

Mariette ne manquait de rien. Elle avait un jour décidé de se servir elle-même dans le bonheur. Elle y puisait chaque jour sa force, sa liberté dans les gestes simples qu'elle accomplissait sans la moindre envie pour le reste du monde et tout ce qui tournait autour. L'hiver, elle ramassait du petit bois dans la forêt, du gui et du houx à Noël, des jonquilles au printemps. Les arbres de la forêt lui parlaient et elle savait leur répondre. Elle aimait les troncs lisses et clairs des hêtres, les chênes rugueux et foncés qui, sous le soleil d'hiver, prenaient une teinte rosée au matin, se fonçant de mauve à la fin du jour. Elle connaissait les sentiers, le nom et les vertus des herbes pour guérir.

Raymond et Mariette étaient deux êtres, deux paires de bras, liés aux arbres et aux bêtes et à tout ce qui poussait autour d'eux.

Suzanne leur avait servi un café et ils parlaient de choses et d'autres quand Raymond fit allusion à Letellier.

— La retraite à soixante ans ! C'est tout de même bien jeune pour être mis au rancart ! Nous, on ne connaîtra pas ça, hein, Mariette. Dans vingt ans, tu seras encore à quatre pattes à soigner tes foutus lapins, et tes cochons resteront pendus à la queue des vaches.

Raymond aurait certainement continué à insulter les retraités, « ces bons à rien, ces profiteurs », si Mariette ne l'avait pas arrêté immédiatement.

— Tout le monde pense pas comme toi. Heureusement que les gens prennent leur retraite, il faut bien laisser la place aux jeunes, répliqua Mariette qui savait adoucir les éternelles provocations de son mari.

— Enfin, moi, j'te dis qu'à soixante ans, on peut encore travailler, mais si c'est pour qu'un jeune s'installe alors là, j'suis point contre. Le Pierre, par exemple, il serait bien sur le Clos des Forges ? N'est-ce pas, Louis ?

— Pour sûr.

— Seulement, t'es pas tout seul à guigner les terres de Letellier.

Louis releva la tête d'un mouvement brusque. Personne ne vit le tremblement de ses mains.

— Le Hénin est dessus et mon avis est qu'il ne lâchera pas le morceau.

— Comment tu sais ça ?

— J'te parie que Mlle Levallet se trouvera dans l'obligation de signer le bail à Patrick.

— Qu'est-ce qui te fait dire ça ?

— Garnier est venu chez Le Hénin trois jours de suite, je détourais les haies autour des Égliers. Ils discutaient avec la rouquine. Le Patrick était pas d'accord, mais les deux autres lui ont monté la tête.

Raymond parlait en soufflant et en gesticulant. Il ne restait pas tranquille cinq minutes. Il était un homme du dehors et il faisait trop chaud dans la cuisine. Il s'essuyait le front et les tempes avec un mouchoir à carreaux qu'il repliait soigneusement, puis il se soulevait un peu de côté pour le glisser dans la poche de son pantalon. Suzanne le fixait, les joues très rouges.

— Pourquoi Le Hénin reprendrait le Clos des Forges, il n'a donc pas assez de terres ?

— Y en a qu'en auront jamais assez, répliqua Raymond en ajustant sa casquette d'un air entendu.

— Mlle Levallet ne donnera pas ses terres au Hénin. Il ne la travaille pas, la terre, il la tue, la fait pleurer, l'abîme avec son armement agricole. Il la traite n'importe comment, il est prêt à tout, pourvu qu'elle lui rapporte ! cria Suzanne qui sentait la colère l'étouffer.

— Même à donner vingt millions en dessous-de-table à Letellier, rétorqua Raymond qui ne savait toujours pas parler en nouveaux francs.

Louis et Suzanne s'immobilisèrent le temps d'imaginer mentalement la somme.

— Tu dois te tromper, fit Louis.

— Eh ben, j'te dis ce que je sais, si tu ne me crois pas, tant pis !

— Deux cent mille francs ! Il est devenu fou, non, ce n'est pas possible ! s'exclama Suzanne avec exaltation.

— Puisque j'te dis qu'il va les donner pour que Letellier s'arrange avec Mlle Levallet. Je les ai entendus, y avait Le Hénin qui s'étranglait en gueulant qu'il ne payerait jamais un tel prix, qu'il était point assez bête, mais les autres lui disaient qu'en deux ans la terre lui aurait rendu sa mise. Et puis, le Patrick a cédé, il a dit qu'il prendrait encore un crédit.

— Le salaud, qu'il signe le bail et je le bouterai de sa ferme, j'y foutrai le feu, tu m'entends, cria Suzanne d'une voix précipitée.

Le Clos des Forges, elle le voulait, non pour elle, mais pour son Pierre. Suzanne était comme enragée, elle savait qu'elle pouvait commettre toutes les forfaitures pour avoir ces terres-là. Sa fureur était si démesurée qu'elle refusait de croire que la partie pouvait s'être jouée sans elle.

— J'irai chez le notaire demain. Je demanderai à parler à Mlle Levallet. J'irai aussi voir son frère.

— Ce vaurien ?

— Qu'importe, je lui dirai qui sont Le Hénin et sa créature.

Mariette fit signe à Raymond qu'il était cinq heures, l'heure de la traite. Ni l'un ni l'autre n'aimaient faire attendre leurs vaches. Avant de s'en aller, ils remercièrent pour le café et pour tout le reste mais ils voyaient bien que Suzanne et Louis n'entendaient rien de ce qu'ils leur disaient.

Après leur départ, Suzanne quitta la cuisine et erra dans la cour de la ferme en parlant toute seule. Elle n'avait plus d'ardeur à rien. Elle n'entendit ni son chien ni Louis qui l'appelait. Elle ne vit pas non plus le soleil qui finissait en longs rayons dorés sur les murs de la ferme. Désemparée, elle réfléchissait à la conduite à suivre. On voulait la déposséder, s'emparer de son avenir. Un instant, elle regretta de ne pas s'être soumise à Garnier avec des « bonjour, monsieur le maire ».

Non, elle n'aurait pas pu. C'était révoltant et elle préférait ne pas faire partie de cette clique d'accapareurs qui avaient tout, prenaient tout. Machinalement, elle remplissait des seaux d'eau tiède qu'elle mélangeait à du lait en poudre. Puis elle les portait jusqu'à l'étable où les veaux l'attendaient. Brusquement, elle s'arrêta au milieu de la cour. Jamais elle ne s'était sentie dans une telle colère. Elle ne respirait plus. Dans le trouble où était son esprit, une seule pensée la dominait et elle disait à mi-voix, le regard tourné vers les Égliers : « Je vais le tuer, je vais le tuer. » Puis elle se mit à pleurer.

Quand il eut fini son travail, Louis promit d'aller le lendemain voir le frère de Mlle Levallet.

Suzanne ne répondit pas. Les mots s'étouffaient dans sa gorge. Le soir, ils mangèrent sans grand appétit. Louis devinait l'emportement qui sourdait chez

Suzanne, mais il savait que toute parole inutile la contrarierait davantage. Avant d'aller se coucher, il prit son fusil accroché au mur et l'examina attentivement, le retournant dans tous les sens. Dimanche prochain, il irait à la chasse mais ses pensées étaient ailleurs et il remit le fusil à sa place.

Le lendemain, Suzanne laissa Louis partir sans dire un mot. Elle regarda l'heure à la pendule sachant que l'attente serait insupportable. Elle rangea d'abord la vaisselle et, de nervosité, cassa un verre. Elle ne savait pas attendre, elle essayait de ruser avec tout ce qui l'entourait, transportant un objet d'une place à une autre, criant sur le chien. Elle cherchait en vain quelque chose à faire. Finalement, elle sortit.

Dans le pré où les bêtes paissaient tranquillement, une vache s'était écartée du troupeau et longeait la haie, se collant contre les arbres pour se nicher, signe que cela n'allait pas. Suzanne s'approcha d'elle et vit qu'elle venait de perdre les eaux. Cela prendrait une ou deux heures pour la dilatation. Suzanne fit demi-tour pour aller chercher ses bottes, un seau et du savon. Quand elle revint, elle força la vache à se lever pour regagner l'étable puis grimpa dans le grenier chercher des balles de paille et prépara une litière propre. La bête meuglait. Ce fut tout un cirque pour la mettre à l'attache.

Suzanne enfila des gants, les savonna et glissa doucement ses mains dans la vulve pour atteindre la matrice. Le veau se présentait bien, le museau apparut à la première contraction. Mais cette bourrique de vache n'était pas prête, la dilatation n'était pas suffisante. Elle essaya en fouillant d'agrandir le passage, sans résultat. Suzanne s'affola, elle savait qu'il fallait faire vite, qu'une fois le veau engagé elle n'avait qu'une heure devant elle. Et Louis qui n'était pas là ! Elle attacha les sabots du veau avec des patins et une corde puis tira de toutes ses forces en s'arc-boutant. Cela ne venait pas. Jamais elle n'aurait la force. C'était trop dur. Elle pinça la langue du veau qui la rentra immédiatement, signe qu'il était bien vivant. Elle respira un grand coup, bien décidée à le faire naître. Elle tira à s'en arracher les mains et s'arrêta de nouveau. Les meuglements de la vache s'accentuèrent.

Suzanne n'aimait pas voir les bêtes souffrir même si, parfois, elle les brutalisait pour les faire avancer, ou les engueulait lorsqu'elle se faisait asperger de bouse.

Elle abandonna à la troisième tentative et courut téléphoner au vétérinaire, regrettant de ne pas avoir pris la décision plus tôt. Quand elle revint, la vache s'était détachée et se collait l'arrière-train contre le mur écrasant la tête du veau.

— Espèce de bourrique, vas-tu tenir tranquille.

Suzanne la frappa. La bête se tourna si brusquement qu'elle faillit la jeter à terre. Le temps pressait, elle remit ses gants et travailla le passage plus efficacement puis tira d'un grand coup sec. Deux minutes après, le veau était couché dans la paille, le poil humide. Son flanc se soulevait à intervalles réguliers. Elle avait eu de la chance.

C'était un mâle et il était vivant. Suzanne aurait préféré une femelle pour reconstituer le troupeau, mais elle s'estima heureuse qu'il n'y ait pas eu d'autres complications. Elle jeta un seau d'eau sur le veau, puis la vache, enfin délivrée, se mit à le lécher en attendant qu'il se mette debout pour téter. Suzanne serait bien restée à contempler la scène avec fierté mais il fallait prévenir le vétérinaire qu'elle n'avait plus besoin de lui.

Pendant ce temps, elle avait oublié le Clos des Forges. Quand le souvenir lui revint, ce fut pire. Inquiète, épuisée par l'épreuve du vêlage et de cette attente, elle sombra dans une sorte de chaos. Combien de temps allait-elle rester ainsi à se ronger les sangs ? Elle serait bien allée à pied au-devant de son mari mais ne voulait pas que les voisins se demandent ce qu'elle faisait toute seule sur la route.

Quand Louis rentra dans la cuisine, elle s'accrocha à son regard et tenta de lire une bonne nouvelle.

— Alors ?

— Il a téléphoné à sa sœur devant moi, elle lui a répondu que le bail devait être signé la semaine prochaine avec Le Hénin, qu'elle s'était engagée, que c'était trop tard.

Suzanne pensa à son Pierre et des larmes gonflèrent ses paupières. Elle se racla la gorge pour trouver la force de parler sans sangloter.

— Tu lui as dit ce qu'il en ferait de ses terres ? Comment il les traiterait ?

— Elle s'en moque, tout ce qui compte pour elle, c'est d'être payée chaque année ; que le chèque soit signé par l'un ou par l'autre, ça ne fait pas de différence. Garnier a certainement recommandé Le Hénin. Elle lui fait confiance.

Louis enfila sa cotte de travail et sortit. Elle savait qu'il n'en dirait pas plus. Son mari détestait bavarder pour ne rien dire. Puisque c'était fait, cela ne servait plus à rien de parler sinon qu'à attiser la colère. Il ne demandait plus qu'une chose, que la vie continuât comme avant. Louis était doué d'une force particulière, de ce talent rare et précieux qui lui permettait d'accepter son sort et de ne jamais s'abîmer dans des espoirs ou des haines vains et douloureux.

Il s'était déjà résigné pour le Clos des Forges comme pour tant d'autres choses. Suzanne se mordit les lèvres. Elle eut d'abord envie de crier puis elle pensa qu'il valait mieux avoir un fils comme Pierre. De la terre, ils en trouveraient toujours, plus éloignée, moins fertile, mais de la terre tout de même.

Elle détesta un peu plus fort Le Hénin, mais garda tout son fiel pour Garnier. C'était lui le responsable.

Les semaines suivirent mornes et silencieuses, teintées d'une amère déception qui ne s'effaçait pas. Le malheur voulait que les parcelles soient attenantes à la ferme. Cette proximité nourrissait sa rancune. Pour la première fois, elle en voulait à Louis, mais se gardait de lui faire des reproches.

Au milieu du mois de mai, Patrick Le Hénin arriva dans le champ avec une tronçonneuse. Un à un, il massacra les pommiers en fleur, qui s'effondrèrent dans un craquement douloureux. Il coupa les branches, détoura les haies, fit des tas de bois sur lesquels il versa de l'huile de moteur, une huile épaisse, gluante et noire qui recouvrit les fleurs blanches bordées de rose, puis il jeta une allumette qui s'enflamma comme une torche vive. Le vent s'engouffra dans les branchages, fit grésiller les premières flammèches orangées. Le feu se mit à ronfler. Il y avait des craquements et ce bruit si caractéristique du bois vert qui pleure sa sève dans les flammes, puis des nappes de fumée épaisse dansèrent dans l'air, emportant un verger centenaire. Toute la journée, Suzanne le regarda faire, prostrée dans la cuisine, les oreilles abasourdies par le vacarme de la tronçonneuse. Couper des arbres au printemps ! Il fallait avoir perdu la tête. À la nuit tombante, on voyait les feux qui brillaient dans les champs comme des bûchers ardents. Dans tout Saint-Hommeray, on avait entendu la folle tronçonneuse et, le soir, on s'était indigné d'un tel sacrilège.

Quelques jours plus tard, Le Hénin revint au volant de son tracteur et retourna en quelques heures les six hectares de prairie où Louis et Suzanne avaient espéré faire paître leurs vaches. Il élagua encore les talus et enleva tout ce qui gênait le passage de son engin. Le Clos des Forges ressemblait maintenant à un chantier désert et abandonné.

Louis Tessier continua de saluer Le Hénin quand ils se rencontraient sur les chemins défoncés par le poids des tracteurs qui venaient à bout de tous les asphaltes.

Certains disaient que c'était dommage pour Pierre, mais si Louis avait été moins fier, s'il n'avait pas tenu tête à Garnier au conseil municipal, ces terres ne lui seraient pas passées sous le nez. C'était forcé que cela tourne de cette façon-là ! Certains ajoutaient même qu'on ne savait pas tout. Les rumeurs étaient nombreuses à propos de la somme versée à Letellier. Cependant un mystère subsistait : pourquoi Le Hénin avait-il repris autant de terres alors qu'il en avait plus qu'il ne pouvait en exploiter ? Il avait sûrement une idée précise. Autrement, c'était le dernier des imbéciles. Certains le pensaient, d'autres répliquaient que si Le Hénin avait perdu la tête, la rouquine gardait la sienne sur les épaules. Et rousse comme elle était, on ne manquait pas de la voir.

11

Une année s'écoula au rythme des saisons et des travaux des champs. Garnier venait quelquefois aux Égliers, puis ses visites s'espacèrent. Il avait bien fallu qu'il comprenne que les dérobades d'Irène n'étaient pas feintes. Elle l'écoutait d'un air poli, approuvant tout ce qu'il disait ou se retranchait derrière les avis de Patrick, présente mais discrète, ne prenant aucun risque.

Un moment, le maire avait eu l'espoir de la retrouver pendant les vacances, mais la récente acquisition du Clos des Forges ne permettait pas au couple Le Hénin de telles dépenses. Certains jours, il regrettait presque d'avoir fait pression sur Letellier, d'autant qu'on le critiquait d'avoir favorisé Patrick Le Hénin qui raflait toutes les terres, ne laissant rien aux autres. Celle qui en souffrait le plus, c'était Suzanne. Rien n'avait pu apaiser sa rancœur. Pas un jour ne s'était passé sans qu'elle maudisse Le Hénin : « Qu'ils aillent au diable, lui et sa rouquine ! » s'écriait-elle parfois en brandissant le poing en direction des Égliers.

Plusieurs fois, elle se surprit proférant d'autres menaces ou monologuant à voix haute, emportée par des colères brutales qui éclataient dans le silence de la campagne. Une fois dégrisée, elle regardait autour d'elle, craintive et honteuse. Quelqu'un derrière une haie avait pu l'entendre, le vent avait peut-être emporté ses paroles jusqu'à la ferme la plus proche ?

Ces imprécations la soulageaient, mais il suffisait d'un rien, d'un simple regard pour que ses pensées achoppent de nouveau sur le Clos des Forges, ces terres trop proches de sa ferme. L'humiliation d'une vie entière semblait couchée là devant elle. Elle avait cru qu'elle oublierait, mais rien n'y faisait. Février la surprit dans cet état d'exaspération.

Un matin, elle alla voir les génisses dans le champ. C'était une journée d'une douceur rare pour la saison avec un ciel d'un bleu immense, immaculé mais encore si léger. Elle s'arrêta en entendant la gouaille d'un merle et chercha des yeux l'oiseau sur les branchages. Si le merle chantait, l'hiver était fini ou presque. Le soleil lui chauffait le dos, irradiant en elle des promesses de vie qui sillonnaient déjà la terre et les veines des arbres, et dont l'élan se devinait dans l'enflure des bourgeons. L'étendue de la campagne verdissante s'offrit à son regard et, pour la première fois depuis des mois, elle crut le bonheur revenu.

Une autre perspective la réjouissait : celle de retrouver dans la soirée les gens de Saint-Hommeray à la salle des fêtes pour préparer le comice qui aurait lieu cet été. Le comice était l'événement le plus important auquel tout le monde participait ; même les plus maladroits ou les plus vieux. Personne ne se dérobait. Qu'importe si le nombre des bêtes à primer diminuait d'année en année, le comice était la consécration de tout un village ! À Saint-Hommeray, la tradition voulait qu'on répartît la décoration des rues selon des thèmes tenus secrets entre les habitants eux-mêmes, et cela jusqu'au dernier jour.

Quand Suzanne arriva, des femmes étaient déjà en train de façonner des fleurs en papier, pendant que d'autres s'exerçaient à lier des gerbes de blé à l'ancienne. Sans attendre, elle se mit au travail, fabriquant des bleuets, des coquelicots qui fleurissaient autrefois à profusion dans les champs de blé et de luzerne et que les pluies de pesticides avaient anéantis, mais qui réapparaissaient timidement depuis qu'on avait mis au point des substances moins agressives.

Habituellement, Suzanne ne sortait que pour faire les courses, visiter la famille. Le reste du temps, elle ne quittait jamais la Châtaigneraie. Le travail s'arrêtait le dimanche soir et reprenait le lundi matin. Un mode de vie où les vacances n'existaient pas, les week-ends non plus et, sans y prendre garde, Suzanne était devenue sauvage. L'immobilisme apparent de la campagne ne la gênait pas, elle savait lutter contre ce vertige qui prenait parfois les êtres quand l'ennui cernait les maisons, assiégeait les vivants, filtrait à travers les murs, figeant le ciel et les arbres dans une étrange paralysie qui la laissait indifférente.

Au début, elle éprouva quelques réticences à se mêler aux femmes du village puis, très vite, elle se fit une joie de venir ainsi veiller chaque vendredi en leur compagnie. Quelqu'un eut l'idée d'apporter un gâteau et du café, et la réunion de comité se transforma vite en petite fête.

Elle retrouvait Madeleine, Antoinette, Paule, toutes les trois agricultrices, Marguerite et Aymée, deux retraitées. Il y avait aussi Armelle, la coiffeuse, et Constance, la boulangère — deux redoutables commères capables de faire et de défaire les vies et les réputations de tout un canton : une veuve en retraite sortait souvent, elle fréquentait... Le fils Verdier traînait en Mobylette, un jour, il ferait un mauvais coup... Les Maupertuis, leur fils s'était pendu, mais, pas étonnant, ils avaient toujours préféré le chien au fils... Elles connaissaient par cœur le curriculum vitae de tous les habitants du village sans oublier ceux du cimetière. Leur mémoire infaillible leur donnait du prestige et on les craignait. Infatigables, elles furetaient, s'informaient, savaient ne rien dire ou lâcher du lest pour tirer les vers du nez d'un interlocuteur. À Saint-Hommeray, il y avait deux cafés, dont l'un faisait restaurant, l'autre épicerie, une boucherie, une pharmacie, un bureau de poste, une boulangerie, un salon de coiffure. La vie avait l'air simple, mais ce n'était qu'une apparence. On trouvait toujours moyen de s'infiltrer dans les plis et les replis de l'intimité des uns et des autres pour juger et accabler hommes et bêtes.

Chaque vendredi, les deux commères se livraient au pire combat pour s'assurer la suprématie des rumeurs et des derniers faits divers devant un public qui n'attendait que cela.

Constance, la boulangère, mangeait trop. Elle avait un corps volumineux, sans creux, comme soufflé au levain. Une masse inexacte, mal calculée, qui la forçait à se déplacer d'un pied sur l'autre, mais qui la protégeait comme des doubles vitrages car, de l'intérieur, on n'entendait ni le bruit ni le froid.

Elle parlait d'une voix robuste, avec le bagou des commerçants qui ont fait leur apprentissage sur les marchés. Ce soir-là, elle avait l'œil plus vif que d'habitude et s'impatientait. Sa bouche frémissait légèrement, trahissant son envie de parler, mais le moment n'était pas suffisamment propice et, ce soir, pour rien au monde, elle n'aurait pris le risque de rater son effet.

— Allons, mesdames, vous n'êtes pas encore au travail. Dépêchez-vous, il faut avoir fini ce carton de fleurs pour ce soir ! fit-elle en tapotant sur la table à la manière d'une maîtresse d'école attentive.

Constance froissait et lissait le papier crépon, lançant de temps à autre des coups d'œil furtifs à son auditoire puis n'y tenant plus elle lança avec précipitation :

— Vous savez la nouvelle ?

Les mains s'immobilisèrent et dix paires d'yeux se fixèrent sur la boulangère. Cette fois-ci, Constance les tenait. Elle fit une pause de quelques instants, histoire de maintenir la tension puis se redressa à la manière d'une effigie.

— Le Hénin monte une porcherie ! annonça-t-elle.

— Une porcherie ! s'exclama la petite assemblée.

L'étonnement était général.

— Oui, vous avez bien entendu, une porcherie ! répéta Constance, satisfaite.

Une porcherie, le mot fut répété par tous. C'était comme un mot étranger, difficile à dire, qui leur faisait déjà un peu sale dans la bouche.

— Mais où ça ?

— À Saint-Hommeray. Où voudrais-tu qu'il la construise ?

— Qui t'a dit ça ?

— Il suffit d'aller à la mairie, il y a une affiche avec un avis de collé sur la porte.

C'était un avis d'enquête d'utilité publique. Décidément, on allait de surprise en surprise. Constance leur expliqua en scandant chaque mot qu'il y avait des règlements pour avoir le droit de construire une porcherie, mais qu'elle était incapable de savoir ceux dont il s'agissait.

— De toute façon, dès qu'on veut entreprendre quelque chose, y a maintenant des règlements pour tout, on peut rien faire sans perdre son temps avec des paperasseries. Si j'ai bien compris on fait une enquête pour demander l'avis aux habitants, ajouta-t-elle.

— Ça alors ! Ça changera quoi qu'on donne notre avis ? fit Antoinette.

— J'en sais rien. La seule chose que j'peux vous dire, c'est que deux mille cochons viendront s'engraisser chez nous tous les quatre ou cinq mois. Voilà. Et nous, on aura les odeurs !

Les femmes échangèrent des regards à la fois incrédules et stupéfaits puis, très vite, les étonnements se dissipèrent pour faire place à l'indignation.

— Le Hénin se trompe de coin pour faire ses cochonneries.

— Pas du tout, en Bretagne, y en a trop, alors on

délocalise, c'est à la mode ! répliqua Armelle qui voulait reprendre un peu de l'auditoire.

Le Perche était riche, la France entière pouvait lui envier ses terres fertiles et ses herbages autrefois réputés. Personne ne pouvait raisonnablement imaginer faire fleurir des porcheries dans ce coin si élégant du département.

Suzanne sentit ses joues la brûler. Ses mains tremblaient et elle pouvait recommencer sa fleur en papier.

— Moi, ça m'étonne pas. Le Hénin est prêt à tout pour écraser les autres, il n'y aura bientôt plus qu'un seul agriculteur sur la commune : Le Hénin, déclara-t-elle en perdant sa prudence habituelle.

Elle leva la tête et surprit Armelle donnant un coup de coude à sa voisine. Armelle était une petite femme nerveuse, efflanquée et tout en angle qui savait faire le mal.

Suzanne ne se connaissait pas d'ennemies parmi les femmes qui se trouvaient là, mais la méfiance était de rigueur, c'était comme une deuxième peau, on ne respirait pas sans elle. Pour Suzanne, c'était une règle de vie. On raconterait demain qu'elle était jalouse. Tant pis.

— Ce type-là veut tout pour lui. Pourquoi a-t-il arrêté le lait ? Pour toucher les primes. Il laissait crever ses veaux dans les champs, que c'en était honteux ! Maintenant, il veut faire des cochons et, naturellement, on va lui prêter l'argent, lui donner des subventions. Et quand les jeunes veulent s'installer, la terre est prise et les caisses sont vides.

Suzanne trouvait soudain les mots de sa haine. Une haine qui sifflait aux oreilles de tous. Suzanne qui incarnait la douceur avait les yeux d'une tueuse. Des tics nerveux agitaient sa bouche trop fine. Elle pensait au Clos des Forges sur lequel Le Hénin viendrait épandre le lisier nauséabond. Elle avait entendu dire que l'odeur tenace pénétrait même à l'intérieur des maisons, qu'il fallait vivre les fenêtres fermées, qu'on ne pouvait pas étendre le linge ces jours-là sous peine de devoir tout relaver.

Sa rancœur lui fouettait l'esprit. Tout réussissait à ces prétentieux qui s'imaginaient supérieurs aux autres parce qu'ils avaient troqué leurs vaches pour faire du taurillon et maintenant du cochon. Elle pensait à Garnier et à ses allures de seigneur qui se confondait parfois avec celles de saigneur. Garnier, Le Hénin, tous de la même engeance.

Garnier qui les méprisait. Garnier qui avait commis l'affront de dire en public qu'il fallait être arriéré pour rester au cul des vaches. Voilà comment il parlait d'eux ! On l'avait répété à Suzanne que l'injure avait blessée comme un trait de feu.

— Moi, tu vois, j'aurais pas pensé qu'il se serait lancé là-dedans. Pendant un temps, il se plaignait d'avoir toujours à emprunter. C'est sûrement une idée de la rouquine, elle est capable de tout, c'est du chien qu'elle a dans le ventre. Le Hénin tout seul se serait pas mis dans une grandeur pareille. C'est elle qu'a tout manigancé.

— Eh bien, qu'ils aillent faire ça ailleurs. On va pas se laisser avoir sous prétexte que c'est Le Hénin, fit-elle dans une dernière secousse.

— De toute façon, ce n'est pas dit qu'il puisse la monter, sa porcherie, poursuivit Constance.

— Qui l'en empêcherait ?

— Les autorités.

Elle affectionnait ces termes imprécis mais qui relevaient selon elle d'un pouvoir presque divin.

— De qui tu veux parler ?

— J'sais pas, le maire, le préfet. D'abord, il faut que la commune donne son accord.

— Alors, il l'aura.

— Le préfet peut refuser, il a le droit.

— Et pour quelle raison ?

— Je sais pas, mais cette histoire d'enquête...

— Encore des inventions pour gruger le monde.

— Décidément, on n'est plus libres. Faudra bientôt demander l'autorisation pour planter un clou, s'insurgea Madeleine qui s'était tue depuis le début. De mon temps, il aurait pas fallu qu'on vienne m'embêter avec des histoires pareilles. Maintenant, on veut empêcher les gens de travailler.

— Personne empêche Le Hénin de travailler. J'crois même qu'il aurait besoin de prendre des vacances. Mais, franchement, il gagne suffisamment d'argent, il a pas encore besoin d'une porcherie pour vivre !

— On sait jamais de quoi demain sera fait. Si le taurillon se vendait mal, il serait dans le souci.

— Eh ben, on va tous faire du cochon, et ce sera la pagaille.

— On parle et nos coquelicots vont se faner, fit Constance.

Personne n'entendit la misérable plaisanterie. Le pliage reprit lentement en silence. La veillée n'aurait pas lieu ce soir. Le comice n'intéressait plus personne. Et aucune autre nouvelle ne pouvait désormais supplanter celle de la porcherie. Le nom du Hénin restait accroché aux lèvres, tuant net toute autre conversation. Suzanne, en proie à un énervement inhabituel, ne pensait plus qu'à rentrer pour tout raconter à Louis. Elle froissa un coquelicot, déchira du papier crépon. Son courroux n'avait plus de bornes. Cinq mille porcs par an ! De la viande à la chaîne ! Des tonnes de lisier. Elle n'arrivait pas à le croire. Elle irait à la mairie, à la préfecture s'il le fallait, elle écrirait. Elle leur dirait, leur expliquerait qu'on ne peut pas faire confiance à un homme comme Le Hénin. On l'écouterait.

Le lendemain, tout le monde fut au courant et, pendant les jours qui suivirent, on ne parlait plus que de cela. Tout ce qui pouvait être dit et inventé sur une porcherie industrielle fut dit et redit. La stupéfaction se mêlait à la curiosité car, dans la région, on ignorait tout ou presque de ces usines à porcs. Seuls Raymond et Mariette se taisaient, trop consternés. Tous se posaient des questions et bien peu avaient des réponses. Face au doute et à l'inquiétude qui s'emparaient des esprits, les gens échangeaient leur point de vue avec gravité en ponctuant chaque phrase d'éloquents hochements de tête. Un habitant d'une commune voisine vint dire qu'il y aurait bientôt deux cents porcheries dans l'Orne, qu'il tenait l'information de la Chambre d'agriculture. Deux cents porcheries pour cinq cents communes, sans compter celles qui existaient déjà ! On prenait peur. L'affaire s'amplifiait. Cela ne plaisait à personne, d'abord à cause des odeurs, même si certains prétendaient qu'il existait des procédés pour que le lisier ne sente plus, qu'il suffisait de retourner la terre aussitôt. D'autres affirmaient que ce fameux lisier était pire que la marée noire !

Ce qui gênait le plus, c'était l'idée d'un tel nombre, d'une telle concentration sous un hangar. Cela faisait vraiment trop industriel. Les mieux informés racontaient que, dans ces usines à cochons, les porcs n'étaient plus des animaux, mais des transformateurs engraissés en un temps record sans jamais voir le jour ou respirer l'air frais. Cela ne donnait pas envie de faire ce travail-là, mais ça, c'était le problème du Hénin. S'il voulait se mettre le nez dans le lisier, personne ne l'en empêcherait. Ce qui intriguait le plus, c'était la question du financement et des bénéfices. Trois millions de francs ! Peut-être même plus. Il n'avait pas peur, Le Hénin !

Lui-même le pensait. Certains jours, encouragé par la confiance d'Irène, il se sentait prêt à briser tous les obstacles qui se dresseraient devant lui. Le mot réussite lui gonflait la poitrine, il souriait de béatitude en imaginant les cochons non plus roses mais dorés comme des lingots. Son père aurait été certainement fier de le voir entreprendre une grande chose. Lui qui répétait que les agriculteurs devaient aller de l'avant, autrement, ils crèveraient sur place. D'autres jours, des réticences, des hésitations brouillaient ces belles certitudes, le rendaient soucieux et maussade. Alors il marchait les bras ballants, les yeux au sol, et il doutait de tout. Les promesses de bénéfices n'étaient peut-être que mensonges. Il ne pourrait pas rembourser, il allait tout droit à sa perte, à la ruine, il serait la risée de tout le pays.

Si les cours du porc s'effondraient, il mangerait sa ferme. Il se faisait peur. Irène gagnait très bien sa vie, mais il ne supporterait pas que sa femme l'entretienne. C'était peut-être à cause de cette pression constante et lancinante des crédits qui ne cessait jamais. Un se terminait, un autre commençait. Il n'y avait jamais de fin. Cette fois-ci, il allait emprunter une somme démesurée, une somme d'argent colossale comme jamais son père n'avait emprunté.

Depuis des années, il pensait en agios, en intérêts, en taux, en créances, en remboursements anticipés, en engagements, en quintaux, en tonnes. Il calculait sans cesse pour la moindre chose, pour le prix des engrais, des pesticides qu'il achetait à l'avance avant que les prix ne montent, sans même savoir les quantités exactes dont il aurait besoin. Il stockait, quitte à perdre. Ses cultures, c'étaient d'abord des chiffres qui s'imprimaient dans son cerveau fatigué par cette gymnastique perpétuelle, épuisé par ces plans de remboursement qui s'affichaient en clignotant nuit et jour.

Il se réveillait parfois le matin avec l'envie de tout défaire mais comment se dédire ? Il avait déjà engagé de l'argent dans ce projet. À d'autres moments, la raison lui revenait. Non, c'était idiot ! Si un problème survenait dans la filière porcine, l'État aiderait peut-être. Dès qu'il s'arrachait de ses pensées ridicules, il s'en voulait de manquer d'audace et de confiance dans l'avenir. Tout avait bien marché pour lui jusqu'à présent. Il avait eu raison de laisser tomber le lait, il n'aurait pas pu tout faire.

Le soir, en présence d'Irène, il retrouvait la force qui était la sienne. Il reprenait espoir et continuait sa vie, heureux et satisfait. Irène lui communiquait son entrain. Sa fougue était telle qu'elle aurait convaincu n'importe qui de faire du cochon tout simplement parce qu'elle y croyait. Les bonnes gens ne se trompaient pas sur cette diablesse en disant qu'elle avait du chien au ventre, qu'elle en voulait à la vie. Elle n'attendait pas qu'on lui offre des cadeaux, elle se les offrait en riant. Chaque moment de la journée était un instant à gagner, à prendre, et elle s'en saisissait avec une promptitude peu commune. De tout son corps, elle dévorait et n'aurait laissé à personne le droit de lui retirer la moindre miette qu'elle savourait goulûment. Elle n'avait jamais oublié la leçon du curé : « Ma fille, sois fière de toi ! » Et elle l'était, Irène Le Hénin ! fière d'elle-même, fière tout court.

Irène avait élevé des remparts contre le chagrin, le funèbre, le désespoir. Avec aplomb, elle se battait contre les contrariétés, les soucis, les empêchements, les éliminant d'un claquement sec, d'un bruit semblable à celui de son briquet lorsqu'elle allumait une cigarette.

Patrick aurait sa porcherie. Elle se l'était juré. À aucun moment, elle n'imaginait qu'on puisse lui refuser ce projet. Au début, elle n'avait pas compris les réticences des bonnes gens. Elle s'acharnait à penser qu'il y aurait toujours des jaloux, mais elle finit par s'inquiéter des protestations, des ragots et des rumeurs qui lentement cheminaient jusqu'à elle.

Deux clans s'étaient formés. D'un côté, les amis de Garnier qui se disaient favorables soit par conviction, soit par solidarité agricole. Ceux-là habitaient souvent loin des Égliers, voire sur une autre commune et ne risquaient pas d'être incommodés.

Du côté des opposants, on critiquait, on s'indignait. Des jaloux, des ignorants, des imbéciles, des arriérés, disait le maire. Quant aux Parisiens, il ajoutait avec mépris : « S'ils ne sont pas contents, ils n'ont qu'à rester chez eux. »

Irène décida d'isoler Patrick pendant le temps de

l'enquête publique de peur que les protestations des uns et des autres ne le découragent et qu'il renonce.

Le Crédit agricole, les constructeurs de porcheries, les fabricants d'aliments pour animaux, s'accrochaient maintenant aux Égliers, bien décidés à ne plus lâcher Le Hénin. Garnier aussi se réjouissait. Il avait enfin l'occasion de voir Irène. Chaque jour ou presque, elle passait chez lui, au moment où le soleil déclinait, sculptant les premières ombres de la nuit. Il guettait son arrivée. Elle venait en coup de vent s'enquérir des dernières nouvelles et lui poser des questions sur ce qui se tramait au village. Son anxiété avait une saveur particulière. Pour un oui pour un non, elle devenait soudain très pâle et la crainte dans les beaux yeux gris de la rouquine le rendait heureux. Il se retenait pour ne pas la prendre dans ses bras, la serrer contre lui d'un geste protecteur, mais c'était déjà énorme de l'avoir, là, en face de lui et pour lui seul. Il lui arrivait de souhaiter des complications plus grandes. En attendant, il s'empressait de la rassurer avec les mêmes certitudes qu'il avait eues pour la persuader de se lancer dans le cochon. Il l'aiderait. Il savait tout.

— Tu verras, tout ira bien.

Il la tutoyait ; il posait sa main sur la sienne. Elle laissait faire, elle ne voyait que le succès de ce projet qui l'enrageait. Inlassablement, elle évaluait leurs chances de gagner, invectivant les opposants, les réduisant à rien, puis soudain le doute la reprenait. Et si l'enquête publique leur était défavorable ?

— C'est impossible, répondait François Garnier.

— Comment peux-tu en être certain ?

— Des gars du syndicat m'ont promis de descendre faire un tour à la mairie pour discuter avec le commissaire-enquêteur. Ce sont des types qui ont l'habitude de ce genre d'affaires et, en général, ils ont des arguments qui pèsent lourd.

— Plus que tous ces imbéciles avec leur pollution,

qui racontent n'importe quoi pour empêcher les gens de travailler ?

— Si je te le dis, tu dois me croire. Comment peux-tu en douter ?

— Facile à dire ! Tant que je n'aurai pas l'accord du préfet, je ne croirai personne.

— Tu me fais confiance, oui ou non ?

— Ce n'est pas la question. Les gens parlent trop de la porcherie, cela ne me plaît pas.

Garnier prenait des airs contrariés.

— Tu as tort de te faire du souci, tu verras.

Elle regardait sa montre.

— Il faut que je parte, annonçait-elle, soudain pressée de le quitter, de rentrer chez elle.

— Rentre un moment, lui proposait-il, voulant la garder encore avec lui, même pour un court instant, même en présence de témoins.

— Non, je n'ai pas le temps, répondait-elle.

Voyait-elle le rideau de la salle à manger se soulever ou bien distinguait-elle l'ombre de Mme Garnier derrière les vitres ? Pour lui, ces départs précipités devenaient insupportables. Il en oubliait les convenances et restait planté dans la cour longtemps après que la voiture d'Irène eut disparu.

12

Le jour du comice arriva enfin. À l'aube, les portes des maisons du village s'ouvrirent les unes après les autres. Il fallait faire vite pour mettre en place les décors. Depuis quelques jours, la chaleur torride immobilisait la campagne. On scrutait avec anxiété le ciel encore endormi, priant que cette journée soit épargnée par l'orage qui pouvait éclater comme un défi au bonheur des hommes et tout gâcher.

Bien que tout ait été prévu et répété depuis des mois, les habitants œuvraient avec la crainte du moindre imprévu. La tension, l'énervement guidaient les gestes de chacun. Constance proposait des croissants et du café gardé au chaud dans une Thermos.

Les marteaux résonnaient dans la nef de l'église. On s'interpellait d'une maison à une autre. Quelques coqs, étonnés par cette agitation inhabituelle, s'égosillaient dans les fermes aux alentours. Avec une rapidité surprenante, les murs et les arbres furent enguirlandés d'une profusion de papillotes et de fleurs en papier, de fleurs de cerisier et de cytise. Lorsque ce fut terminé, les habitants se précipitèrent à la découverte des autres rues. Tout le monde s'extasiait.

En quelques heures, Saint-Hommeray s'était métamorphosé en une forteresse médiévale de carton-pâte avec des portes de plusieurs mètres de haut qui s'élevaient à chaque entrée du village et quatre arcs gigantesques, animés et légendés selon le parler percheron : « Ben le bonjour ! À la revoyure ! » En haut de chaque tour, des mannequins articulés, affublés de sabots, de blouses bleues et de fichus à carreaux rouges mimaient les travaux d'antan : l'un barattait du beurre, l'autre labourait avec un soc de charrue. Des vieux paniers, des cruches, des outils avaient été exhumés des greniers pour témoigner du temps où chacun faisait son cidre, son fromage, du temps où la terre se nourrissait de la sueur des hommes. Tout un devoir de mémoire.

La mairie était enrubannée en bleu, blanc, rouge et, sous le préau de l'école, des tables avaient été dressées en prévision du vin d'honneur auquel seraient conviés tout le village en fête et, bien sûr, les lauréats du concours agricole.

La chaleur fut la première invitée. Les habitants s'étaient changés mais de nouveau transpiraient. Le vin blanc et le rosé seraient tièdes. Les agriculteurs amenaient les bêtes de concours sur le foirail. Les animaux, affolés, sortaient des bétaillères. Habitués à vivre sans licol, la plupart supportaient mal d'être attachés.

Les premiers visiteurs arrivèrent par la porte principale. Des murmures d'admiration fusèrent devant ce qui était, sans nul doute, « le plus beau bourg de France », le temps du comice. François Garnier, escorté des conseillers municipaux, attendait les officiels devant le porche de l'église dans laquelle serait célébrée une messe de Saint-Hubert marquant le début des festivités qui s'achèveraient le soir par le traditionnel banquet communal.

Le groupe des sonneurs attendait de l'autre côté du porche ; ils étaient gantés et bottés, le buste serré dans leur gilet et leur épaisse redingote en drap de laine rouge aux boutons dorés. Tout l'apanage de la vénerie, le maître d'équipage avec son chien, les piqueux, les sonneurs cuisaient sous la chaleur. La sueur perlait sur leur visage. Ils respiraient lentement comme pour s'économiser, sachant que le pire viendrait au moment de défiler dans le bourg. Ils se voulaient très solennels, mais la chaleur avait raison de leurs efforts et leur visage enflait.

Les personnalités du département qui, chaque dimanche, fréquentaient assidûment les comices, les foires et les fêtes se faisaient attendre. Sans eux, il n'y avait pas de comice. C'était sans doute la raison pour laquelle, le lendemain, ils faisaient la une de la presse locale avec les animaux primés et les démonstrations folkloriques.

Irène se tenait aux côtés de Mme Garnier. La rouquine portait un tailleur blanc, cintré à la taille, des basques recouvrant ses hanches. Elle avait comprimé son abondante chevelure sous une large capeline gris perle qui lui donnait un air souverain. Patrick devait la rejoindre en fin de matinée. En attendant, elle serrait les mains des notables avec la facilité d'une femme habituée à toutes les mondanités et traitant les hommes sur un pied d'égalité.

Les félicitations étaient sincères, personne n'avait vu un bourg si richement décoré. Garnier riait et sa voix de basse résonnait puissante et satisfaite, dominant les bavardages. Les officiels firent leur entrée dans la nef de l'église au son des cors de chasse et des trompes. Le prêtre accueillit la nombreuse assemblée et invita chacun au recueillement.

Dans l'église trop petite, la chaleur s'infiltrait à travers les murs. Le curé fit cependant une belle homélie pour ses paroissiens venus en grand nombre. Même à Noël, il n'y avait pas une telle affluence. Le prêtre rendit hommage aux chasseurs avant de leur donner sa bénédiction. Les sonneurs levèrent alors leur trompe. En un long souffle, une plainte s'éleva comme un recueillement pour toutes les tueries passées, puis ce fut l'allégresse, le triomphe qui retentit à l'unisson, faisant vibrer l'église et les souvenirs des hommes dans l'espoir des chasses futures. La messe terminée, le cortège s'en alla déposer une gerbe de fleurs enveloppée de cellophane devant le monument aux morts édifié à la mémoire de tous les petits gars du pays, morts pour la patrie et dont il ne restait plus que les noms : Jacques Herriot, Maurice Lejeune, Édouard Levillain, Antoine Toutain et tous les autres. Les députés et les maires s'étaient succédé, les noms des morts n'avaient pas changé.

Une fois l'hommage rendu à tout ce qui avait fait l'honneur de la France, le cortège se dirigea vers le champ du concours où se dressait une estrade. Garnier s'agitait tout en surveillant hommes et bêtes. Il présentait des agriculteurs au conseiller général, au député qui récitaient des compliments à chacun.

M. le comte de Brière souriait avec affabilité. La moitié des gens de Saint-Hommeray avaient autrefois travaillé pour sa famille. On se souvenait encore de sa grand-mère, une femme maigre, osseuse, à la peau si pâle, présidant les grandes tablées de journaliers à l'époque des battages. Une fois les moissons terminées, les bonnes gens venaient au château pour être payés. Ils attendaient debout, les uns derrière les autres, d'être appelés par leur nom pour s'avancer devant la table où elle se tenait. Ils marchaient gauchement, les bras pendant le long du corps avec leurs mains qui semblaient gênées d'être au repos. Elle posait l'argent sur le coin de la table, et leurs doigts s'emparaient maladroitement des quelques billets, puis ils disparaissaient, oubliant parfois de dire merci tant ils étaient impressionnés par la comtesse.

Mme de Brière vivait de ses terres, tenait ses gens avec fermeté, mais prenait soin d'eux, veillant sur les familles, portant secours aux plus indigents à qui elle parlait du Seigneur, le Tout-Puissant, le seul à qui il faudrait rendre des comptes. La pauvreté était une vertu selon elle. Austère et d'une sévérité sans faille, elle tentait de maintenir son domaine comme l'avaient fait ses ancêtres. C'était maintenant son fils qui habitait le château trop grand, impossible à chauffer, et qui s'occupait des terres, celles qu'il n'avait pas vendues.

La famille de Brière n'avait jamais quitté Saint-Hommeray, même au pire moment de la Révolution, et ils n'étaient pas de ceux qui portent leur nom en étalage, comme on porte des bijoux. Des républiques avaient été proclamées sans pour autant porter préjudice au statut de monsieur le comte, resté maître de ce petit coin de France. Il n'avait pas besoin de répéter deux fois ses ordres. On lui obéissait par une sorte d'instinct ancestral. La considération que lui vouaient les habitants semblait aussi héréditaire que ses titres nobiliaires.

Pour passer le temps et exercer ses devoirs, et parce qu'il l'avait demandé, il avait été élu maire de Bellou, la commune voisine de Saint-Hommeray. Habitué à commander les hommes, il décidait souvent seul, sans songer que les conseillers municipaux puissent avoir un avis différent du sien.

En voisin, en seigneur, monsieur le comte était donc du comice. Il souriait à Irène qui jouait à merveille son rôle d'ambassadrice et ne paraissait nullement affectée par la chaleur qui incommodait déjà les hommes et les femmes. Il émanait d'elle une séduction particulière, un charme hybride et troublant qui attirait. Elle saluait avec son aisance coutumière et blaguait pour détendre ces messieurs avec son air altier de princesse normande. Irène s'y prenait si bien que les gens de Saint-Hommeray la regardaient, plus étonnés encore que monsieur le comte. Mme Garnier, ravie d'être débarrassée de cette corvée épuisante, se tenait près d'elle avec une infinie discrétion, et Irène veillait à ce que la femme de monsieur le maire ne soit pas importunée.

Le Hénin avait rejoint Irène. Il la suivait, serrant les mains rapidement avec la rudesse et l'embarras du paysan. Il ne voyait que sa femme, le blanc éclatant du tailleur, sa jolie nuque. Il voyait bien qu'on traitait Irène comme une dame, avec respect, politesse, admiration. Ici, on avait l'habitude de juger une femme d'après l'homme qu'elle avait épousé. Et lui, la laissait intacte. Elle n'était pas la femme du Hénin, mais Irène. Peut-être était-ce à cause de cette chevelure qui la distinguait, la faisait autre, si différente des femmes qui vivaient dans des fermes.

Le soleil devenait cruel et l'ombre se faisait rare. Une cohue d'hommes, de femmes, circulait d'un bout du champ à l'autre. Des enfants couraient dans tous les sens.

Pendant ce temps, un éleveur de percherons raflait tous les prix. Le jury applaudissait avec admiration devant ces bêtes de trait qui pesaient plus d'une tonne, si impressionnantes par leur masse musculeuse, leur aspect trapu, leur poitrail ouvert, leurs membres courts et puissants. Pendant des générations, ces chevaux avaient fait le travail des hommes et la notoriété du Perche. Les tracteurs les avaient chassés. Aujourd'hui, ils n'étaient plus que des survivants, une espèce en voie de disparition et c'était un miracle qu'on continuât d'en élever.

Puis il y eut des bœufs superbes, énormes, assaillis par des nuées de mouches. L'un d'entre eux, un culard exceptionnel, mesurant un mètre vingt des sabots au garrot, bien charpenté en os et en muscles, fit l'unanimité du jury. Grand, beau, puissant, il remuait la tête de gauche à droite, prêt à recevoir les honneurs et les compliments qu'on murmurait. L'homme qui le tirait par la corde avançait sans se hâter, fier de sa bête si bien engraissée.

Ce fut ensuite le tour des vaches, de vraies beautés bien pomponnées que les propriétaires avaient lavées, brossées pendant des heures. On leur avait égalisé le poil, au-dessus des yeux, à la naissance de la queue et elles pouvaient parader fièrement devant les hommes.

Les gens allaient et venaient, on se croisait, on se saluait entre deux meuglements. Les anciens étaient tous là et commentaient vivement les appréciations données par le jury.

Le père Morel remarqua une belle laitière, les épaules anguleuses, l'encolure fine avec un bassin ample, des mamelles volumineuses, roses et veinées qui donnaient à son propriétaire trente litres de lait par jour. Il se rappela le temps où, gamin, il avait eu à traire les vaches à la poignée. Il se revit dans l'étable, tout maigrichon, assis sur un trépied, le seau bien calé entre ses genoux pour ne pas le renverser. Dès le mois de mars, qu'il pleuve ou qu'il grêle, il allait à bicyclette traire les bêtes dans les herbages et rapportait des bidons plus lourds que lui dans une remorque attachée au vélo. Il craignait les coups de sabot et travaillait toujours dans la peur de tarir une vache. Il enfouissait sa tête dans le flanc crotté des bêtes et leur parlait ou chantonnait pour qu'elles se laissent faire. Pour sûr qu'il n'aurait pas voulu revivre ce temps-là. Morel continua de se promener parmi la foule de plus en plus nombreuse. Les bêtes commençaient à s'agiter de ce trop de monde.

Tout cela sentait l'étable, le crottin, la bouse, le foin et la sueur. Des odeurs fortes et aigres qui augmentaient avec la touffeur.

Irène avait profité de la remise des prix pour se réfugier à l'ombre d'un chêne qui bordait le champ. En fait, elle cherchait Le Hénin, redoutant qu'on l'aborde pour lui parler de la porcherie. Ses talons la faisaient tellement souffrir qu'elle se mit en appui sur une jambe et se déchaussa pour masser son pied.

— Irène !

Elle se redressa brusquement et vit Garnier. L'homme avait les traits tendus, le regard nerveux.

— Tu n'as pas vu Patrick, par hasard ? Je le cherche partout, demanda Irène, contrariée d'être surprise dans cette posture.

— Il était devant l'église, il y a environ un quart d'heure.

Garnier avait chaud. Il respirait mal et la fixait la bouche entrouverte.

— Avec tout ce monde, je n'ai même pas vu Denise, reprit Irène.

— Moi aussi, je te cherchais, lui dit-il avec lenteur.

En voulant remettre l'escarpin trop fin, Irène perdit l'équilibre. Garnier la rattrapa. Elle sentit son haleine contre sa joue, la peau humide et rugueuse, la main qui serrait sa nuque. Elle s'écarta. François Garnier voulut la retenir, mais, d'un mouvement brusque, elle se mit hors d'atteinte, effrayée par l'audace de cet homme qui avait failli l'embrasser au vu de tous et les exposer à tous les commérages.

— Qu'est-ce qu'il t'arrive ? Tu es fou ou quoi ? Et le vin d'honneur qui va commencer ! Trouve Patrick, il faut le présenter au président de la Chambre d'agriculture avant qu'il ne parte.

Garnier la regardait fixement sans sourciller.

— Viens, fit-il d'une voix rauque.

Il lui tenait maintenant le bras, l'attirait, prêt à lutter. Il serrait à lui faire mal. Irène n'eut pas le temps d'évaluer le danger. Elle sentit le tissu de son tailleur se broyer sous la poigne de Garnier, la pression de la poitrine imposante, le bas-ventre de l'homme collé contre elle. Elle vacilla sous le poids de ce corps qui pesait sur elle comme une trop grande chaleur et l'étourdissait. L'homme la bâillonnait de ses lèvres. Elle se débattit en donnant des coups de pied.

— Je t'aime, tu m'entends ? murmura-t-il, le souffle de plus en plus court et précipité.

Les mots furent aussi aigus que la tension de ses seins sous la pesée de François Garnier. « Je t'aime », des mots qui s'ouvraient, grands comme des futurs. Des mots qu'elle aimait jeter à l'oreille des hommes comme une déesse, forte de son pouvoir, des mots qui n'avaient pas de fin. Des mots impalpables qu'elle s'était si souvent répétés comme des formules magiques. Des mots que le maire lui avait dits dans l'affolement de son désir, dans l'inquiétude de celui qui n'avait jamais osé les prononcer autrement que pour toujours. Il la serrait, fort de toute sa largeur.

— Ça suffit ! cria-t-elle en réussissant à se dégager et en le maintenant à bout de bras.

— Irène, il faut...

Il n'eut pas le temps d'achever sa phrase. Elle s'était échappée et se tenait hors de lui en le regardant d'un regard cru et menaçant, puis elle lui tourna le dos sans attendre et s'en alla précipitamment en direction de l'école. Elle y trouva Constance et Armelle en train d'ouvrir des bouteilles. Elles avaient trop chaud et l'effort leur paraissait plus pénible. Au moins, ces deux-là n'auront rien vu, pensa Irène qui les redoutait plus que tout.

— Ah ! te voilà ! On te cherchait.

Elle se crispa en entendant ce mot.

— Imagine-toi qu'il manque des verres. Il paraît que tu devais en apporter.

Irène allait répondre quand des cris surgirent à l'extérieur.

Il y eut un mouvement de foule sur le foirail, puis une clameur générale vint jusqu'à elles ; des gens se précipitaient vers l'estrade d'où s'élevait une fumée noire. Le feu ! Les cris redoublèrent. Irène décrocha l'extincteur et sortit en hâte suivie d'Armelle, mais l'appareil était encombrant, trop lourd et ses escarpins l'empêchaient de courir.

Au même moment, un homme apparut sur le seuil du café en criant qu'il venait d'appeler les pompiers. Il arracha l'extincteur des mains d'Irène et courut vers la foule. La fumée noire semblait de plus en plus épaisse. On entendit le hurlement des sirènes dans le lointain.

L'intervention rapide des pompiers permit d'éviter le pire. Le feu avait pris dans des bottes de foin qu'un imprudent avait placées sous l'estrade. On en était quitte pour des quintes de toux, des yeux irrités et une grande peur.

Irène se passa la main sur le front comme pour se remettre de tant d'émotions. Ce fut à ce moment-là qu'elle vit le père Morel, haletant, battant des paupières comme un papillon de nuit, courant vers elle.

— Y a une blessée... C'est ta belle-mère... Les bêtes ont pris peur. Elles se sont cornaillées et une vache l'a prise au ventre, dit-il en désignant du doigt l'autre bout du champ.

Irène s'élança sans attendre d'explications vers l'attroupement et dut jouer des coudes pour rompre le cercle formé autour de Denise qui gisait sur l'herbe, les yeux grands ouverts, ses vêtements déchirés, tout en sang.

— Maman, ça va ? murmura Irène en s'agenouillant près de la blessée.

Denise respirait mal et se contenta de faire un signe de tête.

— Quelqu'un a prévenu un médecin ? demanda-t-elle en levant les yeux vers les badauds.

— Une ambulance arrive de Mortagne, fit un pompier qui était accouru en même temps qu'elle.

Le père Morel l'avait suivie et regardait la rouquine qui l'interrogeait de ses beaux yeux affolés.

— Que s'est-il passé ?

— Dans la cohue, une vache, tiens, c'est la caille que tu vois là-bas, la corde a lâché et ta belle-mère l'a prise par-devant.

Où était Patrick ? Il fallait le prévenir. Irène se redressa, chercha vainement son mari dans la foule. Elle remarqua alors les taches de sang sur sa jupe et ferma les yeux, se sentant soudain happée par le malheur. Ce mot redouté qu'elle chassait chaque matin en se brossant les cheveux, en soufflant des bouffées de cigarette au visage des gens, en appuyant sur l'accélérateur de sa voiture, en ouvrant les bouteilles de champagne. Non, il n'y aurait pas de malheur ! se disait-elle avec fermeté. Et voilà qu'il se heurtait à sa volonté, qu'il s'imposait par une belle journée d'été.

Irène monta dans l'ambulance, ne voulant pas laisser sa belle-mère partir seule à l'hôpital.

Après leur départ, le cantonnier de Saint-Hommeray, déguisé pour l'occasion en garde-champêtre et affublé d'un tambour, annonça d'une voix tonitruante en tambourinant que le vin d'honneur était servi et que toute la compagnie était attendue sous le préau de l'école où il ferait bon se rafraîchir après ce petit coup de chaleur inattendu. Cette diversion était une aubaine.

On n'osa pas applaudir à cause de la blessée, mais personne ne se fit prier pour aller boire un verre. Les vedettes n'étaient plus les taureaux ni les vaches, mais le député et les autres personnalités. On s'approchait d'eux. Garnier était de nouveau là, avec son sourire, ses gestes de maire et présentait ses administrés. On échangeait des poignées de main. Le député, le conseiller général en profitaient pour imprimer dans les paumes de leurs futurs électeurs un bulletin de vote en leur faveur. Soudain Garnier prit le député par le bras et parla à voix basse.

— Justement, voilà Patrick Le Hénin, je vous en ai parlé à la dernière réunion.

— Oui, je me souviens.

Le Hénin tenait ses clefs de voiture à la main. Il allait partir à l'hôpital, mais Garnier l'arrêta.

— Patrick, je te présente M. Dubreuil.

M. Dubreuil tendait sa main, mais Le Hénin resta quelques instants sans réagir, les yeux aussi immobiles et inexpressifs que des boules de bois, muet, incapable de comprendre ce que l'autre lui voulait, puis, en le voyant tout sourire, il revint à la raison.

— Bonjour, fit-il d'une voix étranglée, excusez-moi, je partais à l'hôpital.

— Nous sommes désolés ! J'espère que ce n'est pas grave. Nous aurons certainement l'occasion de reparler de votre projet, mais je peux déjà vous dire que je suis satisfait de voir des agriculteurs audacieux s'engager ainsi et valoriser notre région en développant et en diversifiant ses capacités de production.

— Vous savez, nous n'avons pas vraiment le choix ! répondit Patrick, effrayé par l'accident de sa mère et pressé de s'en aller.

Il aurait voulu fuir, mais il lui fallut écouter le député parler de politique agricole, de progrès, d'avenir. M. Dubreuil le complimenta encore une fois pour la porcherie.

— Ce n'est encore qu'un projet et il ne faut pas vendre la peau de l'ours avant de l'avoir tué. Je crierai victoire quand la préfecture aura donné l'accord, répondit Le Hénin d'une voix ferme, pressé cette fois-ci d'en finir.

— De ce côté-là, vous n'avez pas à vous en faire, répliqua le député d'un ton complice.

À l'entendre, la décision administrative lui appartenait, une simple question d'influence, un mot au préfet et le tour était joué.

Le Hénin sentait l'importance du moment. L'inquiétude à propos de sa mère lui enlevait le peu de moyens dont il disposait pour plaire à cet homme dont son avenir dépendait peut-être. Il aurait voulu remercier, faire comprendre à l'autre qu'en retour il lui resterait fidèle, mais il avait la tête sens dessus dessous.

À l'hôpital, Irène attendait le chirurgien appelé en urgence. Elle essayait de garder la tête haute, mais elle avait perdu sa belle assurance. Les secondes lui paraissaient des minutes. Elle se mordait les lèvres et regardait, épouvantée, sa belle-mère qui souffrait. C'était une brave femme qui l'aimait à sa manière, tout en rusticité, avec la callosité des campagnards qui apprennent d'abord à tout supporter en silence avant même de savoir écrire ou compter. Irène ne voulait pas qu'il lui arrive malheur. Les deux femmes ne se quittaient pas des yeux. Denise, le visage émacié, avait l'air toute rétrécie. On n'aurait pas su dire que c'était la mère de

Patrick. La vieillesse avait effacé les traces de ressemblance. Et maintenant la douleur semblait l'éteindre complètement.

Denise serra la main de sa belle-fille et murmura d'un seul souffle :

— Puisqu'il faudra tous s'en aller un jour, y vaudrait mieux que ce soit moi qui parte la première ; ce serait tout de même plus juste ! dit-elle avec l'esprit de la fatalité qui faisait vivre dans les campagnes.

— Si Patrick vous entendait, il se fâcherait. Non, il n'en est pas question. Il ne faut pas nous laisser seuls, je ne veux pas, ajouta Irène, bien décidée à se battre avec le destin.

— Irène, si jamais..., prenez soin de Patrick, j'suis heureuse que vous soyez là, vous savez.

— Oui, je sais.

— Patrick, il a besoin de vous.

— Chut, il ne faut pas trop parler, vous vous fatiguez.

— Écoutez...

Elle respirait avec une plus grande difficulté. Irène se pencha pour l'écouter.

— J'ai jamais voulu vous embêter avec ça, mais...

Denise n'alla pas au-delà de la question qui s'acheva par un regard éperdu. Irène ferma les paupières et hocha la tête, lentement, avec une sombre culpabilité. Denise avait deviné. Elle s'éclipsa légèrement en tournant la tête de côté. Tout devint alors très flou. Elle distingua à peine le médecin et les deux infirmières qui emmenèrent la blessée avec précipitation. Les silhouettes blanches disparurent, la laissant désemparée et misérable. Il ne lui restait plus qu'à ruser avec le temps et espérer qu'on vienne vite la rassurer. Elle voulait croire que la blessure était superficielle, d'ailleurs Denise n'avait pas perdu connaissance. Puis elle arpenta le couloir, se demandant où pouvait bien être Patrick. Ce n'était pas de chance. Sans cet accident, elle serait en ce moment au côté du député. Elle aurait pu lui parler de la porcherie, tester l'homme, savoir ce dont il était capable. Cela faisait des mois qu'elle attendait cette occasion pour leur présenter son mari !

Puis elle repensa à Garnier sous le chêne. Irène connaissait ces regards d'homme, ces mots hésitants, cette précipitation. La concupiscence. Elle n'était pas dupe. L'envie avait pris celui-ci. Une envie très nue qui grésillait encore sur sa peau comme une morsure.

Ce n'était pas le premier. Des hommes, elle en avait eu son quota. Exactement comme elle avait fait l'apprentissage de la vie, elle avait fait l'expérience de l'amour sans attendre d'être amoureuse, sans manuel et sans scrupules. Elle avait appris à se plier à leur virile séduction, à leur laisser croire qu'ils étaient maîtres d'elle, mais aucun homme ne l'impressionnait, ni les grands ni les petits, ces héros du quotidien qu'elle côtoyait du matin au soir et qui s'évertuaient à la charmer parce qu'elle était belle. Elle se demandait comment faisaient les femmes qui regardaient les mâles avec tant d'admiration. Elle ressentait de l'estime pour certains, rarement plus.

Puis elle avait dit oui à Patrick parce qu'il n'avait pas usé des habituels artifices, qu'il lui avait plu d'une autre manière. Avec lui, son plaisir avait été plus grand, plus fort, plus diffus, comme une vérité nouvelle qu'on aurait inventée pour elle. Face à Patrick, elle n'avait pas eu besoin de se cacher, ni même de s'ajuster. Elle avait dit oui et s'était promis d'en finir avec les autres.

Dorénavant, il lui faudrait se méfier de Garnier, se méfier de cette sensation qui, côté chair, l'avait troublée, prise soudain en otage et mise à l'épreuve du refus ou de l'abandon. Elle ne pouvait pas l'éloigner, ni se mettre mal avec lui, au moment où la fameuse enquête d'utilité publique allait commencer. Elle continuerait de le voir, de faire comme avant et éviterait simplement qu'il ne s'approche trop près. Elle pensait ainsi en se mordillant les doigts, essayant de rester vigilante à cette idée du désir, à l'intrusion de Garnier dans sa vie qu'elle voulait pourtant sans parenthèses.

Elle revit la chambre aux murs jaunes de la clinique Saint-Joseph à Alençon. Par la fenêtre, elle apercevait les grands arbres aux troncs noirs et tortueux qui se détachaient comme des ombres chinoises dans le crépuscule hivernal. Elle sentait le sang couler entre ses cuisses, un flot de sang. La faiseuse d'anges avait eu le geste imprécis. En pleine nuit, l'ambulance l'avait conduite à la clinique. Le médecin prononça le mot curetage, un mot horrible qu'elle ne répéta jamais.

Une simple routine suivie de complications, cela arrivait !

Le chirurgien grommela qu'elle l'avait échappé belle ! Puis, à la façon dont il l'avait regardée, Irène comprit que son ventre était foutu. Le médecin soupira en l'examinant. Irène avait l'air d'une gamine apeurée, décidément trop jeune, mais il n'éprouvait aucune compassion pour ces gosses imprudentes.

— C'est toujours pareil ! marmonna-t-il.

Puis il haussa les épaules, fatigué et furieux en pensant à toutes ces ignorantes, toutes ces bonnes femmes pas malignes et superstitieuses qui s'adressaient encore aux rebouteux, aux sorcières, aux avorteuses. Elles n'avaient qu'à pas écarter les cuisses avec n'importe qui, ou bien alors porter le fruit de leur débauche. Il était vieux et il en avait assez vu. Les choses heureusement changeraient.

Pendant toute une journée, Irène avait pleuré, vidant son malheur. À force de prendre à la vie tout ce que celle-ci avait oublié de lui donner, la vie s'était vengée et l'avait punie de tant de rapines. Le lendemain, Irène décida de ne pas en faire un drame, cela ne servirait à rien de rester cousue de chagrin, comme disait le fossoyeur.

Le désir d'enfant était resté. Un désir immense qui la rendait folle. Elle le lui avait dit au début de leur liaison, elle n'avait dit que cela, rien du reste. Aux

Égliers, elle devinait les questions que Patrick n'osait plus lui poser, comprenant peut-être ; des questions qui s'embrouillaient dans sa timidité d'homme et qui finissaient dans un silence inquiet. Un silence nécessaire qu'elle lui avait imposé face au mutisme de son corps.

13

Le père Morel n'était plus très loin de Saint-Hommeray quand il fut surpris par une averse. Il bougonna en descendant de sa bicyclette et prit un sac en toile qu'il gardait dans une sacoche pour se protéger les épaules. Les journées grises et pluvieuses se succédaient dans la campagne mouillée. Les ciels étaient froids, incolores. La pluie s'était obstinément remise à tomber, d'abord en fines gouttelettes transparentes qui s'attachaient à l'écorce sombre des arbres. Elles tenaient ainsi quelques instants dans un équilibre éphémère puis glissaient en un long sillon le long des branches. La pluie ne laissait aucun répit à la terre gonflée comme le corps d'un noyé. Dans les champs, les sabots des bêtes s'enfonçaient dans la terre poreuse. L'air était si imprégné d'humidité que celle-ci stagnait au lieu de s'élever. Une humidité tenace qui s'insinuait dans les buissons et les moindres rameaux, une humidité qui rendait les verts plus sombres et plus forts, trop envahissants. Les feuillages, l'herbe grasse ravissaient le moindre espace. Au loin, on voyait le clocher de l'église se dresser gris et austère au-dessus des collines et des bois couverts d'une sueur froide. Il fallait être né du ventre de cette terre pour vivre là, dans cette campagne épaisse et toujours rude, d'un vert étouffant où les hommes n'ouvraient jamais franchement leur porte à celui qui venait d'ailleurs.

Morel avait l'habitude et du froid et de la pluie. Il craignait seulement d'abîmer sa veste. Son corps n'adhérait nulle part aux vêtements trop larges ; son cou maigre et creusé de rides sortait tendu du col de la chemise comme celui d'un oisillon, et sous sa casquette neuve se dissimulait un restant de cheveux tout follets qu'il tenta de remettre en ordre. L'homme était maigre, fait d'os uniquement ; d'une robustesse qui, à force de se mesurer aux duretés de la vie, au défi du temps, avait finalement fait disparaître la chair et les muscles, ce qui lui donnait cet air résistant et inusable.

Lorsqu'il arriva enfin à la mairie, sa casquette était trempée. Morel posa sa bicyclette contre un mur où quelques têtes d'hortensias, oubliées depuis l'été, achevaient de finir l'hiver en fine dentelle jaunie. Il replia le sac dans sa sacoche.

C'était le premier jour de permanence pour l'affaire de la porcherie et il venait voir le commissaire-enquêteur.

Dans la mairie, Garnier discutait avec un adjoint. Il faisait si sombre que les lumières étaient allumées. En voyant Morel, le maire se contenta de le saluer d'un geste de la tête. L'autre resta un moment debout, sa casquette à la main. Ses yeux, en apparence immobiles, furetaient dans la pièce. Des voix fortes résonnèrent dans le petit bureau de droite, celui qui servait habituellement à monsieur le maire. Morel écoutait en guettant la porte. Quand il fit quelques pas pour s'en rapprocher, Garnier l'interpella.

— Tu cherches quelque chose ?

— Je suis venu pour l'enquête.

— Hein ?

— Je viens voir le commissaire-enquêteur, insista Morel.

Garnier fronça les sourcils. Que voulait le bonhomme à l'enquêteur ?

— Il est occupé avec quelqu'un, dit Garnier en désignant le bureau d'un mouvement de tête. Puis il se retourna vers l'adjoint et reprit sa conversation.

Morel resta debout, inquiet et désemparé. Il regarda ses souliers s'égoutter sur le plancher, formant deux petites mares. Il faisait trop chaud dans la mairie ; le vélo, le froid, l'averse, tout cela l'avait fatigué et maintenant, il se sentait pris d'engourdissement. Quand il releva la tête, il croisa le regard sévère mais confiant du président de la République, souriant sur la photo en couleurs juste au-dessus du buste de Marianne en plâtre blanc qui se dressait comme une divinité républicaine. Il eut l'impression de sentir sur lui le souffle de la justice et de l'égalité.

— Ce n'est peut-être pas suffisant comme colis. On pourrait ajouter du crabe et des chocolats, proposa l'adjoint, et des fruits secs, c'est très bon pour la santé.

Les deux hommes s'entretenaient du repas pour les anciens que la mairie organisait chaque année.

— Autrefois, on offrait simplement une belle boîte de gâteaux secs et les gens étaient contents. Aujourd'hui, on ne sait plus comment s'y prendre pour faire plaisir.

Une voix forte se fit entendre, la porte s'entrouvrit et un homme aux traits épais, le visage sanguin, sortit avec brusquerie. Lui aussi avait chaud. Morel s'attendait à un monsieur en veston et en cravate ; à la place, il avait en face de lui un bougre, l'air un peu excité.

— Vous venez pour l'enquête ? lui demanda-t-il.

Morel acquiesça.

— Alors, entrez.

Le bureau était étroit, l'enquêteur s'assit en face de lui, un peu étonné de voir ce paysan qui ne remplissait pas la chaise.

— Vous voulez des renseignements ?

— C'est-à-dire, j'aimerais savoir pourquoi il y a une enquête.

Le commissaire-enquêteur fut soulagé. Il n'avait pas

affaire à un opposant mais à un vieux qui venait par curiosité, pour passer le temps. Rassuré, il lui parla du rapport qu'il adresserait au préfet, une fois l'enquête terminée ; s'il le souhaitait, il pouvait écrire dans le registre mis à la disposition du public et il tiendrait compte des commentaires émis par tous pour donner un avis, favorable ou non.

— Et si je vous le dis, c'est pas suffisant ?

— Non, c'est mieux que ce soit écrit sur le registre.

En entendant ces mots, Morel se gratta la tête. Son visage s'assombrit.

— Dans ce cas, je reviendrai une autre fois.

Le commissaire-enquêteur comprit l'embarras du vieil homme qui avait l'air sympathique et qui souhaitait certainement dire du bien de la porcherie mais qui n'avait pas l'habitude d'écrire.

— Si vous voulez, je ferai un résumé à votre place car M. Le Hénin a bien du courage de créer une entreprise agricole moderne, ajouta le commissaire, oubliant sa réserve habituelle et persuadé que Morel l'approuverait, mais celui-ci sursauta.

— Du courage ? Vous voulez dire que c'est un fainéant et rien d'autre. C'est la honte pour notre région ! s'écria Morel, indigné qu'on puisse vanter les mérites du Hénin.

Le commissaire, d'abord surpris, s'emporta à son tour. Si on pouvait s'opposer à un projet, on n'avait pas à critiquer celui qui l'entreprenait :

— D'abord, savez-vous de quoi vous parlez ? L'avenir agricole dépend aujourd'hui des capacités à produire au moindre coût. Cet homme veut produire et profiter de la technique, on peut comprendre ça ? Il faut se mettre à la place des agriculteurs qui veulent continuer à travailler et à vivre sur leurs terres.

Il parlait avec tant de conviction que Morel ne répliqua pas tout de suite. Il réfléchissait.

— Je suis agriculteur depuis que je suis né ou presque. Des transformations, j'en ai vu de toutes sortes !

La technique, j'ai rien contre, mais j'ai aussi appris à m'en méfier. Autrement, on fait des conneries. Depuis un moment, j'ai même l'impression que la technique, c'est la mort assurée pour beaucoup de types. Il vaudrait mieux quatre fermes avec cinq cents porcs chacune que deux mille chez un seul, parce que, à la longue, y aura plus d'agriculteurs.

Il s'arrêta un instant car il venait de faire un effort pour s'exprimer au plus juste.

— Vous voulez revenir en arrière et reprendre la charrue ?

— Pas du tout, je me suis assez crevé au boulot pour apprécier une machine. C'est pas moi qui regretterais ce temps-là. Faut aller de l'avant, mais dans le bon sens et pas de travers comme on le fait depuis quelque temps. Un jour, y aura un malheur avec toutes ces saloperies industrielles !

— Mais en ce qui concerne ce projet, il n'y a rien à craindre, il répond exactement aux normes.

— Quelles normes ? Il s'agit d'animaux de boucherie, enfin si on veut appeler encore ça des animaux ; à force de vouloir aller trop vite, on va finir mal. Ce sont des bêtes élevées avec des potions magiques, et vaut mieux pas savoir ce qu'ils ingurgitent. Un jour, on découvrira la supercherie, et personne ne voudra plus manger de porc. Ça fera du tort à tous les éleveurs.

— Faut pas dire ce que vous ne savez pas.

— Et vous, qu'est-ce que vous en savez ?

— Je sais que Patrick Le Hénin est un agriculteur sérieux et compétent, et saboter un tel projet qui représente beaucoup d'investissements, c'est contraire au progrès, contraire au bon sens.

— Vous parlez de progrès... Regardez ce qui se passe en Bretagne.

— Mais ici, c'est le Perche, c'est différent.

— Justement. C'est pour cette raison que je suis venu.

— Eh bien, si vous voulez qu'on prenne en compte

vos protestations qui datent d'un autre âge, vous pouvez les consigner dans le registre.

L'entretien était terminé. Le commissaire se leva, pressé de se débarrasser de ce bonhomme tout tremblant de colère qu'il ne regardait même plus. Quelqu'un d'autre attendait et le commissaire le fit entrer.

Morel, voyant le maire occupé au téléphone, en profita pour s'approcher du fameux registre noir qu'il ouvrit avec appréhension. Il n'arrivait pas à lire, les lettres dansaient sous ses yeux. Il resta devant en tournant parfois les pages, puis il alla dehors attendre que l'homme qui parlementait en ce moment avec le commissaire sortît pour l'aborder et lui demander ce qu'il pensait de la porcherie.

L'homme était un Parisien, un ingénieur agronome. Il expliqua qu'il avait relevé de nombreuses irrégularités. Il parla des nappes phréatiques polluées par le lisier, du danger pour l'environnement, des plans d'épandage, des taux en azote — un jargon scientifique incompréhensible pour Morel qui s'efforçait de retenir quelques-uns de ces mots nouveaux. Puis il se promit de retourner voir cet homme qui savait tant de choses.

Morel ne croyait pas trop à ces histoires de protection de l'environnement. Il s'insurgeait contre l'occupation à outrance de la terre, contre les deux ou trois qui, comme Le Hénin, crochetaient toute la terre de la région sans rien laisser aux autres. La terre, les plus envieux l'avaient toujours accaparée, mais en laissant des miettes aux plus petits. Maintenant, il n'y avait plus de miettes, ils prenaient tout, et les plus petits, comme son neveu et sa nièce qui travaillaient le jour à l'usine et le soir à la ferme pour élever une trentaine de bœufs qui ne les feraient jamais vivre, ne seraient jamais propriétaires ni agriculteurs à temps plein, car on ne les aiderait pas. Et cela, Morel en avait assez.

De la terre, lui non plus n'en avait jamais eu à lui. Il l'avait travaillée pendant soixante ans en se courbant avec humilité et soumission, et la terre l'avait nourri.

Il l'avait toujours bien traitée comme il l'aurait fait d'une fiancée, s'il en avait eu une ! Maintenant, les agriculteurs prenaient la terre pour une putain. Ils l'auraient vendue à n'importe quel prix ; à n'importe qui et pour n'importe quoi, pourvu qu'elle leur rapporte seulement trois sous de plus. Morel voulait défendre les droits de la terre, venger l'honneur d'une vie perdue.

Et puis, il y avait la rancune, une rancune qui gonflait dans sa tête, certains soirs. Il ne soufflait mot à personne de ce labeur, de ces conditions de vie qui, heureusement, n'avaient plus cours, mais parfois il avait des souvenirs qui lui faisaient comme des morsures si violentes qu'il aurait pu pleurer. Il y avait le jour où sa mère avait mis sa robe noire, la seule qui ne soit pas reprisée, lui avait demandé de se débarbouiller, de se coiffer. Ils avaient fait le chemin à pied en silence, sa mère était malade, elle n'arrivait pas à avancer vite. Ils étaient arrivés, assoiffés et poussiéreux, chez un cousin qui exploitait une ferme dans la Beauce. C'était l'heure du café. Le cousin leur avait donné à boire et à manger, mais il avait refusé de prêter de l'argent. Il s'était contenté de jauger le gamin et avait proposé de le faire travailler. Furieuse, sa mère avait dit non. Le travail chez les autres, cela ne manquait pas. Quitte à se faire l'obligé, son fils irait ailleurs.

Il se souvenait du pain que le curé leur donnait, du visage grignoté, desséché de sa mère qui se réveillait le matin, bien contente d'être encore de ce monde. Finalement, elle avait guéri, et le gamin avait été engagé comme commis dans une ferme dans le Perche. C'était un jour de novembre, on venait de tuer le cochon. En nettoyant les boyaux de la bête dans l'eau glacée, il avait eu le malheur de secouer sa main pour se réchauffer, et les poules, aussi affamées que lui, s'étaient jetées sur ces bouts d'entrailles tombés du ciel. Le patron était alors sorti du hangar où il faisait cuire la boudinée qui fumait.

— Dis donc, le gras, c'est pas pour les poules !

Le gamin avait failli pleurer de peur, de honte aussi.

L'hiver était rude pour travailler, mais l'été, c'était pire. Il avait survécu à tout ça. Il avait même pu louer dix hectares en travaillant sans penser ni à ses souvenirs ni à rien, surtout pas aux femmes qui n'auraient pas voulu d'un gars comme lui. Il avait travaillé en ne souhaitant qu'une chose : que ce temps, celui de l'enfance, ne revienne jamais. Non, ni l'enfance ni ses vingt ans n'avaient été un bel âge.

La nouvelle de la porcherie s'élevait comme une menace ultime, comme une injure, le dominait pareille à un édifice dont il fallait empêcher la construction pour montrer l'exemple, pour réparer l'injustice.

Plus les jours passaient, plus Morel avait la rage contre ce projet. Il lutterait, il ne désarmerait pas. Il fallait empêcher cela à tout prix. La semaine suivante, il retourna à la mairie et revit le commissaire, mais désormais il faisait l'imbécile pour obtenir des informations. À chaque permanence, il s'installait près du registre et abordait ceux qui venaient exprimer leurs craintes et leur opposition face au gigantisme de l'affaire, face aux risques de pollution. Il parcourait ensuite la campagne pour convaincre les gens d'aller protester avant qu'il ne soit trop tard. Certains promettaient, mais lorsqu'ils apprenaient que le registre était public, que n'importe qui pouvait le lire, les bonnes gens prenaient peur et s'abstenaient. Rares étaient ceux qui se risquaient. Tant pis pour les mouches et les odeurs. Ici, il fallait être bien avec tout le monde. Pas moyen de vivre autrement.

Prendre parti contre la porcherie, c'était prendre parti contre Garnier, ce que certains ne pouvaient se permettre. Morel, lui, n'avait pas grand-chose à craindre.

De son côté, Garnier faisait de la propagande auprès de toutes les personnalités locales. Le comte de Brière, qui aurait tout de même souhaité que la porcherie s'élevât ailleurs que sur des terres qui avaient autrefois appartenu à sa mère, ne s'opposa pas au projet. Le curé, préférant une porcherie pleine à une église vide, donna sa bénédiction à ses ouailles sans distinction. Les affaires de cochon n'intéressaient pas le Seigneur.

Les opposants parlaient bas dans les fermes mais parlaient tout de même. On disait surtout que Le Hénin n'avait pas besoin de ça pour vivre, qu'il n'avait pas d'héritier pour reprendre la suite. Puisque personne ne voulait écrire, Morel eut l'idée de faire circuler une pétition qu'il enverrait au préfet, ainsi le maire ne saurait rien.

Morel alla donc de ferme en ferme brandissant sa feuille comme une main de justice. À l'entendre, les hommes étaient devenus fous, si le père du Hénin revenait sur terre, il en mourrait de honte de voir son fils patauger dans le lisier. Le Hénin allait défigurer le Perche, empoisonner les cours d'eau. Dans les cafés, on ne se gênait pas pour le faire causer. Il prédisait les pires catastrophes pour la région en s'étranglant d'indignation. Les propos étaient parfois énormes mais Morel disait aussi des choses vraies. Savait-on ce qu'on leur donnait à manger, aux cochons ?

— Des céréales ! répondait-on.

— Vous croyez ça, eh bien, vous y fiez pas. C'est de la soupe faite de farine de n'importe quoi et assaisonnée d'antibiotiques, il paraît que ça fait grossir plus vite, voilà comment on les gave. On veut nous empoisonner et faudrait qu'on se taise !

Il accusait Garnier et Le Hénin d'être les nouveaux seigneurs du pays. À force de lire tout ce qu'on écrivait à propos des porcheries, il commençait par impressionner les gens de Saint-Hommeray. Il découpait les articles de presse qu'il collait sur un cahier et les lisait tout haut à ceux qui ne le croyaient pas. Il expliquait aux gens qu'il n'y avait plus rien d'animal dans cette histoire, que c'était du tout technique, du tout chimique.

Chaque semaine, il retournait voir l'ingénieur agronome qui s'amusait à écouter Morel prédire la météo selon la position du vent, l'état du ciel, le vol des hirondelles. Morel lui racontait comment on éloignait les limaces avec de la cendre, comment on protégeait les poireaux des vers blancs en les trempant dans la bouse avant de les repiquer. En retour, l'ingénieur lui donnait des leçons sur l'alimentation vitaminée des cochons, sur la façon de calculer au gramme près la rentabilité à condition de condamner l'animal à l'immobilité — à peine un mètre carré — mais cela posait quelques problèmes : les cochons vivaient stressés, souffraient d'arthrites ou de pneumonies. Morel ne s'indignait pas outre mesure de ces mauvais traitements, mais, par moments, un rictus de dégoût se lisait sur son visage.

— Vous devriez en parler à notre maire, suggérait-il à l'ingénieur.

— Si je le rencontre, je n'y manquerai pas, répondait l'autre.

— C'est que votre résidence secondaire, avec des porcheries tout autour, elle perdra de sa valeur.

— Des porcheries tout autour ?

— Oui, il y aura bientôt deux cents porcheries dans l'Orne. Je l'ai lu dans le journal.

— Deux cents ! répéta le jeune ingénieur avec incrédulité.

Il s'étonnait d'un tel nombre, se demandant comment on pouvait encourager l'hyperproductivité quand on connaissait les dégâts et les dangers de ces usines à lisier à long terme. Morel lui montra l'article en question, l'autre devint inquiet. Morel venait de trouver son sauveur. Dorénavant l'ingénieur le soutiendrait. Celuici accepta d'écrire au commissaire-enquêteur, au préfet, au maire et à toutes les personnalités pour protester. Morel redoubla d'énergie, alla chez les uns et les autres porter la bonne parole. Tout en pédalant, il s'efforçait de retenir les propos de l'ingénieur.

— Tu savais qu'un cochon consommait à lui tout seul neuf cent trente litres d'eau et produisait cinq cent trente mètres cubes de lisier ?

Il n'attendait pas qu'on lui réponde pour enchaîner :

— Cinq cent trente que multiplie cinq mille, que va-t-il faire de ce tas de merde, tu peux me le dire ?

— Il va l'épandre, tiens.

— Mais où ? Il n'aura jamais assez de terre. En plus, y a des millions de microbes dans le lisier. Le pire, c'est la salmonelle qui peut tuer les animaux mais aussi les hommes.

— La quoi ?

— La salmonelle.

Et il répétait tous ces mots savants qu'il avait eu tant de mal à apprendre. Il racontait aussi que, grâce à une hormone de croissance, du carba... — là, il bégayait — ... doxe ou tos, on diminuait de dix jours la durée d'engraissement des porcs et on économisait ainsi près de trente kilos d'aliments.

— Enfin, il paraîtrait que c'est interdit, mais allez savoir.

Désormais, on savait pourquoi Le Hénin avait payé si cher pour reprendre le bail du Clos des Forges. Constance faisait signer la pétition à ses clientes. Le patron du bar-tabac la mettait en évidence sur le comptoir mais n'oubliait pas de l'enlever à l'heure où Irène venait acheter ses cigarettes. Irène qu'on accusait d'être l'instigatrice du projet. Irène qui agaçait avec ses tailleurs si moulants, avec ses cheveux, ses ongles et sa bouche trop rouges. Irène qu'on voyait trop souvent chez Garnier. Irène qui n'avait toujours pas d'enfants depuis cinq ans qu'elle était mariée. Oui, cela faisait cinq ans, affirmaient avec certitude celles qui tenaient les comptes de la vie de chacun.

Ceux qui étaient favorables à la porcherie soutenaient Le Hénin par principe parce qu'il fallait bien s'accorder avec ce que le syndicat disait, ce que la Chambre d'agriculture faisait, ce que le Crédit agricole acceptait. À force, ils ne savaient plus où ils en étaient vraiment. Ils se contentaient de penser qu'en cédant au progrès ils éviteraient de se retrouver économiquement largués. Ils n'allaient pas non plus se remettre à travailler à la main. D'ailleurs, ils ne savaient plus rien faire qui ne soit mécanisé. Des siècles de savoir-faire s'étaient anéantis en deux ou trois décennies. Le passé gisait sous terre, enterré sous les pneus des tracteurs, dans le bruit des moteurs.

Morel venait souvent à la Châtaigneraie pour bavarder avec Louis, qui l'écoutait sans broncher. Louis n'était pas rancunier, il voulait vivre et travailler en paix sur ses terres et, s'il lui arrivait par mégarde de penser au Clos des Forges, il s'empressait de hausser les épaules pour effacer ce mauvais souvenir. Il avait trop à faire chez lui pour vraiment s'intéresser aux histoires que racontait le père Morel mais, à force de l'entendre, il finissait par se demander si le vieux n'avait pas un petit peu raison.

— Tu vois, Louis, ces gars-là, non seulement ils bousillent la terre mais, en plus, ils coûtent cher, parce que dès que ça ne va pas il faut payer et c'est à eux qu'on donne les aides, pas aux autres. Tu crois qu'on donnerait quelque chose à Raymond pour ses bêtes ?

— Je sais, mais on est pris dans une spirale, avalé comme dans un tourbillon. Il faut produire, et toujours plus, c'est la loi.

Louis n'aimait pas qu'on parle des aides ; il en touchait comme les autres. Il se sentait assisté, il aurait préféré travailler davantage, mais c'était ainsi. Lui aussi s'agrandissait toujours plus. Il ne restait pas à la traîne, même s'il le faisait avec prudence.

— Tu dis comme eux, lui reprochait Morel.

— Je dis ce qui est.

— Moi, je lui ai expliqué à Garnier, j'y ai dit ce que je pensais. J'ai pas peur de lui. J'sais bien qu'il me prend pour un imbécile parce que j'suis qu'un pauvre paysan, mais j'y ai dit que les gens du bourg étaient pas d'accord avec la porcherie. Ça l'agace. L'autre fois, j'ai cru qu'il m'aurait mis son poing sur la figure quand je lui ai causé de la pétition. En plus que le dossier est truqué. Le préfet donnera pas l'autorisation, tu peux être sûr.

— Tu crois ça ?

— Sûr que j'y crois, sinon je vois pas pourquoi ils feraient leur enquête.

— C'est juste pour faire bien.

— Alors toi, tu veux qu'il ait sa porcherie ? demanda Morel excédé de tant de résistance.

Le père Morel savait bien que Louis ne répondrait pas. Louis, comme les autres, évitait de trop parler. On se méfiait un peu. Mais Morel ne le lâcherait pas. Dans un mois, le conseil municipal voterait pour ou contre la porcherie. Morel avait besoin de Louis.

Suzanne l'avait compris et soutenait Morel. Elle lui indiquait ceux qui pouvaient l'aider.

— Suzanne, il ne faut pas les laisser faire avec leur saloperie. Viens avec moi à la mairie pour dire que t'es pas d'accord.

— Je veux pas d'histoires.

— Tu verras lorsqu'on épandra du lisier sous ta fenêtre !

Morel parlait, revenait, s'acharnait avec une obstination qui dérangeait presque. Il avait maintenant tout son temps. Morel était persuadé du bien-fondé de sa lutte, en empêchant de monter cette porcherie, il empêcherait l'invasion. Et puis, il donnerait une chance aux jeunes agriculteurs, ceux qui n'avaient pas des millions à investir dans de telles usines et qui pourraient faire du cochon en plein air.

Depuis cette histoire de porcherie, quelqu'un d'un peu attentif aurait pu s'apercevoir que le vieux avait retrouvé de la force dans les mollets et qu'il pédalait avec plus d'entrain.

Depuis qu'il était à la retraite, les années s'étaient suivies, lentes et monotones. La moindre sortie ou le moindre achat était un véritable événement qui le remplissait d'une joie profonde et durable. Le jeudi, il recevait *Le Perche*, l'hebdomadaire de la région, qu'il lisait attentivement de la première ligne à la dernière, y compris les réclames et surtout les petites annonces. De temps en temps, il y avait des veuves qui rêvaient d'impossibles amours ou de compagnie. Il rêvait avec elles, en relisant plusieurs fois les cinq lignes qui résumaient toute une vie, puis il dînait simplement et montait se coucher tôt dans une chambre qu'il refusait de chauffer. « Une fois sous l'édredon, on n'a pas froid », disait-il.

À chaque printemps, il sentait la vie résonner dans son corps et il riait sous cape. Il avait l'impression d'avoir volé une année de plus à la gueuse qui rôdait trop souvent l'hiver autour des fermes. Il avait pourtant l'habitude du faire-part bordé de noir, avec une croix au milieu annonçant qu'Untel avait été rappelé à Dieu. Tant qu'il se sentirait la force de pédaler, Morel ne se résignerait pas à avaler son bulletin de naissance.

Avec la porcherie, il avait une raison de plus de rester en forme. Désormais, il rentrait chez lui tard le soir, après avoir battu la campagne comme un politicien, persuadé, convaincu, qu'il fallait sauver l'Orne de ces deux cents porcheries. Un jour, il arriva chez Louis dans un état de grande excitation.

— C'est foutu pour Le Hénin ! Les mots bondissaient de son cou trop maigre... Monsieur l'ingénieur est allé à la sous-préfecture de Mortagne, il a regardé les plans. Il dit que le nombre d'hectares est insuffisant pour la quantité de lisier à épandre. Fallait voir, il en a dans la tête, ça a pas pris dix minutes pour faire les calculs.

— Et alors ? demanda Louis.

— Eh ben, le préfet va le savoir et il ne signera pas l'autorisation pour la porcherie. Puisque maintenant, c'est prouvé que Le Hénin a pas assez de terre. Il va polluer l'eau qu'on boit.

— Le Hénin fera attention. Et puis nous aussi avec les nitrates, on pollue.

— Moi, je lui fais pas confiance. Le jour où ça l'arrangera, tu crois qu'il s'occupera des réglementations ? Il épandra son lisier comme ça lui chante. Il a été capable de couper des pommiers au mois de mai et de laisser des vaches crever. Ah ! c'est bien dommage que les hommes ne naissent pas avec le bon sens qu'ont parfois les chiens en venant au monde ! ajoutait-il.

— Les choses ne sont plus si simples, répliquait toujours Louis.

— Ce n'est pas une raison pour faire n'importe quoi ! Tu vas tout de même pas lui trouver des excuses ?

Morel lui demanda alors s'il voterait pour ou contre le projet.

La question était abrupte, contraire aux habitudes, mais cela le démangeait trop. Il voulait savoir. Louis se garda bien de répondre. Il eut beau fixer Louis dans les yeux, il ne lui arracha pas le moindre sourcillement, la moindre réponse. C'était ainsi. Louis ne parlerait pas. Il se tourna finalement vers Suzanne qui, d'un sourire entendu, lui donna un peu espoir.

14

Depuis le matin, un écran de pluie fermait la campagne. Le jour ne s'était pas levé, seule l'aube blême et opaque avait ouvert le ciel, laissant la lumière en attente. Suzanne mettait les génisses au champ. Elle marchait en chancelant dans les ornières ; des mottes de glaise collaient sous la semelle de ses bottes et ralentissaient son pas. On entendait le moteur d'une voiture sur la route en partie cachée par les talus. Elle s'arrêta un instant et écouta ; lorsque la voiture fut en vue, elle reconnut la Renault blanche qui faisait comme une tache vive dans le paysage gris. La voiture freina et tourna à droite dans la direction opposée.

— Va le retrouver, ton Garnier ! Ne te gêne pas, murmura Suzanne.

Autrefois, elle aurait ricané mais, aujourd'hui, la force lui manquait. De retour à la ferme, elle prit une fourche pour arranger la litière du veau qui était né pendant la nuit. Une chatte malingre se glissa dans l'enclos où le veau la regardait avec ses grands yeux humides et étonnés d'un pareil jour.

Suzanne le caressa et il se mit à lui téter le bout des doigts avec l'avidité du nouveau-né. Suzanne lui parlait mais ses pensées étaient ailleurs. Tout le monde attendait la décision du conseil municipal qui devait bientôt se réunir. Il suffisait que la majorité s'oppose pour empêcher le projet de porcherie de voir le jour. On connaissait la position de certains conseillers, mais le doute persistait pour quelques-uns qui refusaient de prendre ouvertement position, discutant un jour avec Garnier, un autre avec Morel.

Pour supporter l'attente, Suzanne s'était enfermée dans un mutisme obstiné, comme font les gens qui souffrent trop. Finis les emportements imprévisibles, les mots haineux, les calomnies, les malédictions proférées à l'encontre de la famille Le Hénin. Suzanne avait peur. Elle ne supportait plus de les rencontrer. S'ils gagnaient, leur arrogance la tuerait. Louis ne se doutait de rien, il continuait de vivre comme si de rien n'était. Ni l'un ni l'autre ne parlaient de la porcherie, sauf lorsque Morel leur rendait visite. Suzanne vivait aux prises avec une colère solitaire, s'y abandonnant chaque jour un peu plus. Elle n'épargnait personne, s'en prenait même à son mari, mais en silence, lui reprochant de tout accepter, de ne pas se battre comme Morel, de laisser Le Hénin et Garnier prendre possession des terres et régner comme des maîtres.

Morel étonnait tout le monde. Morel forçait les portes, envoyait des émissaires là où il ne pouvait pas aller, tirant parti des uns et des autres pour contacter les responsables. Son âge, son passé d'agriculteur étaient autant d'atouts pour s'opposer à la porcherie. On ne pouvait même pas l'accuser de jalousie à l'égard du Hénin à qui il avait rendu tant de services par le passé. Son neveu et sa nièce le secondaient en faisant le tour de toutes les autres communes qui devaient se prononcer sur le projet. Même le facteur avait accepté de distribuer les tracts que l'ingénieur rédigeait pour Morel ! Qui aurait pu croire qu'un homme sans histoire, plié à son sort et qui n'avait guère d'instruction, puisse engager une telle bataille ? Elle pensait à tout cela du matin au soir, ne connaissait plus de repos au point parfois de se maudire à son tour.

Suzanne n'entendit même pas sa chatte rouauder en

rampant sur le sol ; des cris rauques, lancinants, pleurnicheurs. Depuis la veille, elle appelait un mâle qui rôdait.

À la ferme des Égliers, Irène ne connaissait pas la colère, mais vivait dans une agitation difficile à maîtriser. Elle savait maintenant qu'on s'acharnait contre elle. Un soir, en achetant ses cigarettes, elle avait vu près du tiroir-caisse des feuilles sur lesquelles étaient inscrits des noms, des adresses, des signatures.

Quand elle entrait dans les cafés, elle avait l'habitude des regards en coin. Au comptoir, un verre devant eux, une journée en cours ou pleinement achevée, les hommes la toisaient, évaluant ses formes, son sexe. Elle supportait cette curiosité silencieuse et encombrante, cette adversité qui se jetait sur elle. Ce territoire n'était pas le sien. Mais ici, à Saint-Hommeray, où tout le monde la connaissait, on n'évaluait rien, et pourtant les conversations cessaient. Dans les regards d'une placidité animale, elle déchiffrait le refus qu'on avait d'elle.

Cette mise à distance se matérialisait soudain avec la pétition qu'elle fixait intensément, tremblante de cet affront qui se lisait en toutes lettres. Elle ne voyait pas le patron qui lui tendait son paquet de cigarettes. Lui aussi regardait la pétition qu'il avait oublié de cacher.

— Vous gênez pas, accrochez-la au mur, on la verra mieux, lui lança-t-elle avec précipitation.

— C'est une bonne idée ! Je n'y avais pas pensé.

— J'espère que ceux qui signent votre pétition savent ce qu'ils font.

— Parfaitement.

— Je ne suis pas aussi sûre que vous. On vous intoxique avec des histoires qui ne tiennent pas debout.

— On vous demande pas votre avis.

Le tiroir-caisse se ferma bruyamment, la monnaie était sur le comptoir. Il ne lui restait plus qu'à la prendre et à s'en aller.

Ce soir-là, Irène ne parla pas de ce qui s'était passé

au café. Elle ne voulait pas inquiéter ni Patrick ni sa belle-mère qui s'était remise de sa blessure, mais avait encore la faiblesse d'une convalescente.

Pendant son hospitalisation, Irène venait la voir deux fois par jour. Elle faisait du bruit dans la chambre en froissant des feuilles de papier cadeau, les papiers de Cellophane qui enveloppaient les fleurs qu'elle lui apportait. Elle pressait sa belle-mère, la forçait à marcher dans le couloir en la soutenant, lui lisait le journal. Elle tirait Denise du côté de la vie, elle la réanimait.

— Alors, c'est décidé, vous serez la plus forte. Il faut vous dépêcher de rentrer. D'abord, on s'ennuie sans vous.

Irène ne mentait pas, son absence lui paraissait terrible. Elle avait eu le temps de mesurer son attachement pour cette femme qui l'avait accueillie comme si elle avait été sa fille.

Puis Denise était revenue à la maison, vieillie, diminuée. À l'hôpital, un prêtre lui avait rendu visite, et elle s'était excusée auprès de Dieu, avait fait acte de contrition. Quand elle était seule, elle s'entretenait avec Lui, faisait le point, remerciait, promettait. Désormais, elle allait à la messe le dimanche pour se rapprocher du Seigneur. Un jour, Irène l'avait surprise égrenant un chapelet qu'elle avait subrepticement fait disparaître dans la poche de son tablier. Patrick, lui, semblait ne vouloir s'entretenir avec personne. Irène comprenait qu'elle devait lutter sans eux. Son seul appui était le maire.

Garnier le savait. Chaque jour, il l'attendait dans la cour de la ferme.

— Alors, quoi de neuf ? demandait Irène en prenant une cigarette dans son sac, qu'elle allumait en aspirant une longue bouffée et en regardant Garnier. Le chien hurlait et le maire criait pour le faire taire.

Irène sortait lentement de sa voiture et jetait un regard rapide vers la maison, mais rien ne bougeait de ce côté-ci. Le chien aboyait de plus belle, menaçant

Irène de ses pattes sales. Elle reculait. Garnier flanquait un coup de pied au chien qui déguerpissait en gémissant. Il embrassait Irène sur la joue, trois fois, comme cela se faisait ici mais cette simple embrassade, qu'on échangeait spontanément avec ceux qu'on connaissait, le gênait. Irène, elle, était trop préoccupée pour se sentir gênée de quoi que ce soit.

— C'est aujourd'hui que tes gars vont à la mairie ? demanda-elle en tenant la portière de la voiture ouverte.

— Oui.

— J'espère que tout va bien se passer ?

— Forcément.

Perplexe, elle soupira et battit des paupières. Un petit pli à la commissure des lèvres traduisait son anxiété. Le regard de Garnier s'arrêta sur cette moue, glissa sur les lèvres, découvrit les dents nacrées. Irène ! Quand il était seul, il répétait ce prénom sans se lasser. Et, maintenant, elle était là. Il la fixait avec intensité, mais Irène ignorait son regard. Elle feignait de ne pas sentir les tensions qui se tissaient dans les yeux de cet homme.

— Tu seras à la mairie ?

— Naturellement.

— Morel risque d'y être. Il n'arrête pas de fouiner, s'il comprend ce qui se passe, il ira raconter à tout le monde que nous avons fait pression sur l'enquêteur.

— Morel te fait peur ?

— Non... enfin, je me méfie. Ce type est si exalté que cela en est parfois inquiétant.

— Il s'agite pour rien, ce n'est que du vent.

— Je voudrais bien te croire, mais il n'est pas aussi loufoque que tu le penses. Non seulement la pétition existe bel et bien, mais elle circule. Il paraît qu'il a trouvé deux cents signatures. Tu sais, cela fait du bruit. On m'en a parlé à Alençon, car Morel n'est pas tout seul.

— Cette pétition n'a aucune valeur. Jamais un préfet ne tiendra compte de ce bout de papier. Tu n'as rien à craindre, dit-il en se penchant vers elle.

— Peut-être, mais tant que je ne tiendrai pas cette autorisation entre mes mains, je resterai sur mes gardes.

Elle jeta sa cigarette par terre et l'écrasa avec le bout de sa chaussure.

— J'ai rencontré le député et je lui ai parlé de la porcherie, de ce qui se tramait, et il m'a promis d'en toucher un mot au préfet. Avec l'appui de la banque, du syndicat, on est les plus forts, sans compter tous ceux qui nous soutiennent.

Irène l'écoutait parler. Elle ne pouvait en douter. Garnier arriverait à ses fins, exactement comme elle savait y faire avec ses clients qu'elle serrait au plus près, leur forçant parfois la main pour repartir avec un contrat signé parce que cela lui tenait à cœur, par orgueil aussi. Elle était tenace et, même sans Garnier, elle aurait su obtenir du banquier les trois millions de francs de la porcherie à un taux d'intérêt aussi avantageux.

Elle jeta un coup d'œil rapide à sa montre. Garnier se raidit. Irène allait de nouveau lui échapper, le laisser avec son désir.

— Il faut que je parte.

— Viens ce soir à la mairie vers six heures, je t'attendrai, dit-il en pesant chaque mot.

Là-bas, il serait seul avec elle.

— Je te téléphonerai d'abord. Je suis bien trop impatiente de savoir comment tes types se seront débrouillés.

L'imprenable créature remonta dans sa voiture. Elle démarra et lui fit, rapidement, un signe de la main, un signe trop amical, trop rapide pour Garnier qui resta stupidement planté dans la cour à regarder la voiture s'éloigner.

Irène fonçait à toute allure sur la route étroite et dut freiner brutalement pour croiser un tracteur. Elle reconnut Raymond qui conduisait et Morel qui se tenait à côté de lui. Irène hocha la tête en guise de salutations.

La veille, les deux hommes avaient gaulé les pommes dans le verger de Morel. Les pommiers s'inclinaient sous le poids de leurs fruits. Dans l'herbe, ils en écrasaient par douzaines. La récolte s'annonçait bonne. Raymond avait aidé à les ramasser une à une. Il y en avait trop. Ils travaillaient en silence, se relevant de temps en temps pour souffler et soulager de vilaines douleurs dans le dos. Ils avaient fini très tard, à la nuit. Trop fourbus pour effectuer le chargement, Raymond lui avait proposé de revenir le lendemain matin. Il fallait en finir rapidement car la cidreuse devait passer la semaine suivante. À cette saison, les occupations ne manquaient pas. Morel avait retourné son potager, récuré ses trois grosses pipes à cidre. Il en avait presque oublié la porcherie.

Quand la cidreuse arrivait dans sa cour, c'était une fête. Il installait les claies les unes sur les autres. La machine hydraulique broyait, pressait, et le jus de pomme s'écoulait lentement à travers une toile de jute bien serrée qui servait de tamis.

Il avait toujours fait son cidre. Autrefois, l'opération prenait plusieurs jours. On utilisait un tour avec une meule en pierre et de la paille pour filtrer le jus. Maintenant, il suffisait d'une matinée. Comme le vin, le cidre n'avait jamais le même goût d'une année à l'autre, d'une région à l'autre. Morel attendait avec impatience de boire le premier jus pour savoir comment il vieillirait.

À l'entrée du verger, Raymond arrêta le tracteur. La main sur la clef de contact, bouche bée, il se tourna vers Morel qui regardait, sidéré, le verger vide. Plus un sac en vue. Tout avait disparu.

— C'est-y une blague ? fit Raymond éberlué.

— Tu connais quelqu'un capable d'une telle plaisanterie ? répondit Morel d'un ton caverneux.

— Non.

— Les salauds ! Les fumiers ! Ils vont me le payer, je vais, je...

Une quinte de toux aussi sèche que le bonhomme secoua tout son corps. Il pleurait de tousser, des larmes d'étouffement qui se perdaient au fil des rides de ce vieux visage tout lustré.

— Mais qui a pu bien pu faire ça ? répéta Raymond.

— J'en sais foutre rien, bredouilla Morel.

Ils n'étaient plus très nombreux à faire du cidre pour leur consommation personnelle, et aucun d'entre eux n'aurait pu commettre un tel larcin.

Morel sortit du tracteur et fit le tour du verger à la recherche d'indices, de traces quelconques, mais l'herbe était intacte.

— Les fumiers ! répétait-il, incapable de se résoudre à cette perte.

Morel jurait comme un forcené. Ses pipes à cidre resteraient vides tout l'hiver. Il n'irait pas écouter le susurrement du cidre qui fermentait en écumant et imprégnait la cave d'une odeur âcre.

— Si je tenais le salaud qu'a fait ça !

Morel n'osa pas prononcer le nom de Garnier. La dernière fois qu'ils s'étaient rencontrés à la mairie, la discussion avait été plus vive que d'habitude.

— Qu'est-ce que tu viens encore faire ? C'est pas un café, ici ! lui avait lancé le maire.

Garnier en avait assez de voir le bonhomme s'installer à chaque permanence près du registre, entreprendre le commissaire, ou bien encore interpeller les gens sous son nez pour leur parler de la porcherie.

Ici, c'était sa mairie et il voulait en rester le maître. L'enquêteur s'enfermait avec le père Morel pendant parfois une demi-heure. Dès que Morel sortait, il l'attrapait.

— Alors tu vas encore faire croire à tout le pays qu'on veut vous empoisonner ? lui demandait-il avec ironie.

— C'est la vérité et tu le sais. Y a rien qui compte

pour vous. Viens pas m'dire qu'on peut être fier d'engraisser des cochons de la sorte, c'est mauvais pour tout le monde. Nous autres, on a tout fait à la main, tu m'entends, tout. On vous a laissé des terres propres et, résultat, vous faites les marioles, vous faites pisser la terre. Suffit qu'on vous vante tel progrès ou telle machine, et allez hop ! vous foncez tête baissée. Ensuite, il faut payer pour vos conneries. Un jour, les gens seront pas d'accord. J'sais ce que tu penses : j'suis qu'un pauvre type parce que j'ai travaillé toute ma vie sans jamais devenir propriétaire. Dans un sens, t'as raison, je suis qu'un con, parce que l'argent, il est pas dans ma poche mais dans la tienne. Seulement moi, tu vois, je suis fier de ce que j'ai fait.

— Arrête tes boniments, tu es jaloux, c'est tout. Le Hénin, il te dérange, parce que tout lui réussit et que tu n'as pas été capable d'en faire autant.

— Tu parles d'une réussite ! Ah ! qu'il y aille dans sa fosse à lisier ! qu'il en crève ! Seulement qu'il détruise pas le reste. La terre, elle n'en peut plus et c'est de vot'faute. Encore une chance que vous pouvez pas toucher au ciel, sinon vous enlèveriez les nuages sous prétexte que ça gêne vos machines pour travailler.

— Les lendemains ne se font pas avec les vieux ! répliqua Garnier d'un air méprisant.

— Dommage ! ça vous éviterait de vous suicider. D'ailleurs, s'il n'y avait pas la terre, je vous laisserais faire, parce que vous méritez point la considération, je vous le dis.

— Tu te prends pour le nouveau sauveur ! Je me disais bien que t'avais le cerveau dérangé.

Morel remua ses lèvres et hocha la tête de gauche à droite.

— Tu respectes rien. Je suis peut-être dérangé, mais toi...

La colère soulevait sa poitrine maigre. Des brimades, des remontrances, ses patrons ne s'étaient pas gênés de lui en faire mais le traiter de fou, jamais !

— Pense ce que tu veux mais la porcherie, tu l'auras pas !

— C'est ce qu'on verra !

C'était la première fois qu'il avait une altercation avec Morel. Le vieux lui tapait sur les nerfs. À son tour, il eut des inquiétudes, soupçonna le commissaire-enquêteur de jouer un double jeu. Pour dissiper ses craintes, il avait finalement alerté le syndicat.

Paul Richard avait eu l'ordre de rendre visite à Morel. Les deux hommes se connaissaient depuis longtemps. Ils prirent un café qu'ils arrosèrent une fois, puis une deuxième fois en causant tranquillement. Au bout d'un moment, Morel, qui n'était pas dupe, prit les devants :

— Pourquoi t'es venu ?

— Pour te faire entendre raison. Tu ferais mieux de laisser tomber ton histoire de pétition.

— J'ai pas d'ordres à recevoir, fit Morel en plissant ses petits yeux rusés.

— Cela ne te rapportera rien de bon, crois-moi ! Si tu continues, tu pourrais le regretter.

— Ça, c'est mon affaire.

— Alors t'étonne pas un jour d'avoir des ennuis !

— J'ai pas peur de toi, ni des autres. Tu pourras leur répéter que le père Morel ira jusqu'au bout. Il parlait avec animation puis il baissa la voix... Si tu crois que je vais me laisser faire, pour une fois que je les tiens, les accapareurs, les seigneurs de Saint-Hommeray.

— Tu ne tiens personne.

— Crois point ça.

— Pourquoi veux-tu ennuyer les gens ? Personne ne t'a fait de tort depuis que tu vis à Saint-Hommeray.

— Pour ça, tu dis vrai mais j'ai mes raisons.

Paul vit bien à son air qu'il ne tirerait rien de Morel par des paroles ; il se leva, s'avança vers la porte puis revint sur ses pas et regarda le bonhomme droit dans les yeux avant de lui lancer l'ultime menace.

— Tu sais, faut pas jouer avec l'avenir d'un homme, tu pourrais avoir des ennuis.

Morel blêmit, il tourna le fond de café qui restait dans sa tasse et but d'un coup sec. Il se leva et alla remettre du bois dans le poêle. L'automne s'affirmait et les soirées devenaient fraîches.

Le délégué l'observa encore un instant, se dirigea vers la porte et, avant de sortir, le menaça une dernière fois :

— Laisse tomber, c'est un conseil.

— C'est pas un jeunot comme toi qui me fera peur ! fit Morel qui agita sa main pour lui montrer qu'il se moquait de tout ça.

Le vol des pommes était certainement un avertissement.

À la mairie de Saint-Hommeray, c'était le dernier jour de permanence. Le commissaire-enquêteur s'apprêtait à partir. Il rangeait dans une chemise les lettres qu'il avait pris soin d'enregistrer dans un cahier en les numérotant. Il leva la tête en entendant des voitures freiner brutalement sur le parking de la mairie. Des portières claquèrent et cinq hommes accompagnés d'une jeune femme montèrent rapidement les marches de la mairie. Le commissaire entendit la voix du maire qui les accueillait, puis on frappa à la porte de son bureau. Il reposa sa serviette contre la chaise et, sans bouger, cria d'entrer.

Quand la porte s'ouvrit, il vit le groupe compact comme une masse dans l'embrasure. La pièce était trop petite et ils durent se coller contre le mur pour laisser passer la femme. Puis ils refermèrent la porte derrière eux.

— Messieurs ? interrogea le commissaire.

Il regarda un instant leurs visages. C'étaient des hommes à la peau dure, vêtus à l'ordinaire, portant des vestons ouverts sur des chemises mal repassées. Personne ne souriait.

L'un d'eux, le plus âgé, s'approcha du bureau. L'homme posa solidement ses deux mains sur la table et se pencha vers lui.

— Nous sommes du syndicat et madame est journaliste. L'enquête se termine ce soir, n'est-ce pas ? fit l'homme.

— Exactement. Vous voyez, j'étais en train de plier bagage, répondit le commissaire.

— On a peut-être encore le temps de bavarder un peu ?

— Mais bien sûr.

— J'ai cru comprendre que vous étiez un homme moderne, favorable à l'esprit d'entreprise, dit-il en appuyant sur les mots.

L'homme attrapa le registre noir qui se trouvait sur le bureau de l'enquêteur et l'ouvrit.

— Y a des choses intéressantes là-dedans ?

— Ça dépend, mais vous pouvez regarder, c'est public !

Il feuilleta lentement les pages couvertes d'écritures et lut à voix haute, d'un ton narquois : « Pierre Courtiou, agent immobilier. Régis Legendre, instituteur en retraite. » « Il est inconcevable d'imaginer des porcheries dans une région à vocation bocagère. » « Le Perche ne doit pas devenir une annexe de la Bretagne. » « Il est scandaleux de sacrifier le bien-être de tous, de menacer nos ressources naturelles pour le seul profit d'un individu »...

L'homme releva la tête.

— Ils ont de l'instruction, tous ces gens-là, mais guère de bon sens, dommage !

L'homme poursuivit sa lecture.

— Ah ! voilà des Parisiens ! Je me doutais bien qu'ils se manifesteraient. C'est fou ce qu'ils aiment la campagne, ces gens-là, les roses, les pâquerettes ; ça les rend tout chose, mais il suffit de trois gouttes d'eau et d'un peu de froid pour qu'ils se sauvent. Si encore ils se contentaient de planter leurs rosiers, mais ils voudraient nous donner des leçons, à nous les ploucs, comme ils nous appellent. J'imagine qu'ils voudraient peut-être qu'on mette un élastique au cul des cochons pour les empêcher de puer !

Il y eut quelques rires.

— Si j'ai bien compris, vous ferez un rapport à monsieur le préfet en fonction de tous ces commentaires.

— Oui.

— Voyez-vous, un avis défavorable serait ennuyeux ! Il faut aider les paysans qui investissent leurs forces et leur argent pour garder nos campagnes vivantes et pas leur mettre des bâtons dans les roues.

— Je m'évertue à le dire à tout le monde, mais il y a toujours des gens qui refusent de comprendre.

— C'est naturel de protester. Ici, on n'a pas l'habitude de voir des porcheries, les gens s'inquiètent, mais ensuite ils n'y penseront même plus.

Le commissaire-enquêteur cligna des yeux.

— Et c'est pour quand, les conclusions de votre rapport ?

D'ici un mois.

— C'est long, fit l'homme en tapotant avec sa main sur la table et en creusant les joues.

— Écoutez, nous n'allons pas vous faire perdre votre temps, nous sommes venus vous dire des choses qui pourraient peut-être intéresser monsieur le préfet. Voilà, je ne sais pas si vous êtes au courant, mais il y a dans les villes des stations d'épuration des eaux et on ne sait pas quoi faire des boues. Nos gars acceptent d'épandre ça sur leurs terres, mais vous comprenez que, si l'avis était défavorable, on pourrait refuser ce petit service au département. Vous voyez ce que je veux dire.

L'homme martelait ses mots. Le commissaire-enquêteur l'imagina une seconde avec une arme à la main. Il n'avait plus qu'une idée : se débarrasser de ce commando.

— Il n'y a pas de raisons pour que vous ayez des inquiétudes au sujet de ce rapport. M. Le Hénin a fait la preuve de ses capacités en matière d'agriculture, dit-il.

— C'est bien ce qu'on pensait. D'ailleurs les habitants de Saint-Hommeray et des environs partagent aussi notre point de vue, à l'exception de quelques emmerdeurs publics. Vous allez expliquer tout ça à madame qui est journaliste et qui va nous prendre en photo.

Le flash fit sursauter le commissaire-enquêteur. La jeune femme, une débutante, sortit son cahier et posa quelques questions, puis on échangea une poignée de main et les hommes disparurent dans le même fracas au moment où Morel arrivait sur son vélo. Morel reconnut Paul Richard, ainsi que deux autres types, et comprit immédiatement ce qui venait de se passer. Il s'arrêta et resta un moment, le guidon dans les mains, puis il se retourna et vit Garnier sur le seuil de la mairie, qui le toisait, prétentieux et moqueur.

— On dirait que tu arrives trop tard !

S'il avait eu vingt ans de moins, il lui aurait volé dans les plumes, à ce salopard. Il cracha par terre en direction de Garnier et remonta sur son vélo au grand soulagement du maire qui craignait une nouvelle discussion avec lui. Morel s'en alla en pédalant péniblement, les genoux écartés comme un gnome dans le jour finissant.

Garnier retourna dans la mairie et s'installa à son bureau, satisfait de cette première victoire. Il se sentait gigantesque, capable de tout. Il voulait rejoindre Irène immédiatement pour triompher à ses côtés, mais elle avait dit qu'elle lui téléphonerait. Il dut se résoudre à attendre, le regard perdu dans le lointain. La nuit s'infiltrait dans la pièce et se posait sur le village. L'appel tardait et, quand il entendit la sonnerie du téléphone, il dut réprimer sa précipitation pour ne pas arracher le combiné.

— Alors ? fit-elle.

Et il se mit à lui raconter, à la hâte, exagérant les faits, la défaite de Morel, son air dépité. Il l'entendait rire. Il poursuivit en parlant du syndicat ; il reprenait l'histoire, les détails, mais elle l'interrompit, elle le rappellerait demain, elle voulait annoncer la bonne nouvelle à Patrick.

Sa gorge se noua en entendant le prénom détesté et il n'eut pas le temps d'insister, elle lui disait déjà au revoir. Il n'avait pas su s'y prendre. Il reposa l'appareil et se leva, marchant dans tous les sens, furieux.

Il resta ainsi à ruminer contre cette femme qui mettait tant de désordre dans sa vie, contre cet insolent désir qui le rendait imbécile, contre cette créature qui appartenait à un autre. Il grognait. Ses yeux sautillaient. Il était comme une proie, piégé par la brutalité de son désir. Cette violence le dérangeait. Cela dépassait le cadre étroit de tout ce qu'il avait vécu jusqu'à présent. Cet homme solide, opiniâtre, n'avait rien d'un rêveur. Après une vie sans surprise, il se voyait soudain englué dans une sorte de chaos imprévu qui le désarmait. Le désir s'acharnait sur lui malgré ses efforts pour effacer le sens même de ce qu'il appelait des émotions. Lorsque tout s'anéantissait dans son cerveau, autrefois inerte, et désormais en butte à des sensations cruelles qui lui chauffaient le sang, il se maudissait. Il repensa à ces mots tant de fois prononcés sans y penser : « Seigneur, délivre-nous du mal et de la tentation. » Il pouvait bien égrener des mots pareils : cela ne servirait à rien, grognait-t-il. L'autre reviendrait l'agacer. Le jour, il pouvait encore s'étourdir de travail, de réunions, mais la nuit, que pouvait-il faire quand elle surgissait dans son sommeil ? Au moment où il la touchait, elle disparaissait en riant très fort, et il ne restait plus que les lèvres carminées de la rouquine, flottant dans la nuit comme une flamme vive.

Il s'abusait d'espoir. Il fallait renoncer. C'était une certitude qui s'annonçait chaque jour plus vraie, plus nécessaire que la veille. Mais le lendemain, il reprenait des forces, s'abandonnait de nouveau, refusait de se résigner, ne savait même plus s'il aimait cette femme trop rousse comme la lune après Pâques, la dangereuse lune rousse qui brûlait à l'aube les premières germinations de ses piquantes morsures.

15

Le père Morel longeait la lisière de la forêt dénudée. La ferme de Raymond et Mariette n'était plus qu'à deux kilomètres. On l'apercevait estompée dans la lumière hésitante d'un soleil qui n'arrivait pas à réchauffer la terre.

Dans la cour, il vit des poules s'affairer autour du tas de fumier d'où s'élevaient des vapeurs tièdes. Le chien aboya en courant vers lui et les poules s'envolèrent. Mariette apparut alors sur le seuil de la laiterie. Elle souriait dans la lumière matinale. Un sourire d'une simplicité radieuse. D'un seul regard, Mariette s'émerveillait de cette nature généreuse qui l'enveloppait et l'abreuvait, et qu'inlassablement elle parcourait chaque jour, les yeux grands ouverts percevant les changements les plus imperceptibles, les moindres variations, les oscillations les plus ténues qu'ignorent ceux qui se sont arrangé une vie en mensualités, les yeux rivés sur la montre. Elle ne comprenait pas les citadins qui s'attristaient de la moindre grisaille, de la première averse comme si la campagne ensoleillée, celle des livres d'images, s'était soudain endeuillée.

Mariette savait qu'un ciel gris changeait l'intensité de la lumière et métamorphosait les jours. Son regard savait prendre mille instants, celui du papillon au creux d'une fleur, le battement furtif de l'hirondelle à la nuit tombante, les premières flétrissures des feuilles de fraisiers ; autant d'étonnements déjouant l'éphémère. Mariette caressait l'écorce des arbres et les reconnaissait les yeux fermés, à leur enveloppe tendre, rugueuse, ou plus ou moins finement sculptée qui chatouillait ou griffait ses paumes. Parfois, elle leur parlait et les aurait bien enlacés si l'idée n'avait pas été inconvenante.

Mariette attendait que Morel les rejoigne dans la laiterie où elle faisait le beurre avec Raymond. C'était lui qui barattait à la main, tournant la manivelle d'un mouvement modéré, uniforme, à la force du bras. Il ne fallait surtout pas s'arrêter ni changer de rythme. Il respirait avec peine. Le sang colorait sa grosse face d'homme du dehors.

La crème s'épaississait. On entendait le bruit mat du beurre heurté par les palettes, le bruit mesuré des gouttes de petit-lait tombant dans le seau en fer et qui était destiné aux cochons. Mariette attendait près de lui avec un grand plat creux en terre au grain rugueux pour y mettre la motte qu'elle laisserait s'égoutter avant de la pétrir. À cette époque de l'année, le beurre était jaune tendre et fleurait bon.

— T'as encore une bonne poigne ! fit Morel.

— Faut bien... sinon...

— Sinon t'installes une baratte électrique !

— Le beurre est pas aussi bon. À la main, je le sens qui se durcit. J'sais quand je dois m'arrêter. Et puis, de toute façon, on n'a pas d'électricité dans la laiterie.

— Avoue qu'à l'heure des porcheries industrielles, tu fais pas moderne !

— Je m'en moque. Je connais qu'une chose, c'est le plaisir que j'ai à manger mes produits. Tiens, tu vois les patates, y en a qui disent qu'au prix où on les vend aujourd'hui, ça vaut plus la peine d'en faire ! Mais le goût est pas comparable. Les miennes, elles sont meilleures parce que je les ai plantées, butées. J'ai le plaisir de les prendre à la main toutes poudrées de terre noire.

Il se tut un instant et reprit : Dis donc, c'est tout de même pas pour parler de patates que t'es venu ?

Morel ne répondait pas, il semblait inquiet.

— Ah ! j'avais oublié ! C'est ce soir que le conseil se réunit ?

— Oui, et si Pelletier ne lève pas la main, ils sont foutus !

— Il lèvera la main, te fais pas d'illusion. Le maire lui a promis un hangar pour remiser son matériel. Alors, ça vaut bien un « mais oui, monsieur le maire »...

— Comment tu sais ça ?

— Tu me donnes combien si je te le dis ? Raymond, il a des oreilles ! Il entend tout.

— Si Pelletier vote, alors c'est foutu, fit Morel, le regard perdu comme s'il se parlait à lui-même.

— Si tu veux, on peut parier ?

— De toute façon, le préfet peut refuser et au moment où j'te parle, quelqu'un de haut placé lui a remis un rapport. C'est un copain de l'ingénieur. D'après lui, si on continue, il sera de plus en plus difficile de rendre l'eau potable, même la flotte du robinet, on devrait pas la boire. Faut faire quelque chose maintenant, sinon on manquera d'eau dans cinquante ans.

— Il voit loin ton gars.

— Peut-être mais il a raison.

— Oui, eh bien, on sera partis d'ici là.

— C'est pas une raison pour s'en foutre.

Mariette avait maintenant disposé un linge propre sur la motte de beurre qui suintait, elle rinça le beurre à l'eau et commença à le malaxer énergiquement avec une large cuillère en bois pour faire sortir l'humidité qui le faisait rancir.

Elle ne quittait pas des yeux son beurre fait avec le lait de ses vaches, du lait tiède qu'elle passait en ajoutant au fond de la passoire un linge en fibre d'ortie pour ses vertus antiseptiques. Sa grand-mère lui avait appris toutes ces choses-là et elle s'y fiait. Le lait reposait ensuite dans des pots en grès pour effleurer la crème qui montait en une douzaine d'heures l'été et en plusieurs jours l'hiver. Elle prenait la crème délicatement à la cuillère, puis elle recommençait le lendemain et ainsi de suite. Avec le lait caillé, elle faisait des fromages qui valaient bien le camembert. Elle réservait ses produits à quelques clients qui savaient apprécier ; les autres, elle refusait de leur en vendre.

— C'est vrai, ils mangeraient n'importe quoi ! S'ils achetaient pas toutes ces ordures empaquetées, on leur en fabriquerait pas. Avec ça, ils trouvent notre beurre trop cher et, pourtant, de l'argent, ils en ont, mais ça se croit plus malin d'aller en vacances.

— Dis donc, on boirait bien un coup, j'ai la gorge sèche comme une râpe ! fit Raymond en s'essuyant le front avec son mouchoir.

— C'est pas de refus, répondit le père Morel.

Combien de fois avait-il répondu cela ? En Normandie, on ne refusait jamais un verre de cidre, ni un café ni du calva.

Il se souvenait du temps où, dans les bistrots, la serveuse venait avec la bouteille et versait une rasade de calva sans attendre que le client demande. C'était le café arrosé. Ici, on l'appelait la berluche. Depuis une dizaine d'années, l'habitude se perdait dans les fermes, et dans les cafés.

Autrefois, tout le monde faisait son cidre et on bouillait l'eau-de-vie, on la buvait sans attendre qu'elle vieillisse. De l'eau-de-vie trop jeune, presque blanche, qui brûlait le corps, qui donnait des forces l'hiver pour travailler dans les champs, qui guérissait, qui endormait les gamins trop nerveux. Du calva, qui leur avait calciné le corps.

Raymond prit la cruche à cidre et Morel le suivit dans la cave où il faisait frais et humide. Il soupira de tristesse en pensant à sa récolte de pommes. Il n'avait pas porté plainte sachant que le coupable ne serait jamais retrouvé. Pour se consoler, il se disait que, s'il gagnait contre Garnier, les pommiers continueraient de vivre longtemps dans le Perche. Dans le cas contraire, rien n'était moins sûr et il lui faudrait quitter ce monde sans avoir accompli ce qui lui semblait désormais l'ultime enjeu d'une vie.

Le soir, Mariette lui proposa de rester à dîner. Un peu de compagnie l'aiderait à passer les heures.

Pendant ce temps, dans la salle de la mairie, la chaleur emmagasinée stagnait lourdement. Aucun des membres du conseil réuni ce soir-là ne songea à ouvrir une fenêtre ou à baisser le chauffage. Garnier prit la parole et proposa d'examiner le budget de la commune, puis il donna lecture d'un courrier adressé par un habitant du Verrier souhaitant acquérir une parcelle de terrain située sur un chemin communal. Il fit part des différents devis qu'il avait reçus concernant la restauration de la serrure du portail de l'église. On aborda ensuite le problème de l'augmentation du prix de l'eau, trente centimes de plus au mètre cube, mais ce n'était pas à l'ordre du jour, on voterait la prochaine fois. Tout le monde avait le sentiment qu'on s'éternisait. Il faisait aussi trop chaud dans la pièce qui leur paraissait plus petite que d'habitude.

Garnier transpirait. Pour la première fois depuis vingt ans qu'il était maire, il se sentait nerveux et ne savait pas quoi faire de ses mains. Il toussa, bafouilla, bredouilla, se reprit, puis annonça d'une voix manquant d'aplomb :

— Maintenant, on va voter pour la création d'un atelier porcin de deux mille porcs.

— Sur le dossier, il est écrit : extension. Patrick Le Hénin n'a jamais eu d'atelier, que je sache ? interrogea Claude Drex.

— Qu'est-ce que ça change ?

— Beaucoup de choses ! Une autorisation pour une extension est toujours acceptée ; le contraire est moins vrai.

— Si on commence à ergoter sur les mots, on n'a pas fini, lança un partisan de la porcherie.

— C'est tout de même pas un projet sans conséquences pour notre région, fit Drex qui n'était pas cultivateur.

Il habitait sur la commune de Saint-Hommeray, mais travaillait à Alençon dans les assurances. Les dossiers, il connaissait. Il connaissait aussi Garnier, qu'il tutoyait comme tous les autres conseillers.

— Création ou extension, cela ne fait pas de différence, répondit Garnier.

— Le préfet, lui, fera la différence et si on s'aperçoit de la tricherie, cela ne sera pas en l'honneur de la commune. On appelle ça un dossier truqué. Réfléchis bien. De nos jours, ça peut être gênant.

— Il y va de l'avenir économique du département, l'honneur passe après.

— De quel avenir est-il question ? Patrick Le Hénin a-t-il l'intention de créer des emplois ? Il vaudrait mieux parler de profits plutôt que d'avenir.

— C'est deux cent quatre-vingt-dix emplois sur l'Orne répartis dans l'agroalimentaire

— Tu es certain des chiffres ?

— En tant que membre de la Chambre d'agriculture, je sais ce que je dis.

— Et ce que tu fais, aussi ?

— Qu'est-ce que tu sous-entends ? Ta profession est aussi concernée, puisque la porcherie sera assurée, et avec les agriculteurs, vous n'y allez pas de main morte. Alors, c'est ça de plus pour toi.

— Tu parles, un jour les agriculteurs nous coûteront plus cher qu'ils nous rapporteront. Et si tu veux mon avis : quatre ateliers de cinq cents porcs font autant d'emplois.

— Quatre exploitations au lieu d'une, c'est ça ?

— Tu comptes juste. Il y a eu le tout-lait, après le tout-taurillon et maintenant le tout-porc. C'est pas raisonnable, ces grosses concentrations. Ce qui existe déjà, faut le conserver, mais maintenant, il ne faut plus favoriser ce genre de production.

— Je veux bien te répondre, mais, franchement, c'est pas le sujet de ce soir, intervint Pelletier. On n'est pas là pour discuter de politique agricole. Y a un gars qui veut monter une porcherie, on nous demande si, oui ou non, on est d'accord. Point, c'est tout. Si on continue, on est encore là à minuit.

Garnier se taisait. Il savait que ses complices prendraient le relais. C'était sa façon de procéder, laisser les autres convaincre les opposants avec des arguments qu'il leur avait suggérés au cours de petites visites amicales. De cette façon, on ne pouvait pas dire que Garnier avait toujours le dernier mot.

— Faut pas compliquer les choses. Pelletier a raison. Il s'agit de dire si on est d'accord, pour le reste, c'est pas notre boulot, ajouta un autre conseiller qui savait que Drex allait discuter pour la forme. Il habitait à cinq kilomètres de la porcherie et ne risquait pas d'être incommodé par les odeurs.

— Tout de même, on peut poser des questions. D'un côté, on nous parle de création d'emplois, de l'autre, on nous dit qu'on va développer le tourisme dans le département, créer un parc naturel et, maintenant, on nous colle des porcheries. Il y a un peu de contradiction dans tout ça, lança Louis avec calme.

Dans les débats, au conseil municipal ou ailleurs, Louis parlait peu, sans passion et toujours après les autres. Il évitait de prendre parti et la logique de ses arguments suffisait pour jeter le trouble.

— En tout cas, je ne trouve pas normal qu'on vienne construire une porcherie à cinq cents mètres d'un des plus beaux manoirs du Perche. Je ne voudrais pas être contrariant, mais lorsque Plessis a voulu refaire son garage, tu l'as obligé à faire une restauration à l'ancienne et, tout d'un coup, on peut élever des hauteurs en tôle sur la commune sans crainte de la défigurer.

— Il suffira de planter des arbres pour camoufler la porcherie.

— Et de porter des masques à gaz pour visiter l'église. La commission départementale des sites a-t-elle donné son autorisation ?

— Je n'ai pas demandé.

— C'est dommage parce qu'ils sont pointilleux et pourraient bien bloquer le dossier.

— Le tourisme ne fera pas vivre tous les agriculteurs ; par contre, tu sais que le prix des céréales chute, qu'il y a surproduction et, pour répondre à ces problèmes-là, il faut favoriser la filière porcine. C'est une des priorités actuelles, celle aussi de la Chambre d'agriculture de l'Orne.

— Dont tu fais partie, n'est-ce pas ?

— Je suis d'abord agriculteur. Notre avenir dépend des nouvelles orientations.

Louis esquissa un sourire.

— Les nouvelles orientations... parlons-en ! Il faudrait encore être certain que ce soit les bonnes ! Et demain, ce sera autre chose. On essaie tous les genres mais au bout du compte, quand les conneries sont faites, c'est l'agriculteur qui paye.

— La porcherie est techniquement sans faille, je ne vois pas pourquoi on s'opposerait. En plus, le commissaire-enquêteur a donné un avis favorable.

Louis faillit répliquer qu'il savait de quelle manière on avait influencé l'avis du commissaire.

— Sur le papier, c'est toujours tout beau et tout propre, mais, dans la réalité, on a parfois des surprises. On ferait mieux de faire du porc de qualité avec un label. Ces ateliers d'engraissement, c'est pas valable. Le Hénin achètera de l'aliment tout prêt et...

— Le problème est ailleurs, ce n'est pas la façon dont il élèvera les cochons qui te dérange.

Garnier savait qu'il suffisait de parler du Clos des Forges pour anéantir les propos de Louis, dire qu'il s'agissait d'un règlement de comptes personnel, et Louis ne pourrait plus convaincre personne.

— Mon père disait que le pire ennemi du paysan, c'est le paysan lui-même, c'est encore bien vrai ! lui répondit Louis. Puis il enchaîna : Si la terre n'appartient plus qu'à quelques-uns, l'eau est encore à tout le monde et il est de notre devoir de la préserver.

Sa voix faiblissait. Les agriculteurs détestaient qu'on leur parle de l'eau ; celle du robinet ne les intéressait pas, seule, l'eau du ciel les inquiétait. Garnier tourna la tête. Il savait que l'autre n'aurait plus rien à ajouter et se mit à compter et à recompter. Ils étaient neuf en tout, cinq voteraient pour. Soudain, il se mit à soupçonner Leroy dont il avait interprété le silence depuis le début de la séance comme la manifestation tangible de sa docilité et qui, subitement, l'inquiétait. Cet homme qu'il qualifiait habituellement « de béni-oui-oui » allait-il retourner sa veste ?

S'il perdait cette partie, c'était le déshonneur. De quoi aurait-il l'air auprès de la banque et de la Fédération porcine et, surtout, que dirait-il à Irène ? Cela faisait maintenant plus d'une heure qu'on discutait. Il referma les dossiers d'un geste lent. C'était lui le maire, le chef en quelque sorte. Il se répéta qu'il fallait savoir s'imposer sinon on ne pouvait pas commander.

— Maintenant, il faut se décider. Nous allons procéder au vote à main levée, dit-il en haussant le ton de sa voix.

Il savait que Louis pouvait exiger un vote à bulletin secret et qu'il suffisait d'un traître et adieu cochons, honneurs et considération ! Puis il pensa à Irène et la force lui revint ! À main levée, il tenait ses hommes. Louis le fixa quelques secondes, l'accusa du regard de toutes les forfaitures passées et à venir, mais ne s'opposa pas, vaincu par tant de malhonnêteté.

Garnier leva son bras ; d'autres suivirent. Avec une rapidité d'escroc, il compta, deux, trois, quatre, cinq, six, sept, avec lui. C'était la victoire ! Il n'avait maintenant plus qu'une hâte, courir chez Le Hénin annoncer la nouvelle.

C'était une victoire écrasante. Demain, toute la commune saurait que Tessier et Marc Lebel n'avaient pas levé la main, et on ne se gênerait pas de dire que c'était par jalousie. Louis pensa au père Morel et se mordit la lèvre. Il n'était pas fier.

La nuit était froide. Le vieux l'attendait sur le pas de la porte de sa maison, un petit bordage au bout d'un chemin creux qui lui apparut aussi désolé et rafistolé que le corps maigre du bonhomme. Il laissa le temps à Louis de sortir de sa voiture, mais il sut immédiatement que c'était perdu. Il se renfrogna, jura et cracha par terre.

— Allons, père Morel, c'était prévisible et puis ce n'est que partie remise. Le préfet n'a pas encore signé. Il nous reste une chance.

— Tu veux boire quelque chose ? proposa Morel, accablé.

— Je te remercie mais Suzanne n'est pas encore au courant et elle est sûrement impatiente.

Louis partageait la même amertume, mais la vie l'attendait tandis que le père Morel n'avait plus que lui-même.

— Allez, ils ont gagné une bataille mais pas la guerre, fit Louis en partant.

Morel ne répondit pas et se contenta de regarder la voiture disparaître dans la nuit.

— La guerre, répéta-t-il, l'air absent.

Il resta ainsi, debout dans sa cour. La fureur l'avait immobilisé et pourtant à le voir ainsi, voûté, les yeux misérablement fixés au sol, on aurait pu penser qu'il se résignait.

Brusquement, il rentra chez lui. La porte était restée grande ouverte, et le froid s'était emparé de la pièce mais Morel ne sentait plus l'air glacé ; il ouvrit la maie, attrapa d'une main ferme son fusil enveloppé d'une couverture de l'armée, un souvenir.

Tranquillement, il le chargea et mit une poignée de cartouches dans sa poche, puis il ferma la lumière et sortit dans la cour.

Des millions, des milliards d'étoiles poudraient le ciel comme autant de destins. Soudain, un coup de feu déchira la nuit claire. Le chien aboya. Des tremblements secouaient le corps de Morel qui rechargea le fusil puis, brandissant l'arme le plus haut possible, tira une nouvelle fois. Une chouette traversa la cour. Il jurait et hurlait des incantations rageuses, des propos incohérents, inintelligibles. La clarté froide de la lune inondait la ferme. Au loin, il distinguait nettement des habitations, des collines plus sombres, des bois, une rangée de peupliers. Il quitta la cour et s'engagea sur le chemin. Le chien, terrorisé, glapissait en rampant derrière lui. Alors, il fit feu.

Son corps trébucha dans les ornières. Il faillit tomber à plusieurs reprises. À chaque détonation, il voyait les tirs de roquette, comme des zébrures aveuglantes illuminant le champ de bataille. Avec ses compagnons, ils couraient, la peur vissée au ventre. Courir avant de mourir, courir pour vivre et s'effondrer quand même. Des corps jonchaient le sol, des corps démantelés, des corps étalés. Il avait tremblé pendant des heures. Des cauchemars qui le hantaient encore certaines nuits, des nuits pour le souvenir, des nuits qui se finissaient en lambeaux.

Morel continua sa course folle en pointant le canon de son arme en direction des Égliers. Il savait qu'une fois sur la grand-route il ne pourrait plus reculer, comme la nuit où les Allemands avaient ouvert le feu et que le commandant hurlait d'avancer.

Des lumières balayaient par moment le ciel, c'étaient les phares des voitures qui passaient sur la nationale. Lorsqu'il atteignit le milieu du chemin, il hésita, le chien se frotta contre ses jambes, jappant plaintivement. Ce fut cette chaleur animale qui le retint du pire. Il actionna encore le chargeur, tira une dernière fois en l'air puis son bras retomba aussi lourd qu'une masse contre son corps anéanti. Il sentit alors un mince filet de bave à la commissure des lèvres et s'essuya en y passant la langue.

Toute la nuit, il erra dans la cuisine, fit un raffut de tous les diables. Le chien se tenait à la porte, les oreilles tendues, les yeux inquiets. Aux premières lueurs, le père Morel monta sur son vélo. Il frémissait encore d'une colère vieille de toute une vie et, malgré les premiers rayons du soleil, la campagne lui parut grise et morte.

Aux Égliers, les bouchons de cidre sautèrent. Personne n'entendit les coups de feu. Garnier avait même apporté du champagne. Il exultait et servait lui-même Irène qui riait, les poings solidement ancrés sur les hanches. Elle riait plus fort que d'habitude, insultant Louis Tessier et l'autre. Ils verraient. On allait leur montrer. Ils levèrent leur flûte et s'écrièrent en chœur :

« A la porcherie ! »

— Vous allez vite en besogne, il nous manque encore une signature pour crier victoire, fit Patrick Le Hénin qui avait du mal à partager la joie des deux autres.

— On l'aura, ne te tracasse pas. La loi, les décrets, tu parles, on s'est toujours arrangé avec les règlements, fit Garnier avec la certitude et l'assurance que donne une première conquête ; mais ces propos n'avaient pas réellement rassuré Le Hénin.

— Tu n'as pas confiance ? lui demanda Garnier

— C'est avec les cochons que je n'ai plus confiance. Les cours sont à la baisse

— Ne t'en fais pas, c'est toujours comme ça avec le porc. Et un conseil : ne commence pas à t'occuper des cours, sinon tu ne vas plus dormir la nuit.

Le Hénin faillit répliquer que c'était déjà le cas. Qu'il en avait assez de la lutte au quotidien. Il avait envie d'arrêter le temps, d'arrêter les machines. Si

Irène n'avait pas été si acharnée, il aurait presque souhaité que le projet n'aboutisse pas. Peut-être vieillissait-il ? Mais comment aurait-il pu faire marche arrière ? Et puis Irène tenait tellement à ses cochons ! Depuis qu'elle avait mis les pieds dans la ferme des Égliers, elle lui avait toujours porté chance, ça ne pouvait que durer. Après la mort du père, Patrick avait longtemps craint que le malheur revienne. Pas un jour sans se réveiller avec la peur en creux, peur de l'accident de travail, de la sécheresse, peur de la faillite, peur que la mère meure à son tour. D'ailleurs c'était un miracle qu'elle soit aujourd'hui sur pied après son accident, c'était comme si Irène avait ressuscité sa mère en allant chaque jour à son chevet. Il l'avait vue morte et elle lui était revenue, amoindrie, bigote, mais en chair et en os.

Malgré cela, Le Hénin n'avait guère de certitude. Il attendait la nuit avec soulagement. Il se disait alors qu'il venait de gagner une journée de plus. Une prolongation de vingt-quatre heures. Un sursis renouvelé. C'était ainsi chaque soir, et le lendemain il prenait peur de nouveau. Il avait beau être fort dans son corps, sentir ses muscles durs et noueux, prêts à lutter, il était las de s'affronter aux incertitudes quotidiennes.

Irène ne lui ressemblait pas. Heureusement. Elle ne lui avait pas seulement apporté la gaieté, la chaleur, mais elle avait ouvert sa vie, brisé sa solitude. Il pouvait bien lui offrir une porcherie même s'il ne comprenait pas toujours pourquoi elle tenait tant à ce projet.

Il avait d'abord cru qu'elle s'était fait prendre à l'appât du gain, attirée comme tant d'autres par l'argent facile, le travail vite fait, mais elle réussissait trop bien chez Massey Ferguson pour que ce soit la seule raison de son acharnement.

La porcherie avait pris une autre dimension dont il ignorait l'étendue. Irène voulait certes gagner toujours plus d'argent, mais surtout se venger des gens de Saint-Hommeray qui ne l'avaient jamais adoptée. Elle n'était pas des leurs, elle venait de la Mayenne, elle était rousse comme autrefois elle avait été pauvre au collège. Elle restait une étrangère à Saint-Hommeray. On la saluait, mais on ne lui parlait pas. La preuve qu'on lui en voulait, ils signaient cette pétition contre elle. Elle n'avait que des pensées violentes à leur égard, une fureur géante qui l'habitait des jours entiers, dont elle ne s'arrachait pas, se promettant bien de leur montrer qui était Irène Le Hénin.

16

L'été passa avec ses chaleurs, ses orages et ses belles moissons puis il y eut des journées d'automne d'une beauté et d'une douceur exquises, presque cruelles, des journées qui s'évanouissaient trop vite, rappelant à tous que l'hiver ne tarderait pas.

À l'aube, une nappe de brouillard léger et enveloppant se déposa sur la campagne. Le clocher de l'église de Saint-Hommeray ne tarda pas à disparaître dans la brume opaque, puis ce fut au tour du village tout entier. À six heures, le son des cloches parvint étouffé et plaintif. On ne voyait pas à cent mètres.

Ce serait un jour gris et froid. Un jour d'automne. Un jour de chasse. Louis se leva sans bruit pour ne pas réveiller Suzanne. Les vêlages venaient de commencer, et ils ne ménageaient plus leur fatigue pour surveiller les vaches nuit et jour. Il faisait froid dans la vaste cuisine où s'allongeait une table flanquée de ses deux bancs. Louis alluma tranquillement le feu en pensant à Pierre qui s'occuperait de la traite avec sa mère mais qui, pour le moment, dormait encore profondément. Quand le café fut prêt, il se servit un grand bol et se mit à déjeuner. Le chien se frottait contre les bottes de son maître en gémissant d'impatience.

— Alors, mon vieux Tibert, t'es déjà prêt ?

Dehors, le brouillard étouffait la vaste plaine brune.

Louis partit à travers champs avec le chien sur ses talons, passa par-dessus des clôtures. Accrochés aux griffes des barbelés, des filaments de laine humide flottaient au vent ; des toiles d'araignées étincelaient, reliant une branche à une autre. Il prit de biais, franchit une dernière clôture puis gagna la lisière du bois. L'odeur de l'automne, l'odeur triste des terres nues et mouillées, de l'herbe morte gainée de gel et visqueuse, rendait le froid plus vif.

Soudain, l'air vibra. Il y eut un bruit rapide de feuilles froissées et un lièvre, immense, haut sur pattes, détala du fourré. Louis visa l'animal. Le claquement déchira le silence de la plaine comme un coup de fouet brutal et l'animal s'abattit à terre. Le chien ramena le corps encore tiède qui pesait lourd dans sa gueule. La journée commençait bien. Louis reprit sa marche. De temps en temps, il s'arrêtait pour écouter le souffle du vent caressant les branches des arbres noirs qui se détachaient dans la masse brumeuse.

Il pénétra dans la forêt et s'y enfonça en se frayant un chemin dans les taillis mal entretenus. Les feuilles mortes crissaient sous ses pas. Il marchait silencieux, les yeux au sol, les lèvres serrées. Il avançait machinalement puis soudain leva la tête et s'arrêta, étonné presque d'être là. Il se sentait triste. Un jour de chasse. C'était la première fois. La veille, il avait eu la visite de Paul Richard qui faisait la tournée des adhérents et en profitait pour prêcher la bonne parole du syndicat. Suzanne était venue le chercher dans un champ où il arrangeait des piquets. Chaque année, depuis vingt ans, ils renouvelaient leur adhésion au syndicat comme ils prenaient le calendrier des Postes. Paul était déjà installé dans la cuisine avec un café devant lui.

— Bonjour, dit le bonhomme en faisant mine de se lever.

— Bouge pas, fit Louis en retirant ses bottes en caoutchouc à l'entrée.

Suzanne apporta une tasse et posa une bouteille de calva sur la table.

— Alors, toujours en croisade ? demanda Louis.

— Comme d'habitude, il faut se démener si on veut pas se faire manger par Bruxelles, enchaîna Paul qui ne pouvait pas rester silencieux plus de deux secondes. Au train où ça va, on est vite dépassé. Quand on y pense, on peut dire qu'on a mangé notre pain blanc.

Quand Paul eut fini, Suzanne lui reproposa un café.

— Enfin, dans la profession, on n'est pas les plus malheureux, soupira Louis, soudain las de ces plaintes inutiles.

— Non, mais tout de même faut pas se laisser faire, et on se bat pour que ça change, tu peux nous faire confiance.

— Ça, c'est moins sûr. D'ailleurs, Suzanne et moi, on a décidé de ne pas renouveler notre cotisation cette année.

— Tu rigoles ?

— Non.

Paul resta un instant abasourdi par la nouvelle. Ses yeux inexpressifs fixèrent l'homme, puis la femme, dont la détermination ne faisait aucun doute.

— Et tu peux me dire pourquoi ?

— Parce que nous ne sommes plus tellement d'accord avec ce que vous faites et ce que vous défendez, répondit Louis.

— C'est contre le syndicat ou à cause de ce qui se passe dans le pays ?

— Pour te parler franchement, c'est à cause des deux.

Paul ne broncha pas. Il ne pouvait pas repartir sans les cotisations. Il resterait jusqu'à ce qu'on lui donne l'argent. Le regard de Paul se verrouilla, sur ses lèvres se lisait la férocité de celui qui ne veut pas perdre.

— Louis, tu te trompes, dit-il en serrant les poings.

— Non, vous avez aidé pour la porcherie parce que votre politique est de favoriser les grosses exploitations. En cas de coups durs, vous envoyez les petits agriculteurs faire de la casse pour intimider le gouvernement. Ils sont en première ligne dans les manifestations, mais quand il s'agit de les défendre, il n'y a plus personne. Place aux gros. Tant pis pour les autres. La productivité, vous n'avez que ce mot-là à la bouche. On s'y laisserait prendre tellement vous nous promettez. Toujours plus. Maintenant on est dans la merde et s'il n'y avait que ça ! Des types comme Le Hénin, vous les condamnez à l'esclavage. Tôt ou tard, il deviendra un employé de la coopérative. Ce n'est plus lui qui décidera mais les technocrates de la terre. Nos grands-parents, nos parents ont trimé pour devenir propriétaires. Maintenant, on est retombés dans la servitude, celle des rendements, celle des crédits. Nos exploitations, nos terres appartiennent aux banques, on travaille pour elles, pour les coopératives. Ce sont elles bientôt qui nous donneront des ordres. J'ai fait comme tout le monde, mais, maintenant, j'arrête. Terminé, tu entends, je sors de ce système. Je me contente de ce que j'ai.

— T'as été bien content de trouver de l'argent pour payer ton nouveau tracteur, que je sache, et l'installation de la laiterie ? Tu ne l'as pas payée comptant ? Et les aides ! T'es pas le dernier sur la liste. T'as ton paquet ! Quand ton fils s'installera, il aura son prêt. Alors de quoi tu te plains ?

— Qu'on perd le bon sens ! On laboure tout, pas un centimètre de perdu sur le fossé, on remembre, on draine, on assèche, on coupe, on détruit, on élève des bêtes dans des hangars. On n'est plus des paysans mais des gars qui font la course. Pour avancer, on avance, on court même, et tant pis si on va droit dans le mur. Tout le monde s'en mêle, l'agro-alimentaire, la banque, la Chambre d'agriculture, la coopérative, les syndicats. Les élus acceptent tout, incapables de s'opposer à toute cette mafia. C'est toujours la faute à Bruxelles. Ah ! c'est commode !

— T'es devenu fou ! Tu te rends compte de ce que

tu dis. Je te préviens, déjà que ça n'a pas beaucoup plu que tu fasses opposition au conseil municipal, si tu ne reprends pas ta cotisation, je te jure que tu vas le regretter. Le jour où ton fils voudra s'installer, faudra pas t'étonner si son dossier est refusé.

Les mots résonnèrent dans la cuisine. La menace se déformait, s'amplifiait. Suzanne le regarda en tremblant. Paul n'avait pas parlé à la légère. Ce type puait le danger. Elle attendit la fâcherie, le coup de poing, mais Louis semblait désincarné. Alors, elle ouvrit la bouche. La colère l'empêchait de respirer, le sang lui montait au visage.

— Fiche le camp, tu m'entends !

Suzanne ne parlait pas, elle haletait, se dressant contre lui, prête à attaquer comme une renarde qui sent le danger pour ses petits. La colère la rendait herculéenne, prête à tout. Elle faisait peur.

— Si t'empêches mon gars de s'installer, moi, je te bouterai de ta ferme. Tu m'entends. J'y foutrai le feu, s'il le faut.

Elle grondait, les yeux tout rétrécis, la respiration courte, elle recula d'un mouvement si brusque qu'elle fit tomber une chaise et ouvrit grande la porte. Debout, menaçante, elle fit signe à Paul de sortir.

— Allez, ouste, dehors et plus vite que ça. Si tu crois que tu peux venir chez moi et me menacer. Fous le camp, que je te revoie plus chez nous. Et n'oublie pas ce que je t'ai dit.

Paul ne pouvait pas lutter avec la colère de Suzanne, il franchit le seuil comme un somnambule, les épaules basses, le regard fixe. Louis était resté immobile, réduit à rien, effrayé par le courroux de Suzanne. Il n'avait jamais vu quelqu'un déguerpir de cette maison avec un tel empressement.

Suzanne était blême. Ses yeux étaient pleins de larmes, de grosses larmes qui glissaient sur ses joues. Suzanne pleurait.

D'un geste brusque, elle débarrassa la table. Une

tasse se brisa sur le sol. Elle essuya la toile cirée à l'endroit où Paul Richard était assis pour faire disparaître toute trace malfaisante.

Ni l'un ni l'autre ne pouvaient dire un mot. Ils savaient que Paul n'aurait aucun mal à bloquer le dossier de Pierre à la chambre d'agriculture le jour où il serait en âge de devenir exploitant. Ces types-là faisaient la pluie et le beau temps et, à vrai dire, c'était la raison pour laquelle Louis payait sa cotisation, par obligation.

— Le salopard, me faire ça à moi... Venir chez les gens pour les menacer. Je ferai ce que j'ai dit. Tu m'entends... J'y foutrai le feu à sa ferme.

Maintenant, Suzanne ne dormirait plus et Louis se tracasserait pour son fils, pour Suzanne. Le feu pour se venger, l'ultime geste pour garder sa dignité, ça s'était déjà vu !

Louis marchait depuis une bonne heure dans la forêt, son chien n'avait pas levé d'autre lièvre, mais il s'estimait déjà heureux de sa première prise.

La chasse n'était qu'un prétexte pour vivre plus proche des bois et des champs qu'il voyait toute la semaine, mais du haut de son tracteur. Louis maintenant écrasait la terre de ses pieds, se gonflait la poitrine de ses parfums, écoutait les arbres grincer. Son chien furetait dans les sous-bois, énervé par ce trop-plein d'odeurs animales, sautait par-dessus les branches, se glissait sous les ramures, disparaissait pour revenir toujours aussi fougueux ; il aurait pu courir ainsi pendant des heures sans jamais s'arrêter.

Au milieu de l'après-midi, des flocons de neige voltigèrent. Une neige précoce, une neige de passage qui disparaîtrait aussi vite qu'elle était venue. Louis quitta les bois, ivre, saturé de grand air, il avait tout oublié, il était redevenu un homme.

Une jeune perdrix blottie au creux d'un tronc d'arbre s'envola furtivement dans un bruit confus de battements d'ailes affolés. Louis visa puis rabaissa son fusil. La neige poudrait maintenant les champs.

Il regarda la campagne qui s'étalait et s'arrondissait ; les premières frondaisons de la forêt se détachaient sur la partie sombre d'une colline plus lointaine. D'un côté, des coteaux, des buttes, des creux, des bosses se succédaient, cachant des fermes, des bordages qui s'enchevêtraient les uns aux autres, des hameaux trapus ; des villages d'où surgissait parfois la flèche d'un clocher. De l'autre, la forêt s'annonçait, haute et dense, une muraille brune qui séparait Saint-Hommeray des autres villages.

Derrière une haie vive, il distinguait le toit de la maison du père Morel. Louis hésita. Le vieux serait certainement content d'une visite mais il savait qu'il lui faudrait parler de la porcherie, du Hénin, et il en avait assez de cette histoire qui survoltait les esprits et créait tant de zizanies.

Dans la descente du champ, le chien courait dans tous les sens et à vive allure. Soudain, loin au-dessous de lui, un sanglier surgit d'un épais taillis. L'animal sautait par petits bonds, massif et vif. Comme un limier, le chien furieux s'élança à sa poursuite et se rapprocha très vite. Le sanglier courut, talonné sur ses arrières par les aboiements farouches qui déchiraient l'immensité silencieuse de ce dimanche d'automne. Les deux bêtes dévalèrent ainsi le flanc de la colline dénudée. Arrivé devant la rivière, le sanglier se figea et hésita un court instant. Lorsqu'il se décida à traverser, ce fut trop tard. Le coup de feu résonna. Il eut un dernier sursaut et s'effondra devant le chien qui se coucha au sol, frétillant de la queue, geignant d'excitation, les pattes en avant, les oreilles tendues, la langue pendante dans l'attente d'un ordre de son maître. Le sang colora la terre enneigée. Louis n'avait pas bougé, son cœur résonnait du coup de feu, un long écho allant au-delà du fracas meurtrier. Il regardait la bête, une masse brune, un mâle adulte d'une centaine de kilos, gisant les yeux encore brillants dans les flocons de neige fragiles qui n'accrochaient pas à la terre. Un sanglier ! Il avait eu de la chance ! Il descendit vers la rivière, se pressant, appelant le chien. Il marchait heureux vers ce butin inattendu, exceptionnel, qui lui donnait de la force et se mit à espérer qu'on refuserait la porcherie au Hénin. Que ce serait justice et que tout rentrerait dans l'ordre...

Aux Égliers, l'incertitude régnait. Irène vivait d'inquiétude, perdait l'équilibre. Garnier avait beau insister, lui répétant qu'on ne refusait rien à un homme comme lui, il ne lui était d'aucun secours. Elle ne savait pas attendre, ne saurait jamais et, pourtant, il n'y avait rien d'autre à faire. Patrick et Denise partageaient son impatience mais personne n'osait plus évoquer le sujet. On attendait donc en silence, en se cachant même. D'habitude, Irène n'était jamais à la ferme quand le facteur y venait. Désormais, elle trouvait toujours un prétexte pour retarder son départ. Elle allumait une cigarette, puis, les yeux fixés vers le lointain, elle fumait en regardant la route, cette longue perspective toute droite, d'un air détaché et agressif. Parfois, la chance lui souriait, la voiture jaune du facteur surgissait.

L'homme savait bien qu'il était attendu, et, par discrétion, ne disait rien. Il bavardait volontiers avec les uns et les autres, mais d'une famille à l'autre, d'une maison à l'autre, rien ne filtrait. Il risquait trop la perte de cette considération qu'il avait acquise au cours de ces nombreuses années, passées à parcourir les routes et les chemins les plus étroits, les plus boueux, connaissant les moindres recoins, les moindres sentiers. On l'appelait par son prénom. Il rendait des services. Il connaissait tout un chacun, rentrait librement dans les maisons. Il savait qu'Irène l'attendait et il s'amusait de ses manières, de sa fausse indifférence, du geste désinvolte avec lequel elle prenait le courrier qu'il lui tendait sans empressement. Avec tout autre, il aurait agi différemment afin de diminuer l'attente, mais là, bien au contraire, il la saluait plus longuement qu'il n'aurait dû le faire, ne lui donnait pas les lettres immédiatement, lui posait toujours des questions en la regardant droit dans les yeux pour éviter qu'elle ne se dérobe. Irène trépignait et détestait le facteur. Elle était la seule.

Patrick redoutait maintenant l'arrivée de la fameuse lettre qui fixerait son sort. À l'inverse d'Irène, il s'éloignait de la ferme, s'enfouissait entièrement dans sa besogne et, quand il le pouvait, c'était lui qui se sauvait des Égliers. Denise, en retrait dans la maison, regardait tout cela. Elle s'approchait parfois de la fenêtre, jetait un coup d'œil à la dérobée sur Irène qui guettait. Denise aussi guettait. Non pas le facteur, mais son fils. Comme lui, elle se demandait quelle serait l'issue d'une telle entreprise, mais elle ne parlait pas de ses craintes. Cela avait déjà fait trop de bruit dans le village, et, à la maison, elle continuait de se taire, laissant Garnier et Irène mener la danse.

Le jour où le facteur eut la lettre, il regarda l'enveloppe blanche et officielle, et lut avec appréhension : Préfecture de l'Orne. Le dénouement était proche. Il posa la précieuse missive sur le siège à côté de lui et commença sa tournée au ralenti, incapable de se résoudre à se séparer de cette lettre qu'il avait attendue avec agacement. Il vit à l'horloge de Saint-Hommeray qu'il avait une quinzaine de minutes de retard. Il craignit alors qu'Irène, lasse d'attendre, soit partie et accéléra l'allure.

En arrivant dans la cour des Égliers, il klaxonna et attendit quelques secondes, inquiet de ne pas voir la rouquine sortir. Au moment où il ouvrit la portière pour aller déposer la lettre sous la porte d'entrée, Irène se montra. À la vue du courrier, elle eut le vertige, comme si son destin allait se jouer sur un oui ou un non, et paniqua à l'idée que l'impossible surgisse dans une vie qu'elle avait inventée et bâtie en toute liberté, sachant qu'elle serait capable du pire si on se dressait devant elle. Elle oublia la présence du facteur. En quelques secondes, le papier fut déchiré, son regard courait sur les mots pour savoir. Ce fut démesuré, comme un saut dans le vide, elle se sentit flotter, happée par une sorte d'apesanteur. Elle se serait mise à danser comme une diablesse, en applaudissant, s'il n'y avait pas eu ce maudit facteur qu'elle avait toujours soupçonné d'être contre la porcherie.

— Merci bien... À demain.

Irène lui adressa un vague sourire, et l'autre vit l'arrogance qui brillait dans ses yeux. Celui-là cesserait de la narguer. Elle se tourna et se mit à marcher ou plutôt à tanguer sous l'effet du bonheur.

Patrick ? Où était-il ? Elle se rappela le rendez-vous avec le comptable. Il faudrait attendre son retour. Et Denise qui n'était pas là ! Seule, elle ne pouvait s'abandonner à la grandeur de sa joie. Appeler chez le comptable ? Non, elle voulait le lui annoncer de vive voix. Elle se sentait si nerveuse ! Lorsqu'elle entendit le moteur d'une voiture sur le chemin, elle se précipita à la fenêtre et vit Garnier qui se dirigeait vers la maison avec des allures brutales de héros. Irène lui ouvrit, un peu déçue mais heureuse de partager la nouvelle.

— On vient de me téléphoner...

— Je sais... on a gagné, dit-elle en désignant le courrier sur la table et en souriant avec malice.

Mais Garnier fixait Irène. La lumière brillait dans ses cheveux roux et constellait le gris de ses yeux d'une poussière d'or. Il devina plus qu'il ne sut qu'ils étaient seuls. Elle était si près de lui, encore chancelante d'avoir obtenu ce qu'elle avait tant voulu. Cette fois-ci, elle ne lui échapperait pas. Irène se cabra, mais il insista, le temps d'un baiser, le prix à payer, puis il s'écarta, la regarda triomphant et heureux.

— N'y reviens pas !

— Rien ne m'en empêchera.

— Si, moi.

Le ton était rugueux, implacable, sans recours. Elle tendit la main pour l'empêcher de revenir sur elle, mais les mots énormes avaient suffi. Garnier reculait sous le regard d'Irène qui le toisait, dressant son corps comme une forteresse. Alors, sans attendre, elle enchaîna avec la gaieté naturelle d'une bonne fille qui a pardonné et qui ne veut pas gâcher son plaisir.

— Eh bien, on va arroser cette bonne nouvelle, Patrick devrait arriver d'un instant à l'autre.

Elle ouvrit le placard et sortit des verres qu'elle posa sur la table. Ses gestes étaient aussi vifs et précis que les regards qu'elle lançait vers Garnier. Le maire de Saint-Hommeray avait repris ses esprits. Elle ressentait encore la pression du corps de l'autre, la chaleur de sa peau qui l'avait effleurée, la griffure sur ses lèvres, le goût âcre dans sa bouche, la tension de ses seins sous le poids du désir, sous les mains de l'homme, des sensations qui venaient d'agacer sa chair. Il l'avait embrassée, elle était quitte. Elle sourit. Un sourire d'abord crispé puis avec effusion elle décida de se lancer dans l'exultation de la nouvelle et de célébrer l'événement sans s'occuper du reste.

— À notre victoire ! fit-elle en levant un verre. Ah ! c'est Patrick qui va être heureux ! Dans dix ans, la porcherie est amortie. À nous les bénéfices bien gras et bien roses. Quand je pense au père Morel venu nous dire un jour qu'on devrait plutôt élever quatre cent cinquante porcs sur litière biomaîtrisée ou bio... je ne sais plus. Enfin, il était ridicule. Il me parlait du confort des animaux. Je lui ai demandé s'il ne voulait pas non plus qu'on installe des canapés pour les cochons avec un distributeur de jus de fruits !

Il rit avec elle. Elle trinqua.

— Enfin on a gagné, dit-elle avec satisfaction.

Garnier vit alors le regard aigu qui animait les yeux de la rouquine ; une lueur grise, étincelante comme celle de l'acier. Lui qui un instant plus tôt avait failli se hasarder à prononcer : « Je t'aime », ces deux mots collés et obsédants qui s'ancraient maintenant avec l'amertume dans sa bouche.

17

La porcherie dominait la plaine, aussi imposante qu'une église des temps modernes, une église en tôle avec des silos comme des flèches qui s'élevaient dans le ciel. Une porcherie inaugurée un vendredi saint, un jour de terrible passion, de quoi contrarier le Seigneur qui voyait ces temples du cochon s'étendre toujours plus nombreux sur les campagnes. Sous la grande nef, c'était l'enfer. Des dizaines de compartiments trop étroits où tentaient de vivre les cochons réduits à l'état d'entonnoirs. Pas de litière, mais du caillebotis à travers lequel passait l'urine et les excréments, qui, mélangés, formaient ce qu'on appelait le lisier, une marée noire nauséabonde. Les cochons devaient se développer au plus vite dans le moins d'espace possible afin de leur maintenir le nez dans l'auge. Des cochons massifs, à la chair épaisse, tendue et courbe sans plis ni replis, qui n'avaient de vivant que des yeux en tête d'épingle et ce groin humide qui s'agitait en permanence.

Il était cinq heures du matin. Le Hénin gara sa voiture en face de la porte d'entrée, une porte minuscule en comparaison de la taille du bâtiment peint en vert pour se confondre avec le vert des champs. Il pénétra précipitamment à l'intérieur, pressé d'en finir. Chaque fois, il restait quelques secondes en arrêt, stupéfait à la vue des porcs qui attendaient stupides, inutiles. L'odeur était étouffante. Le Hénin fut secoué d'un haut-le-cœur. Il n'avait jamais pu s'habituer. Il puait et se reniflait du matin au soir, persuadé que l'odeur imprégnait sa peau.

Il enfila rapidement sa tenue cochon, une cotte verte qui sentait déjà fort et qu'il laissait accrochée dans le local d'entrée. Les techniciens n'avaient pas menti. À l'exception des deux visites quotidiennes au cours desquelles il appuyait sur des boutons ou vérifiait la chaîne de l'alimentation, l'air, la pression, la climatisation, l'état des bêtes, il n'y avait rien à faire.

Pourtant, ce n'était pas si simple. Il vivait la journée entière au bord de la nausée et avec l'angoisse de découvrir un cochon malade. Un microbe, un seul, et les deux mille cochons s'envolaient au ciel avec des ailes, comme des anges. Il les « antibiotisait » au maximum, leur donnait une soupe vitaminée avec tous les additifs possibles et imaginables pour les voir grossir et disparaître au plus vite. Dès leur naissance, ces gorets programmés commençaient leur course folle vers l'abattoir. Atteindre cent kilos en cent soixante-dix jours. Les plus performants battaient parfois le record en cent cinquante jours. Le Hénin était comme un entraîneur. Il les regardait manger, absorber, avaler, bouffer, consommer, s'en mettre plein la gueule, plein la panse, se gaver, ingurgiter, s'empiffrer jusqu'à l'indigestion et se vider au même rythme de leurs excréments. Chaque fois qu'il entrait dans l'atelier, les deux mille gorets, prisonniers dans leur cellule, tapaient en chœur sur les auges en fer en poussant parfois les pires gueulements. Il les haïssait et les maudissait comme il n'avait jamais fait auparavant pour aucun animal. Il n'existait rien de moralement plus immonde. Il s'était bien douté que ce ne serait pas rose, mais il n'avait pas imaginé l'ampleur du dégoût que cet élevage lui inspirerait d'autant qu'il était loin d'atteindre les objectifs de rendement que le groupement fixait ; il ne recevrait jamais le cochon de cristal, la récompense qu'on attribuait aux meilleurs engraisseurs.

Une fois sorti, Patrick se précipitait sous la douche pour faire disparaître l'odeur tenace et infecte qui collait à sa peau et à ses cheveux. Il était comme tatoué, il puait le cochon à en devenir fou. Il avait demandé à Irène de se procurer les savons les plus parfumés. Il avait tout essayé, tous les désinfectants, tous les parfums en spray ; l'odeur parfois disparaissait puis revenait en quelques heures. Irène lui répétait qu'il ne sentait rien, et c'était vrai, que c'était une idée, qu'il exagérait, lui, puait le cochon à en vomir.

Aujourd'hui, il prenait congé des deux mille cochons. Leur séjour s'achevait. Dans quelques jours, après avoir désinfecté le local, on lui livrerait deux mille porcelets sevrés et des tonnes d'aliments. Croyant que Le Hénin venait remplir leurs auges, les cochons commencèrent à grogner, à « rouinster », disaient les vieux. Des porcs obèses à la chair gonflée, comme soufflée, au teint blafard de bêtes d'intérieur qui tenaient à peine sur leurs pattes, ne pouvant pas même s'étaler avec suffisance. Pas de confort pour ces gorets qui ne connaissaient que l'univers bétonné et gris de la porcherie, la lumière des néons et la soupe préfabriquée que Le Hénin leur composait pour arriver au plus fort tonnage de viande au mètre carré. Il se sentait non plus éleveur, mais vidangeur, canalisateur, balayeur et sans reconversion possible. Il était enchaîné à ses porcs. Le pire était que, sans lui, les cochons pourraient se débrouiller seuls dans la nature ; mais lui, sans eux, que deviendrait-il ? Les échéances tombaient avec la même régularité que la soupe déversée dans les auges.

Parfois il rêvait qu'il ouvrait les portes et chassait les porcs, qu'il les envoyait à la glandée sous les beaux chênes de la forêt de Bellême. Les bêtes éclopées, vacillantes, s'approchaient de la sortie en se bousculant, puis brusquement, effrayées par l'herbe verte, l'espace infini, le grand air, elles reculaient en gueulant ; deux mille cochons apeurés qui faisaient marche arrière, renversant Le Hénin, l'écrasant, le piétinant.

Le Hénin regarda sa montre. C'était l'heure. Les camions approchaient, il entendait les moteurs ronfler dans la côte. On faisait cela à l'aube, on les prenait par surprise dans leur sommeil pour les conduire à la tuerie. Le jour, ils auraient senti la mort, et cela rendait la tâche plus rude. Les grognements résonnaient sous l'atelier en tôle. Si les porcs rechignaient trop à grimper dans les camions, les hommes sortaient les aiguillons à piles ou bien n'hésitaient pas à frapper les plus récalcitrants avec la griffe à métal qui servait au marquage.

Des coups qui tuaient la viande. De la viande à mettre sous vide, que Le Hénin ne pouvait plus manger. Il avait l'impression de mâcher de la matière synthétique et puante.

Si encore la graisse de ces sales cochons se transformait en bénéfices, mais cela lui rapportait tout juste de quoi rembourser ses crédits, car le cours du porc s'était brutalement effondré dans l'année qui avait suivi l'installation. Irène avait assisté, impuissante, à ce qu'elle appelait « la catastrophe ». Elle s'en était prise à Garnier qu'elle harcelait au téléphone. Belliqueuse, elle lui demandait des comptes, des règlements et vice versa. Elle l'accusait, le rendait responsable. Celui-ci avait beau lui expliquer que c'était inévitable, que le marché du porc « ça a des hauts et des bas, que ça reprendrait bientôt, que les beaux jours reviendraient », elle s'agaçait. Chaque matin, elle ouvrait le journal *Ouest-France* avec la même impatience, cherchait la page consacrée à l'agriculture, pour connaître le cours du porc au centime près avec la même âpreté qu'un actionnaire en Bourse.

Lorsqu'elle passait devant le Crédit agricole, Irène frissonnait de colère. Elle n'osait plus parler des cochons, un mot devenu interdit, un mot tabou. Le

Hénin faisait de même et, pour se comprendre, ils utilisaient un code : « Tu vas là-haut ? — C'est l'heure ! Il faut que j'y aille ! », ou « Ils vont arriver la semaine prochaine », « Dix centimes de plus », quelques mots suffisaient pour se comprendre. Lorsqu'on leur demandait si ça marchait bien, ils échangeaient rapidement un regard complice et répondaient, comme deux tricheurs associés, par un : « Oui, tout va bien », pour mettre fin à la curiosité des uns et des autres, et ne se lamentaient jamais, affichant un air serein. Cela devenait un mystère. On ne voyait rien, on ne savait rien, on sentait seulement l'odeur, une odeur étrangère, la seule preuve que la porcherie était réellement habitée.

Par prudence, Le Hénin continuait à engraisser des taurillons qui ne rapportaient pas autant qu'il l'aurait souhaité, car tous les agriculteurs qui avaient arrêté le lait s'étaient reconvertis dans cet élevage intensif, et le marché était saturé. Le prix de la viande bovine baissait. Les agriculteurs accusaient les bouchers, les intermédiaires, cherchaient des boucs émissaires, des responsables, ne trouvaient rien et subissaient leur malheur en continuant de travailler. Heureusement il y avait les aides de l'État et certains s'en sortaient plutôt bien, mais plus personne n'espérait faire fortune avec ces bestiaux.

Le cochon, cela rapportera gros un jour ou l'autre, vous verrez, répétait Garnier. Irène voulait que ce soit maintenant. Elle avait eu la porcherie, mais ce succès accompli, déjà oublié, enfoui, ne suffisait pas pour la faire triompher. Elle s'impatientait.

Le soir, dans la cuisine des Égliers, elle regardait avec force par la fenêtre, fixant l'horizon comme pour briser les limites que les murs lui imposaient, et glissait vers d'autres lointains. Elle restait ainsi, le menton relevé. Cela faisait sept années qu'elle vivait là. Elle comptait en pianotant sur la table les années qui résonnaient comme les notes d'une partition qu'elle jouait chaque jour aux Égliers. Le temps conjugal était un repère, cela avait pour elle quelque chose d'éternel qui la rendait muette. Les deux autres, comme des soldats, attendaient qu'elle parle. Ils ne lui reprochaient rien. Jamais ils n'oseraient. Mais Irène savait. Et ce silence l'ennuyait. Leur obéissance aussi. Elle avait cessé de rire trop fort, elle n'aimait que les rires francs, les rires gratuits, les rires pour rien qu'elle jetait bruyamment avec désinvolture pour défier le temps, la peur ou la tristesse.

Un samedi, elle annonça qu'il fallait sortir, qu'ils iraient dîner au restaurant. Le Hénin l'avait suivie. Ils avaient pris l'apéritif dans un café puis s'étaient rendus au restaurant du Grand Cerf. Irène buvait trop, elle parlait moins, lui, ne disait rien, mais son silence habituel pesait comme une chose morte. Les bruits de conversation, le vin, la nourriture leur avaient fait oublier les cochons. L'envie de s'évader la reprit le samedi suivant, et elle traîna Patrick, fatigué, usé, absent, goûter aux meilleures cuisines de la région, puis ils fréquentèrent des établissements moins renommés mais plus chaleureux où Irène pouvait se tenir comme il lui plaisait, parler et rire bruyamment dans des salles enfumées où la nourriture était servie à profusion, où on s'abandonnait une fois repus à la plénitude d'avoir bien mangé jusqu'à ce que l'euphorie se dissipe.

Patrick l'accompagnait. Il voulait lui plaire, la séduire, toujours et encore. Un soir, il s'était montré récalcitrant, elle avait menacé d'inviter Garnier. Elle avait d'ailleurs des choses à lui dire. Garnier qui grisonnait légèrement aux tempes et qui regardait Irène avec le même appétit. À Saint-Hommeray, il continuait sa vie de notable local, s'occupant de ses administrés avec attention, accordant des crédits, des avantages, des passe-droits à ceux qui s'inclinaient devant lui. Il avait eu le dossier du fils Tessier entre les mains et donna un avis favorable en pensant que la querelle avait assez duré et que, étant vainqueur, il pouvait, sans rancune, laisser un jeune s'installer. D'ailleurs Pierre

Tessier lui plaisait bien. Il ne s'embarrassait pas des manières paysannes. Il prenait les choses avec un optimisme étonnant et parlait sans réticence. Garnier aurait préféré avoir le fils plutôt que le père dans le conseil municipal. Pour le moment, Pierre produisait du lait.

Après la mise en place des quotas, la situation s'était assainie et les exploitations laitières se portaient bien. Garnier ne pouvait pas dire le contraire, pourtant son opinion n'avait pas changé ; il fallait être arriéré pour rester au cul des vaches même si cela rapportait de l'argent. L'élevage traditionnel était trop asservissant, il encourageait les jeunes à devenir des agriculteurs modernes. La technologie le passionnait. Il rêvait d'ordinateur, d'informatique. C'était même son principal sujet de conversation avec Irène qui en profitait, se servant de Garnier pour tester ses arguments de vente et lui présenter en primeur les performances des engins dont elle faisait la démonstration et qu'elle vendait avec toujours autant de succès.

Elle oubliait parfois les règles de prudence et laissait le maire la frôler. Il n'allait pas loin, se contentait de fragments d'espoir, de proximité, de parfum qui l'enivrait suffisamment. Son désir restait intact, sans distance. Chaque fois qu'il pensait à cette femme, il se mettait hors de lui. Il avait depuis longtemps oublié d'être lucide. Il acceptait cela et n'abandonnait pas l'espoir de devenir un jour son ravisseur. Il vivait dans cette terrible dépendance mais délivré de monotonie et de toute possible vieillesse, dans ce rêve qui l'éveillait, le propulsait. Il suffisait d'un rien, d'un mot. Il ramenait tout vers cette femme. Il s'orientait à partir d'elle. Il construisait sa vie ainsi, ne luttant qu'avec la fureur abrupte de l'envie. Il rêvait d'Irène à tort et à travers. Il parlait avec elle comme un ventriloque, mais, une fois devant elle, cédait au silence d'une réalité qu'Irène lui imposait avec les mêmes sourires, les mêmes regards, trompeurs et meurtriers. Des moments cruels d'impossibles réajustements.

Dans tout l'Ouest, elle était l'unique femme représentante en machines agricoles, et la meilleure vendeuse de chez Massey Ferguson. Même les jeunes loups n'accrochaient pas les clients avec une telle rapacité. Irène ne s'inquiétait de rien, elle avait trop faim de vie, et mangeait chaque jour. Dans sa spontanéité, son refus de regarder devant ou derrière elle, elle imaginait que Patrick la suivait avec la même ardeur.

Elle roulait en coupé Mercedes, portait des tailleurs qu'elle achetait au Mans, se parfumait sans compter. Elle ne voyait pas son mari qui boitait au quotidien, qui s'émiettait, se réfugiant dans une vie au futur, incapable de profiter du présent. Les cochons s'engraissaient sur sa peau. Lui qui aurait dû s'arrondir, prendre de l'ampleur, se desséchait, et personne ne s'en s'apercevait. Le Hénin travaillait trop, il avait beau multiplier la puissance de ses bras, il n'y arrivait plus. Astreint à de multiples contraintes et règlements pour les épandages, il ne faisait plus face. Régulièrement certaines terres n'étaient pas labourées à temps pour recevoir le lisier. Il avait fait creuser une troisième fosse sans demander d'autorisation. Il ne comprenait plus rien à la politique agricole. Il avait peur de l'avenir. Au gouvernement, on parlait de mettre des terres en jachère. On leur retirait le pain de la bouche. Il aurait souhaité se spécialiser, ne plus faire de tout mais les fluctuations des marchés l'en empêchaient.

Toutes les nouvelles étaient mauvaises, du moins il n'entendait que celles-ci. Il savait que la barbarie était revenue, que des atrocités étaient commises à quelques heures d'avion de chez lui, on cognait, on brisait des hommes, on piétinait des cervelles sous prétexte de construire l'avenir, au nom de l'injustice passée et de la justice à venir, que des catastrophes quotidiennes survenaient, qu'il y avait des bandits aux commandes du pays. Il se sentait menacé par ce monde en faillite, le progrès devenait source d'incertitudes. Il n'avait plus la force d'inventer. Il ne savait même plus ce qu'il était exactement : un paysan, un agriculteur, un cultivateur, un producteur, un entrepreneur, un agromanager, un exploitant rural, il était encore français, mais demain ? Cela n'avait d'ailleurs plus d'importance. Seule, Irène comptait, elle seule savait le ramener avec entrain dans le présent, le leur. Il vivait alors dans son effervescence, cette chaude exubérance qui le fortifiait. Dès qu'elle surgissait dans son champ de vision, une sensation de bien-être le rassurait, il était satisfait de l'avoir avec lui, d'être maître d'une telle beauté. Il éprouvait de la fierté, comme au début quand ils sortaient ensemble.

Jamais Patrick ne la laisserait seule le samedi soir ; qu'importe le lieu, il l'accompagnerait. Malgré la fatigue, il la suivit au bal, celui des pompiers, celui de la poste. Ils faisaient le tour de tous les bals musette. Ceux des fêtes communales. Il y avait toujours un repas qui précédait, on mangeait sans manière une choucroute, un couscous, un méchoui en buvant du vin gouleyant, qui faisait venir le plaisir qu'on prenait gros à pleine bouche, à pleine voix. On reprenait du fromage à volonté, du dessert. On mangeait. Les bruits de fourchettes et de mâchoires, celui des conversations résonnaient dans la salle des fêtes aux murs jaunes, puis l'orchestre s'installait, les gens poussaient les tables et, un à un, les couples commençaient à tourner sur la piste, passant des bras de l'un aux bras de l'autre. La sueur perlait aux tempes, mouillait les vêtements. Les danseurs muets retournaient parfois s'asseoir et buvaient. Ils devançaient la nuit avec entrain. Les premières fois, Le Hénin faisait signe à Irène qu'il était minuit et qu'il fallait rentrer. Elle le prenait par le bras, lui souriait :

— Allez, encore une danse, la dernière, lui disait-elle d'une voix possessive.

Il cédait et, de valse en valse, elle gagnait un quart d'heure, une demi-heure. Puis il avait refusé de danser, il se sentait rouillé, lourd et maladroit, il n'aimait pas onduler contre les corps des femmes, il n'aimait pas les prendre par la taille pour les faire tournoyer. Irène, elle, ne ressentait aucune fatigue. Elle valsait en faisant glisser sa chevelure épaisse sur sa belle poitrine de femme. Ses hanches se balançaient avec rythme, et chacun rêvait, en voyant ses longues jambes qui tournaient, tournaient, soutenues par la musique, toujours la même, qui l'emportait sans jamais l'étourdir. Les couples s'écartaient sur son passage, mais elle ne voyait rien. Elle ne souriait pas, elle dansait, altière. Rien n'aurait pu ralentir son pas, elle ne s'arrêtait qu'avec la musique.

Bâillant, abruti de sommeil, la tête vide, Patrick promenait ses yeux fatigués sur les danseurs toujours en mouvement qui lui donnaient le vertige. Il regardait le corps d'Irène qu'aucune grossesse n'avait élargi ni déformé ; de cela plus personne ne parlait, eux encore moins que les autres. Il voyait ses mains aux ongles rouges posées sur les épaules des hommes qui menaient Irène vers l'oubli du quotidien.

Il regardait les gens quitter la salle. Les familles partaient les premières. Les heures passaient et ceux qui restaient ne se rendaient plus compte de rien. Les musiciens finissaient par ne jouer que pour Irène et lui accordaient toujours une dernière danse, car on ne refusait rien à ces déesses-là.

Dans les bals, Le Hénin retrouvait d'autres cultivateurs. Pour ou contre, personne ne parlait plus de la porcherie. C'était une affaire classée. Seul le vent, en dispersant parfois les odeurs, réveillait les mémoires des habitants proches du lieu.

Après trois danses, Le Hénin s'asseyait pour ne se relever que lorsque Irène le décidait. Ses voisins de table lui parlaient. Ce n'était guère fatigant, car on répétait souvent les mêmes choses avec les mêmes mots, les mêmes haussements d'épaules, les mêmes grognements. On mastiquait les nouvelles, on les digérait lentement. On en faisait autant des rumeurs.

Un samedi soir, un couple s'installa en face de Patrick. L'homme était rond, plutôt court en taille. Il repoussa les verres vides qui se trouvaient devant eux. Il fixait Patrick qui se détourna légèrement.

— C'est vous, Le Hénin ? demanda la femme d'une voix forte, mal contenue.

— Oui.

— Alors la porcherie, c'est à vous ?

— Pourquoi vous me demandez ça ? fit Le Hénin en plissant étroitement les sourcils et tendant l'oreille car la musique couvrait les voix.

La femme devait être assez jeune, elle portait une robe aux couleurs criardes, comme on en trouve sur les marchés, elle était grosse, elle débordait de la chaise. Elle avait un visage sans souci, sans signe particulier. Elle se pencha vers Le Hénin.

— Vous connaissez monsieur Morel ?

— Oui, pourquoi ?

— C'est mon oncle

— Je ne savais pas !

— Je suis sa nièce et chez nous, quand on prononce votre nom, y a comme une envie qui nous ronge de l'intérieur, ça se brouille là, disait-elle, le doigt sur le front.

Patrick Le Hénin resta muet devant cette femelle à la voix hargneuse.

— Parce que vous savez ce qu'il lui est arrivé à mon oncle Antoine ?

Il fit non de la tête, ses paupières battaient comme les ailes d'une mouche engluée, son regard était rivé à la femme, devinant qu'un flot de pensées mauvaises le visait, lui, directement.

— Vous savez donc pas ?

— Non, je suis pas au courant.

— On vous a pas dit qu'il était à l'hôpital ?

— Non, fit-il effrayé.

— Pourtant, vous habitez près de sa ferme.

— J'ai pas le temps de m'occuper des affaires des autres, s'enhardit Le Hénin.

— Dommage. Puisque vous le savez pas, eh bien, moi, je vais vous dire ce qu'il est devenu : mon oncle y cause plus, et par votre faute. Il se pourrait bien que vous regrettiez de l'avoir mis dans cet état.

Elle parlait sans excitation mais avec la colère de ceux qui ont mûrement réfléchi leur indignation et qui se sentent soudain apaisés de pouvoir enfin menacer quelqu'un. Son compagnon approuvait d'un sourire ironique chaque parole criée par la nièce rondouillarde. Le Hénin aurait voulu protester mais les yeux de la femme luisaient trop.

Le Hénin n'ignorait pas que Morel avait perdu la tête. Cela avait eu lieu au Crédit agricole. Morel attendait au guichet devant lui. Patrick n'avait pas reconnu tout de suite les épaules amaigries, tassées, du vieillard qui vacillait devant lui. Lorsqu'il se retourna, Le Hénin recula légèrement et hésita avant de le saluer d'un simple mouvement de la tête. Alors Morel se redressa :

— Tiens, v'là le porcher, il vient payer ses dettes. Un rire éraillé ponctua ces premières paroles. Ah ! t'es propriétaire sur papier mais, en vrai, c'est la banque qui te possède ! Pour être maître chez soi, mon gars, faut rien devoir à personne, faut pas même emprunter un outil. Toi, tu n'es plus qu'un valet. Personne n'est dupe et, avec ta rouquine, c'est pas la peine de prendre vos airs de seigneur. Patrick Le Hénin, celui qui bouffera les petits, l'industriel à lisier, l'empoisonneur des campagnes ! Tu l'as eue, ta porcherie, et maintenant tu veux jouer les riches ! Tu verras, un jour, la terre se vengera !

Morel, le doigt pointé vers Le Hénin, menaçait à la manière d'un prophète. Derrière les guichets, les employés regardaient, interdits. La voix de Morel, une voix puissante et cristalline qui sortait de ce corps en débris, leur faisait peur.

Morel s'enferma ensuite chez lui et, après plusieurs nuits sans repos, il sombra dans un mutisme fiévreux, oubliant de manger, ne sortant plus de sa ferme. Sa nièce venait régulièrement faire un peu de ménage, des courses, et lui tenir compagnie. Elle se désespérait de voir son oncle prostré derrière la fenêtre. Il n'avait plus que la peau sur les os. Un matin, elle le trouva tout agité. Il avait décidé de ranger le fournil où il remisait ses outils. Elle soupira d'aise de le voir reprendre goût à la vie et se mit à son tour à l'ouvrage, lavant le sol à grands coups de serpillière, puis elle fit la corvée de bois. Une averse brutale la surprit au moment ou elle traversait la cour. Elle se réfugia dans le fournil et hurla en voyant son oncle et un long hurlement résonna dans la ferme.

Morel était debout à côté d'un escabeau, les bras ballants, le regard apeuré. Une corde avec un nœud coulant pendait, immobile, à la hauteur de son visage. Morel regardait sa nièce qui criait et qui le secouait. Il aurait voulu qu'elle se taise, mais elle continuait ce vacarme qui lui faisait mal dans la tête. Elle pleurait en l'emmenant de force à l'hôpital. Là-bas, Morel retrouva la raison, mais pas le souffle de la vie. Le Hénin n'avait rien su de la corde. Morel était resté à l'hôpital comme un pantin hébété que rien ne faisait sourire, pas même les premiers sifflements du merle, qui, autrefois, auraient fait briller ses prunelles, désormais mortes à toute beauté.

La femme s'était tue et regardait Le Hénin avec un aplomb inébranlable, certaine que c'était à cause de lui que son oncle avait le cerveau dérangé.

Troublé, Le Hénin cherchait Irène dans la salle, tout en sachant que, de si loin, elle ne lui serait d'aucun secours, car elle ne pouvait deviner sa détresse. Il lui fallait donc rester face à face avec cette femme et cet homme minables, qui le défiaient. Il aurait pu bredouiller quelques excuses, mais son orgueil de paysan le lui interdisait.

— Alors, qu'est-ce vous dites de ça, hein ! reprit la femme.

— Je n'ai rien fait. Votre oncle avait une lubie : m'empêcher de travailler.

— C'est faux.

— Comment ! C'est lui qui était contre la porcherie.

— Il était pas le seul, mais les autres avaient pas le courage de le dire tout haut.

— Je vous dis que c'était une lubie. La preuve, c'est que personne ne se plaint aujourd'hui. Votre oncle m'en voulait. Il s'est fait du mal tout seul.

— Il avait rien contre vous.

— Alors pourquoi avoir fait toutes ces histoires, la pétition et tout le reste ?

— Il en avait après votre façon de vouloir faire du cochon.

Un danseur heurta violemment la chaise de la nièce et se rattrapa à son épaule sans s'excuser. Le danseur se mit à rire, un peu ivre et étonné de voir l'expression de la femme, furieuse d'être interrompue. Leurs voisins de table avaient vu le danseur perdre l'équilibre, ils les regardaient, lui et la nièce, dans l'attente d'un scandale. Le Hénin en profita pour se lever et se diriger tout droit vers la sortie. Il n'avait plus qu'une envie, fuir tout ce monde.

Dehors, la musique se fit plus lointaine. Le Hénin s'arrêta et se mit à pisser comme un ivrogne, le corps chancelant. Il aurait pu vomir tant il sentait la nausée monter en lui, il suffisait de penser aux cochons, à la chaleur dans la salle, au visage de la nièce, mais il se contenta de soulager sa vessie.

Il se réfugia ensuite dans sa voiture et démarra rapidement. Il reviendrait chercher Irène plus tard, quand il ne sentirait plus ses mains trembler, prêtes à serrer le cou gras et dodu de cette grosse fille. Il regarda ses mains qui avaient connu la terre, le fumier, le fer, le bois, la peau lisse d'Irène, des mains toutes grainées, aux ongles striés, des mains qui sentaient le cochon, qui râpaient les tissus fins et filaient les collants des femmes, des mains qui pourraient tuer.

18

C'était l'heure de la traite. Louis cheminait dans le champ pour ramener les vaches, accompagné de son chien qui menait bonne garde, courant de l'une à l'autre, ramenant celles qui tentaient de s'écarter du troupeau. Des nuages noirs menaçaient le ciel et la terre que le vent tourmentait depuis le début de la matinée, faisant onduler les blés d'un vert presque gris. Louis marchait d'un pas souple dans l'herbe épaisse, tout en mâchouillant un brin de blé. D'un œil attentif, il jaugeait ses cultures. Le maïs levait bien sous l'alternance de la pluie et du soleil, les blés commençaient leur épiaison. Les étendues jaunes de colza d'une luminosité stridente griffaient le ciel noir d'une lumière d'acier. Une nouvelle averse de printemps balaya les champs, parfumant la terre. La pluie glissait sur les feuilles et tombait à grosses gouttes. Suzanne attendait à l'abri sans céder à la contrariété de cette pluie soudaine qui coupait la journée et rappelait à l'ordre l'enthousiasme naissant.

Il pleuvait encore, il pleuvait toujours, personne ne se résignait à ces pluies monotones et insistantes que rien n'arrêtait, qui nourrissaient les cultures, engrossaient la verdure jusqu'à la démesure. Des pluies menaçantes et brutales qui se jouaient de caprices et interrompaient selon leur bon vouloir le travail des hommes, indifférentes à leur sort. Des pluies qui brouillaient la lumière, qui faisaient la nuit le jour, ravinaient les sols et sculptaient les paysages d'ombres noires. Verticales ou obliques, elles tombaient et saturaient la terre qui dégorgeait.

Suzanne attendait l'éclaircie, un coin de ciel ouvert d'un bleu timide, qui ne durerait pas. La pluie s'était arrêtée le temps de se reprendre, le temps aux nuages de faire le plein avant de crever de nouveau. On se taisait devant tant d'arrogance, car la richesse se mesurait à cette immensité pluvieuse qui imprégnait et éclaboussait tout sans vergogne. Pluies de printemps, pluies précieuses, avant celles de l'été qui attendaient parfois des jours pour tomber, qui restaient suspendues à des ciels gonflés de nuages immobiles et faisaient jurer les hommes maussades qui s'énervaient d'être dans le désir de cette pluie qu'ils n'aimaient pas mais qui leur faisait du bien, en attendant celles de l'automne qui donneraient à la terre ces parfums troublants de bois et d'humus. On se plaignait d'elles, de toutes les façons, sans fin, à l'unisson, qu'elles cessent ou reviennent. Aujourd'hui, il pleuvait et les vaches avançaient à la file indienne selon un ordre qu'elles s'étaient créé et qu'elles répétaient matin et soir. Louis et Suzanne travaillaient en silence, se tournant le dos. D'un geste précis, ils accrochaient les gobelets aux trayons et attendaient que le travail se fasse.

— Regarde ! cria Suzanne.

Louis se retourna. Il vit les mamelles de la Prim'-Holstein, vides et plates comme des chiffes.

— Ce matin, elle avait du lait ! Celle-là nous couve quelque chose.

Louis prit la suite pendant qu'elle cherchait le thermomètre. La vache avait quarante et un.

— Qu'est-ce qu'on fait ?

Il ne répondit pas, resta un moment penché sur la vache qui respirait lourdement, puis examina les autres et annonça simplement qu'il ferait une piqûre d'antibiotiques. Suzanne soupira et reprit le travail, anxieuse et contrariée.

Après avoir nettoyé la laiterie au jet d'eau, Louis rejoignit Suzanne dans l'étable pour piquer la bête qui s'était couchée de tout son poids sur la paille et qui ne bougeait plus. On entendait l'eau des gouttières ruisseler sur la terre pleine.

— Il ne reste plus qu'à attendre, fit-il.

Dans la nuit, elle l'entendit se lever plusieurs fois. Au matin, la vache avait une forte diarrhée verdâtre et la même température. Louis demanda à Suzanne d'appeler le vétérinaire. Il n'avait pas le temps de le faire, il devait partir maintenant avec Pierre labourer des parcelles.

Suzanne ouvrit les barrières, dirigea le troupeau vers la salle de traite et se mit à l'ouvrage, la tête encore pleine de sommeil, râlant contre le coût d'une consultation, contre la pluie qui tombait et soudain jura : une deuxième bête avait le pis mou. Elle monta immédiatement sur le quai pour constater de plus près l'œil fiévreux de l'animal puis redescendit.

Toute la journée, en dépit de la pluie qui tombait à verse, Suzanne fit d'incessants allers et retours entre la maison et l'étable où elle restait debout, soucieuse et perplexe, derrière les deux vaches qui s'étaient rencoignées comme pour mourir. Une des deux attendait un veau et risquait d'avorter. En plus de la fièvre tenace, il y avait eu des diarrhées sanguinolentes qui venaient par épisodes. À chaque flot d'excréments qui sortait en jet des entrailles de la vache, Suzanne serrait les mâchoires. Le soir, elle découvrit une troisième vache malade. Malgré les antibiotiques, la fièvre ne baissait toujours pas.

Le vétérinaire arriva un peu plus tard. Cela faisait quinze ans qu'il s'occupait de leur élevage, qu'il soignait leurs bêtes, passant parfois la moitié de la nuit en leur compagnie pour un vêlage difficile. De longues heures où on se confiait quelquefois. Grâce à lui

Suzanne avait innové dans sa façon de soigner les bêtes. Elle avait toujours eu confiance en cet homme qui partageait leurs soucis et leur volonté d'avoir un troupeau en bonne santé.

— C'est sérieux, fit-il immédiatement en fronçant les sourcils. J'ai bien peur que ce ne soit la salmonellose et que l'épidémie gagne tout le troupeau.

Il fit des prélèvements de selles et prescrivit un traitement d'antibiotiques, mais, le lendemain, ce fut le tour de deux autres génisses. Décidément, cela tournait mal et il fallait en plus que la pluie s'en mêle. Du matin au soir, on pataugeait dans la boue. À l'intérieur, l'humidité écumait sur les murs, voilait les vitres. Le pain était mou et tordu.

Malgré la puanteur qui régnait dans l'étable, Suzanne s'attardait, incapable de s'en aller. Elle tournait avec une inquiétude grandissante autour des bêtes amaigries, la croupe maculée de sécrétions visqueuses et qui n'avaient plus la force de ruminer ni même de lever la tête. Huit vaches au total, dont quatre pleines, qui n'iraient pas au bout de leur gestation. Suzanne ne comptait plus, n'osait même plus imaginer ce que cela leur coûterait. La maladie pouvait s'étendre au reste du troupeau, et s'ils perdaient celui-ci jamais ils ne pourraient remonter un cheptel en entier. C'était financièrement impossible. On ne mangeait plus ou à peine chez les Tessier. On attendait.

Le vétérinaire devait repasser dans la soirée. Il n'y avait pas eu de nouveau cas, mais deux vaches se vidaient. Dès qu'elle entendit la voiture au bout du chemin, Suzanne se leva et, d'un pas pressé, alla à sa rencontre.

— Vous avez des nouvelles ? lui demanda-t-elle sans le moindre préambule.

— Il faut compléter les analyses, on sera fixé demain sur l'antibiothérapie.

Les Tessier savaient que ce microbe était redoutable, qu'il pouvait entraîner la mort chez l'animal et chez l'homme. La nuit fut longue, des heures de sommeil effiloché. À tour de rôle, ils allaient dans la grange surveiller les bêtes. Pierre aussi se levait. Au matin, ils se réveillèrent blêmes et usés, n'attendant rien de bon de ce nouveau jour.

Le vétérinaire arriva vers dix heures et annonça que c'était bien ce qu'il pensait, qu'il fallait traiter tout le troupeau, ainsi que les veaux qui naîtraient par la suite, car les vaches pouvaient leur avoir transmis le microbe. Un autre foyer s'était déclaré dans une ferme située à quelques kilomètres en amont de la Châtaigneraie. Il devait informer les services vétérinaires.

— Et le lait ?

— Faudra le jeter, répondit-il en évitant de regarder Suzanne.

Il savait que l'épidémie pouvait anéantir le travail de toute leur vie et mettre fin aux projets d'installation de Pierre. Son engagement et sa responsabilité étaient en jeu.

— Pendant combien de jours ?

— Une huitaine au moins. Après, il ne faudra plus jamais boire de lait sans le faire bouillir.

Suzanne regarda Louis. Le mal avait pénétré dans la ferme.

— Huit jours ! répéta Suzanne incrédule.

— C'est le délai d'attente.

— Comment les vaches ont-elles attrapé cette saloperie ? demanda-t-elle.

— Votre troupeau, comme celui du voisin, s'abreuve à la rivière ; c'est certainement avec l'eau. Et le mieux serait de prendre des mesures pour les empêcher de boire cette eau-là.

Suzanne s'indigna : leurs vaches avaient toujours bu l'eau de la rivière et elles n'avaient jamais été malades ! Louis allait devoir enclore les herbages, y amener l'eau et la payer. Elle écoutait à peine les prescriptions du vétérinaire qui auscultait le restant du troupeau pour tenter de dépister un nouveau cas. Elle était trop bouleversée à l'idée de perdre des milliers de litres de lait. Le vétérinaire continua de leur faire diverses recommandations concernant les mesures d'hygiène à prendre : isoler les bêtes malades, se laver les mains avec un désinfectant, se méfier des bottes souillées qui transportaient les microbes.

Le lendemain, Louis se rendit à la ferme voisine. Les derniers nuages s'étaient effacés, poussés par un vent frais qui avait fait cesser les pluies. Le ciel bleu brillait de nouveau, plein d'espoir. Un ciel propre, comme neuf. La terre, encore humide, sécherait au cours de la journée. C'était la première fois que Louis rendait visite à ces voisins-là. Les haies qui, pendant des siècles, avaient protégé les bêtes, continuaient de séparer les hommes, nourrissant cette méfiance ancestrale des uns envers les autres. Des haies qu'autrefois, dans le Perche, on avait l'habitude de tresser pour mieux se clôturer, des haies qui avaient fait d'eux des taiseux. On évitait de se fréquenter ; si besoin était, on se recevait dans la cour. Louis parla de la pluie et du retour du soleil. Parler du temps, c'était aussi parler des cultures, de l'herbe, de celle que mangeaient les vaches.

— Paraît que vous avez des bêtes malades ? lança-t-il d'une voix monocorde, laissant l'interrogation en suspens.

— Sept vaches, dont une qu'est bien mal en point.

— Nous, on en a huit, répondit-il.

Louis parlait avec prudence. Il ne prononça pas tout de suite le mot de salmonellose, le mettant en attente. Il voulait s'assurer que les autres étaient en colère. Une colère qui éclata toute seule.

— La salmonellose ! Et tout ça, à cause du lisier de l'autre salaud ! fit l'homme en brandissant le poing vers les Égliers. Faire une saloperie pareille, faut avoir perdu la tête ! ajouta-t-il.

Louis regardait le couple avec étonnement. La femme, voyant qu'il ne comprenait rien, lui expliqua que, quelques jours plus tôt, la rivière était devenue aussi noire que du mazout ; que le lendemain, l'eau moussait, que c'était du lisier, celui que Le Hénin avait déversé parce que sa cuve était pleine.

— Voilà comment cette saloperie est venue dans l'eau et ça a empoisonné nos bêtes.

— Vous êtes sûrs ?

— Y'a pas d'autres porcheries dans le coin. Y a un gars qui travaille de temps en temps chez lui, Raymond, vous connaissez ?

— Oui

— Il était la veille aux Égliers, et Le Hénin s'est plaint qu'il avait du lisier à plus savoir quoi en faire. C'est lui qu'a fait le coup.

— Ses cochons, on risque pas de les empoisonner, ils sont sous clef, personne ne peut les approcher. Pour rentrer là-dedans il faudrait défoncer la porte à coups de hache ! fit la femme d'une voix sourde.

— Tais-toi donc ! En attendant, nos vaches peuvent bien crever, personne va nous rembourser. Et c'est pas la première fois que ça arrive. L'année dernière, à la suite des orages, les champs en pente ont été lessivés, et le lisier a coulé jusqu'à la rivière, on a eu trois bêtes malades.

Louis leur demanda s'il ne fallait pas informer les services qui s'occupaient des contrôles d'hygiène et peut-être porter plainte. À ces mots, le couple répondit en chœur qu'ils ne voulaient point faire des histoires avec le voisinage. D'abord, c'était trop tard, il aurait fallu prélever l'eau de la rivière le jour même pour la faire analyser afin de prouver la présence de lisier. Maintenant que le mal était fait, ils s'en accommoderaient.

Louis s'attendait à cette dérobade. Il suffisait de voir la femme qui regardait tout autour d'elle avec des yeux inquiets, comme si Le Hénin allait surgir dans la cour et lui demander des comptes. Finalement, ils allèrent ensemble voir les vaches malades. L'une d'entre elles leva péniblement la tête et poussa un faible meuglement, une plainte devant les deux hommes immobiles qui s'interrogeaient en silence sur ses chances de survie.

Louis rentra chez lui et commença la traite avec Suzanne. Tout à l'heure, ils déverseraient le contenu du tank dans la mare. Du travail pour rien.

Pierre, qui les aidait, regardait les bêtes avec la même inquiétude que ses parents. Rien ne pouvait les rassurer. Il fallait attendre. Le travail leur parut interminable.

Suzanne, incapable de maltraiter ses vaches, contenait sa colère puis, par moments, elle pleurait. Lorsqu'il fallut vider le lait du tank, Louis sortit un paquet de cigarettes de sa poche. Il craquait ! Pierre regarda son père allumer la cigarette et sentit comme un danger planer sur eux. Suzanne resta muette pendant que Louis sortait le tuyau du tank à l'extérieur de la laiterie.

Le lait se déversa, chaud et onctueux, plus d'un millier de litres coulaient dans la mare noire et épaisse qui se marbrait de blanc. Une chatte s'approcha du gisement blanc si tentant qui giclait partout et reçut un coup de pied pour l'éloigner du poison. Jeter leur production de lait ! Tout leur travail ! Ils n'avaient jamais fait cela. Le père, la mère et le fils regardaient, accablés, ce gâchis qui se ferait, malgré eux, deux fois par jour.

— Maintenant, il faut espérer que les vaches guérissent, fit Pierre d'un ton ironique.

Ce soir-là, il n'y eut pas de lait au dîner. Suzanne n'avait pu se résoudre à en acheter au magasin. Elle sortit une pizza du congélateur et posa un pichet d'eau sur la table. La pizza était comme du caoutchouc. On mastiquait en silence. Un silence qui faisait tache, s'imprégnait comme de l'huile. On ne respirait plus. Après le repas, Louis reprit une cigarette. En voyant cela, Suzanne serra un peu plus les dents, se rappela le Clos des Forges, la puanteur quand Le Hénin venait épandre son lisier devant chez eux, les menaces pour son fils et maintenant la salmonellose. Elle se sentit soudain très seule. Elle regardait son fils qui venait d'allumer la télé. Elle était fière de ce beau jeune homme, de sa vitalité, de son regard franc et lumineux.

Pierre ne ressemblait pas à son père. Il se comportait autrement. Il manquait presque de réserve à l'égard des gens vers qui il allait spontanément, interrogeant, écoutant comme si chacun avait quelque chose de particulier à transmettre. Il n'attachait aucune importance aux choses, ne prenait jamais parti. Il ne reprochait rien au Hénin, encore moins à la rouquine qui lui avait vendu son premier tracteur. Il l'avait trouvée formidable et s'amusait à raconter comment il avait obtenu une super-remise.

Suzanne n'aimait pas le sourire bref et satisfait de Pierre quand il racontait cette histoire. Elle n'aimait pas qu'il aille aux Égliers, mais refusait de montrer sa désapprobation. Elle se demandait ce qu'il pensait réellement. Il était encore jeune et au lycée agricole on lui parlait plus de technologie que de savoir-faire. Pour le moment, il travaillait comme eux mais, plus tard, ne serait-il pas tenté d'adopter n'importe quelle proposition que lui ferait un technicien agricole sous prétexte que c'était la dernière mode au catalogue de Bruxelles ?

Pierre trouvait normal qu'on veuille gagner plus et travailler moins. Il ne l'avait pas dit mais le pensait. De même qu'il se taisait quand ils abordaient le sujet de la rivière contaminée. Ce silence l'énervait. Elle faisait d'impossibles recoupements, traquait les regards. Si c'était ce qu'elle pensait, elle lui dirait qu'il valait mieux pas tourner autour de cette femelle-là mais, pour le moment, elle manquait de preuves.

Le vétérinaire qui passait régulièrement leur apprit que le voisin avait perdu trois vaches. Ils avaient encore de la chance, mais tout ce lait perdu ! Ni l'un ni l'autre ne pouvaient se résoudre à ce geste impossible.

— Je ne voudrais pas être à la place du Hénin. S'il continue, il va à sa perte.

— Tu crois ça ? C'est nous pour le moment qui risquons d'y aller. Il y a déjà douze mille francs de vétérinaire. Ce que je ne supporte pas, c'est de savoir qu'il dort tranquille, qu'il peut empoisonner le monde sans que personne ne bronche. Je sais pas ce qui me retient de pas le dénoncer.

— Plus personne t'adressera la parole à Saint-Hommeray. On sera coupables.

— Mais c'est lui le criminel !

— Il faudrait le prouver, et des preuves, personne n'en a.

Louis réussit à dissuader Suzanne de porter plainte. Il craignait de voir toute la bande se liguer contre eux. Il valait mieux se taire et surmonter ce goût amer de la vengeance qui lui empoisonnait la gorge du matin au soir.

— Faut s'estimer heureux de n'avoir que huit vaches malades, qu'aucune d'elles n'ait encore avorté, disait Louis pour consoler Suzanne qui enrageait.

— Attends, c'est pas encore fini !

Jour après jour, le travail s'accomplissait dans la morosité la plus sinistre. Le soleil brillait avec endurance, mais personne ne voyait l'aubépine fleurie qui floconnait dans les haies ni les jaunes pissenlits dans les prés. Personne n'entendait les oiseaux si légers et si frêles qui surgissaient à tout moment, se cachaient pour chanter, picoraient en sautillant, étonnés du silence qui plombait la ferme de la Châtaigneraie.

Suzanne ne voyait décidément plus rien que sa haine et la peur, celle de la faillite imminente.

Un matin, en se peignant, elle aperçut son visage décoloré, ses yeux perdus ; ses lèvres bougèrent et elle s'entendit dire à mi-voix : « S'il pouvait lui arriver un malheur. » « Un malheur », répéta-t-elle, le visage en plein dans la glace. Le peigne ne bougeait plus dans sa main inerte. Elle prenait à témoin ce visage défait pour signer son désir de vengeance. Elle avait envie de le voir mourir. C'était ce qu'il méritait. Un instant, elle hésita. Si le troupeau ne crevait pas, elle se contenterait d'une grave maladie, puis elle sentit qu'elle mentait, quoi qu'il arrive, elle avait envie qu'il disparaisse. Elle posa son peigne.

Chaque jour Louis achetait un paquet de cigarettes et fumait comme un homme à la dérive.

— Tout a une fin, les bonnes choses comme les mauvaises ! disait-il pour neutraliser la tension qui grinçait chez Suzanne Pour le moment, ça nous coûte seulement de l'argent, mais peut-être que les vaches seront sauvées.

— Y a intérêt, menaça-t-elle.

— Tu ferais mieux de laisser tomber, tu vas t'user, c'est tout. Crois-moi, tu gagneras rien à dénoncer Le Hénin, si c'est toujours à ça que tu penses.

Elle était sur le point de répondre, elle ouvrit la bouche, puis, se ravisant tout à coup, elle serra les poings.

À l'hôpital de Mortagne, Suzanne trouva sans trop de peine la chambre de Morel. Il était seul et se tenait assis devant la fenêtre. Elle le voyait de profil, raide et digne comme une effigie.

— Bonjour, c'est moi, Suzanne ! lança-t-elle du seuil de la chambre, mais Morel ne se retourna pas. Monsieur Morel ! fit-elle comme un écho qui se perdit de nouveau.

Le vieux ne bougeait pas. Elle hésita puis s'approcha et posa sa main sur l'épaule osseuse du bonhomme.

Alors Morel la regarda avec ses yeux humides, des yeux comme ceux des chiens, des yeux usés. Ses mains reposaient bien à plat sur ses genoux. Il regarda longuement Suzanne mais aucun son ne confirma ce regard hésitant.

Elle s'assit sur le rebord du lit et se pencha vers lui. Elle voulait lui sourire mais ce qu'elle avait à dire était trop grave.

— Vous savez comment c'est... Je voulais venir vous voir, mais il y a toujours quelque chose à faire ! Elle reprit sa respiration. L'occupation, ça manque pas... Je me suis décidée parce qu'il faut que je vous dise... Elle s'arrêta. Vous m'entendez ?

Morel baissa les paupières légèrement, un signe imperceptible que Suzanne interpréta comme un acquiescement. Alors, elle se mit à parler. Plus elle parlait, plus il lui semblait que le bonhomme émergeait de ce silence protecteur, de cet égarement qui l'avait empêché d'accomplir, de finir son destin d'homme. Suzanne réveillait toute l'énergie qui gisait en lui. Il écoutait et battait des paupières, l'immobilité rigide de ses traits se dissipait. Il se redressa légèrement et ouvrit la bouche.

— Suzanne, il faut arrêter ça !

Sa voix était ténue comme un fil. Elle le regarda, attentive. Il venait de parler, mais les mots qu'elle attendait ne venaient pas. Ce n'était pas suffisant de dire ça.

— Il faut que vous m'aidiez, lui demanda Suzanne.

Je vais t'aider, c'est promis.

Surprise de ce regard de vérité qu'elle venait de croiser dans les yeux de Morel, elle se leva. Elle venait de le réveiller. Suzanne avait fait plus, elle avait ranimé l'envie de lutter, celle de vivre.

— Il faudrait que vous sortiez de là, dit Suzanne qui mesura soudain que Morel n'avait plus rien à faire dans cet hôpital.

L'homme était osseux mais d'une fibre résistante. Il pouvait encore marcher et travailler. Il pouvait résister à d'autres usures. Suzanne décida que Morel ne resterait pas là quoi qu'il arrive. Il devait retourner dans sa ferme, ne plus faire le mort, ne plus se taire, continuer à dénoncer ce qui n'allait pas, faire respecter les règlements.

19

Il y avait des années à grains, des années sèches, des années ceci, des années cela ; celle-ci fut l'année de la tempête. La moisson n'avait pas commencé. Depuis plusieurs jours, la chaleur atteignait des records. La touffeur était telle qu'on perdait l'appétit et le sommeil. La Normandie brûlait et se desséchait sous les rayons d'un soleil démesuré. On transpirait trop, certains n'arrivaient plus à travailler. Dès dix heures du matin, la canicule tourmentait les hommes et les femmes surpris par une telle débauche de chaleur et qui ignoraient la sieste, la lenteur. Effarés, ils regardaient le soleil implacable s'infiltrer jusque dans les moindres recoins de leurs demeures aux volets pourtant clos et attendaient, figés, que la nuit tombe pour respirer et reprendre vie.

Dans les campagnes, on tentait de résister à l'air brûlant qui sévissait dans les champs, dans les cabines des tracteurs, à la poussière qui voilait la lumière. On ne pensait qu'au blé qu'il fallait moissonner, à la paille qu'il fallait rentrer. On jurait en s'essuyant le front, puis les bouches devinrent si sèches qu'on se tut.

À minuit, la chaleur collait encore à la peau. Chaque jour, le soleil insolent revenait, et il fallait attendre tard dans la nuit pour qu'un peu de fraîcheur vienne soulager les hommes et les bêtes. Les Tessier s'asseyaient dehors, sur les chaises qu'on sortait dans la cour, et attendaient. Personne n'avait plus la force de se plaindre. Ils se contentaient d'attendre en silence. Seuls les mouches et les moustiques, que rien ne gênait, envahissaient bruyamment les habitations.

Louis, Suzanne et Pierre entendirent les cloches de Saint-Hommeray et comptèrent les coups, lents et lointains. Dans une heure, il faudrait se résoudre à rentrer et à s'allonger dans des lits trop chauds. Sans qu'il y eut le moindre avertissement, un souffle léger se leva, glissa sur leur peau, apaisant leurs corps lourds de chaleur et de fatigue. Louis, surpris par cette fraîcheur soudaine, fronça les sourcils puis écouta pour deviner d'où venait cette brise qui, d'un seul coup, balaya la cour avec violence. En quelques minutes, le vent monta, un vent fou, un vent sauvage que rien n'avait encore arrêté, un vent perdu et enragé qui s'engouffrait dans la cour en hurlant comme une déchirure. Les portes claquèrent.

— Je vais fermer les fenêtres des chambres, fit Suzanne.

Dans la chambre du premier étage, le vent sifflait. Elle poussa les deux battants de la fenêtre qui résistaient et vit les branches des sapins tournoyer, se coucher au sol. Suzanne redescendit l'escalier quatre à quatre en criant.

— Louis... Louis !

— Il est parti fermer les portes de l'étable, répondit Pierre qui sortait.

— Où vas-tu ?

— Voir les veaux.

— Reste ici, j'y vais.

Dans la cour, le vent et la pluie l'aveuglèrent. C'était l'obscurité totale. Le faisceau de la torche éclaira les lourdes portes en tôle qui refusaient de bouger sous la pression de Louis.

— Louis... Louis !...

Il n'entendait rien et s'obstinait. Il voulait mettre les

bêtes à l'abri de l'orage et du vent qui grondait. Suzanne se sentit emportée en arrière. Elle appela, mais le vent l'empêcha de reprendre son souffle. Louis se retourna et la vit chanceler. Il prit peur et courut vers elle. Agrippés l'un à l'autre, ils rebroussèrent chemin abandonnant le troupeau de vaches qui meuglaient dans la tourmente. Le vent pliait les arbres, emportait les tuiles et les tôles, arrachait tout avec fracas. Dans la cour, tout volait, les bâches se déchiraient. C'étaient des hurlements, des chocs.

Louis tirait sa femme par le bras, il ne distinguait plus rien. Cinquante mètres les séparaient encore de la maison. Il pria qu'une tôle ne vienne pas les couper en deux. Tant pis pour les récoltes qui seraient perdues pourvu qu'ils puissent rentrer indemnes.

Au moment même où ils pénétrèrent à l'intérieur de la maison, les lumières s'éteignirent. Ils restèrent quelques minutes plongés dans le noir sans bouger, effrayés par l'énormité de la tempête qui s'abattait sur eux. L'eau poussée par le vent se heurtait bruyamment contre les vitres puis pénétrait dans la maison. Des gouttes, grosses comme des pois, tombaient du plafond. Louis promena sa torche le long des poutres et comprit que la toiture n'avait pas résisté.

— Il faut aller voir le toit.

— Non, pas maintenant ! cria Suzanne. Ce sont seulement des tuiles qui sont parties.

Pierre se taisait. Suzanne alluma des bougies. Elle avait peur, elle ne se sentait plus à l'abri, elle imaginait le plafond qui s'effondrait, leurs corps écrasés par les gravats. Dehors, la tempête augmentait, dévastant tout, déversant des trombes d'eau sur la maison. L'eau arrivait de partout, passait sous la porte, par les fenêtres. Jamais ils n'avaient vu ça.

— Qu'est-ce qu'on va devenir ? Suzanne parla d'une voix sourde, effrayée par l'ampleur du désastre.

Au même moment à une dizaine de kilomètres de là, Le Hénin, Irène et Denise tentaient de rentrer chez eux. Il faisait si chaud ce soir-là qu'Irène avait proposé d'aller se promener en voiture. Ils roulaient toutes vitres ouvertes quand la tempête les surprit. La voiture, déportée par la force du vent, n'avançait plus. Des branches volaient sur la route et risquaient de briser le pare-prise. Soudain une balle de paille de forme circulaire sortit d'un champ et arrêta sa course dans le fossé. Irène ne dit rien, elle vit Patrick qui se cramponnait au volant, puis le vent arracha un essuie-glace.

— Si on s'arrêtait ?

— Pour quoi faire ? Avançons encore un peu, fit Irène d'une voix faible.

Il hésita. Il craignait autant d'attendre dans la voiture que de continuer. À la lueur des phares, il distinguait les cimes des arbres qui ployaient dangereusement au-dessus d'eux. Irène devina ses pensées et fit un effort pour parler normalement.

— Le mieux, c'est de s'éloigner d'ici. Après les Ménières, nous serons à découvert, alors on verra ce qu'on peut faire.

Elle connaissait la route par cœur, Le Hénin aussi. Tous deux savaient que dans deux kilomètres ils se trouveraient dans une plaine, loin de ces arbres menaçants que la tempête tentait d'arracher. Il fallait risquer le coup. Ils repartirent doucement. Irène pensa aux deux cents taurillons qui devaient gueuler, à la stabulation qui s'était peut-être effondrée, elle imagina les barrières ouvertes, le troupeau affolé retournant le champ de blé. Le Hénin refusait de penser à quoi que ce soit. Il avait tout simplement peur pour eux.

Le bruit fut assourdissant, l'arbre s'effondra à une dizaine de mètres devant la voiture, les branches se brisèrent, emportant des fils électriques qui claquèrent sur le toit de la voiture.

Le Hénin eut le temps de freiner. Dans la voiture, personne ne parlait, on n'entendait que la pluie cogner rageusement sur la carrosserie. Irène devinait que sa belle-mère, le chapelet à la main, s'était mise à prier.

Elle ouvrit alors brusquement la boîte à gants et tâtonna à la recherche d'une lampe de poche qu'elle ne trouva pas. Alors elle cria contre Patrick un flot d'injures venues de la peur puis elle sortit et marcha sur la route. Le vent la suffoqua.

Patrick lui hurla de revenir mais Irène s'immobilisa. Le vent venait de tomber avec une brutalité sauvage. Il la rejoignit et tous deux attendirent, sans se préoccuper de la pluie qui tombait dru et qui les trempait. Vingt minutes plus tard, tout était redevenu normal à l'exception de l'arbre qui leur barrait la route, une petite route de campagne, peu fréquentée, traversant un bois sur plusieurs kilomètres. Ils étaient comme abasourdis. La première habitation était à une heure de marche, peut-être deux à cause de la mère qui les ralentirait, à moins qu'elle ne consente à attendre dans la voiture qu'ils trouvent du secours, mais Denise ne voulait pas rester seule. Le trio se mit en marche. Ils avançaient comme trois ombres, vacillants, l'haleine courte, tout juste conscients d'avoir échappé au pire, butant contre des branches, des herbes arrachées qui jonchaient le sol.

Ils dépassèrent le bois, longèrent des champs, percevant parfois la présence des bêtes qui frôlaient les haies. La nuit était sans lune et pas une lumière ne brillait dans le lointain. Des balles de paille, des poteaux coupaient la route. Ils approchèrent enfin d'une ferme plongée dans l'obscurité et renoncèrent à demander du secours. Denise tenait le coup, il fallait simplement marcher lentement, s'arrêter parfois.

Ils arrivèrent enfin aux Égliers au moment où les premières lueurs de l'aube se glissaient à l'horizon découvrant une campagne dévastée.

Malgré leur épuisement, ils firent le tour de la ferme ; la maison avait été épargnée, mais le toit de la stabulation s'était en partie envolé. Le blé était couché à terre, réduit à rien. Quant aux deux cents taurillons, ils pataugeaient dans la boue. Le Hénin demanda à Irène les clefs de sa voiture.

— Où vas-tu ?

— Là-haut.

— Je t'accompagne, dit-elle après un moment d'hésitation.

La porcherie n'avait pas souffert, seules quelques branches gisaient ici et là. En entrant, ils furent si surpris par le silence qu'ils passèrent directement dans l'atelier sans s'arrêter dans le sas d'hygiène. Deux mille cadavres aux ventres rebondis gisaient sur le caillebotis. La climatisation s'était arrêtée, les fenêtres de secours ne s'étaient pas ouvertes et les cochons avaient péri, asphyxiés en quelques heures. Le Hénin, les bras ballants, regardait le désastre et semblait oublier l'odeur de la mort, l'odeur pestilentielle, l'odeur insupportable ; ce fut en entendant Irène vomir qu'il réalisa l'étendue de ce que lui, désormais, appellerait « la catastrophe ».

Il prit Irène par le bras, la poussa dehors, ouvrit la portière de la voiture puis démarra. Désemparés, pris de fatigue, incapables de rien, ils roulaient, fenêtres grandes ouvertes dans ce silence étouffant.

Aux Égliers, Le Hénin mit du temps à décrocher le téléphone. Cela n'avait d'ailleurs plus d'importance, car la ligne était coupée. D'un geste brusque, il envoya l'appareil par terre en jurant. Seul, il se serait certainement abandonné à son malheur mais Irène le regardait en face, avec sévérité et froideur, prête à tous les affrontements.

— Les assurances payeront. Inutile de t'énerver. Je vais faire du café. Maman, ne restez pas debout, allez-vous changer et reposez-vous. Nous sommes vivants, c'est le principal. L'équarisseur enlèvera demain les cadavres — même un jour comme celui-ci, elle évitait de parler des cochons ou des porcs — et on en remettra d'autres.

— Non.

— Si !

Irène avait crié. La mère se laissa tomber sur une chaise puis se releva, mue par ce courage inexorable qui ne s'apprend qu'avec l'adversité de la vie.

— Le mieux, c'est d'aller soigner les taurillons, fit Denise, prête à lutter de nouveau, vaille que vaille.

Les Tessier avaient réussi à mettre hors d'eau le premier étage avant de monter se coucher, exténués, épouvantés devant un tel cataclysme. Dans le lit, Suzanne se réchauffa au corps de Louis pour effacer la peur, la peur de la nuit, la peur du lendemain.

Le réveil fut sinistre. Sans prendre le temps de déjeuner, ils allèrent estimer les dégâts. L'ouragan s'était engouffré sous les toitures, soufflant, pulvérisant les matériaux les moins résistants. Au loin, une peupleraie était décimée, deux cents arbres brisés en deux ! Le spectacle était ahurissant. Chez eux, le toit de la grange s'était effondré emportant le pignon, tuant plusieurs veaux. Suzanne avait frémi en voyant le bord tranchant des tôles qui traînaient un peu partout dans la cour recouverte de branchages, de seaux et d'outils renversés, de pots de fleurs brisés. Des trous béants crevaient le toit de la maison. Un poteau électrique barrait la route. La chaleur avait disparu, mais un ciel lourd, gonflé de nuages, écrasait la campagne.

La nécessité de s'occuper des vaches les sortit de leur torpeur. Sans électricité, que faire ? Il était impensable de traire le troupeau à la main. D'ailleurs, personne, à l'exception de Louis, n'aurait su le faire.

Louis tenta de mettre en route le générateur, en vain. À onze heures, cela ne marchait toujours pas. Les vaches auraient dû être traites depuis trois heures déjà, elles risquaient des congestions si on ne trouvait pas rapidement une solution.

La famille Le Hénin n'eut finalement pas la force de rester seule dans le malheur. Tous les trois firent un tour en voiture, regardant, accablés, la désolation qui régnait dans presque toutes les fermes. Là, un mur s'était écroulé sur un tracteur. Ailleurs, c'était un toit, des arbres, des caves inondées.

Des visages fatigués, grimaçants, aux yeux grignotés par la consternation les accueillaient. Chacun évaluait l'ampleur de la catastrophe. Les arbres avaient payé un lourd tribut, et les pompiers, les gendarmes, aidés par des agriculteurs, s'étaient déjà mis à l'ouvrage pour dégager les routes le plus souvent encombrées par les énormes balles de paille. Quand les habitants de Saint-Hommeray apprirent que des communes situées à vingt-cinq kilomètres de là n'avaient pas été touchées par la tempête, ils furent saisis de découragement.

Ils arrivèrent chez Raymond où les dégâts étaient moindres. Raymond leur raconta qu'il avait voulu prendre sa voiture pour aller voir ses bêtes dans un pâturage mais, la route étant barrée, il avait été forcé de rebrousser chemin.

— On a tout de même de la chance ! répétait Mariette d'une voix cassée. Y a que les clapiers des lapins qui sont inondés. Et surtout y a personne de blessé !

Elle avait raison, mais personne ne s'en réjouissait.

— N'empêche que s'il y avait encore eu des haies, le vent aurait été retenu par endroits, il se serait brisé et il aurait pas tout saccagé, ajouta Raymond.

— C'est encore à prouver, rétorqua Le Hénin.

— Eh ben, explique-moi, pourquoi j'ai rien eu ?

— Tu as été protégé par les bois et tu ne peux pas comparer ça à des haies.

Les pompiers avaient dit à Raymond que le téléphone serait certainement rétabli en fin de journée, mais qu'il faudrait attendre un ou deux jours pour l'électricité, car un pylone avait été emporté.

Denise songea au congélateur qui pouvait tenir vingt-quatre heures, pas plus. Mariette fit du café ; c'était la troisième tournée de la matinée.

— Et tes cochons ? demanda Raymond.

— Crevés !

— Comment ça, crevés ?

— La climatisation s'est arrêtée, la chaleur est montée à quarante-deux degrés. Ils sont tous morts.

Le Hénin n'était pas fier. Trop éprouvé par la nuit et ce désastre, il regardait bas, se rappelant que Raymond lui avait maintes fois prédit et répété avec sa franchise habituelle que ces saloperies d'industries de porcs finiraient mal. Raymond n'eut cependant pas la cruauté de lui faire la morale dans un tel moment. Le bonhomme avait même l'air compatissant. Pour une fois, il se taisait.

Une voiture rentra dans la cour. C'était Louis Tessier. Sans attendre qu'on vienne à sa rencontre, il entra et salua d'abord Mariette et Raymond, puis fit face à Patrick qui s'était levé. Patrick s'avança vers lui et les deux hommes échangèrent une poignée de main. Cela s'était fait dans un même élan, sans effort, juste un peu d'appréhension.

Louis prit place sur un banc et, pressé par Raymond, il énuméra les dégâts qu'il avait subis puis demanda à Raymond de venir l'aider pour les vaches.

— Ben, tu veux tout de même pas les traire à la main ? Même avec Mariette, il faudrait la nuit. Tu peux pas mettre un générateur en route ?

— Le mien est en panne.

Il parlait d'une voix fatiguée, usée. Irène et Patrick ne disaient rien. Ce fut Raymond qui l'informa de la mort des cochons.

Louis, trop abattu par sa propre infortune, n'eut pas le moindre éclair de contentement. Il se frotta le menton de lassitude, en pensant à ses vaches et aux pertes qui s'annonçaient importantes. Les misères des autres ne diminueraient pas les siennes. Et puis Louis préférait la force du pardon à l'âcreté de la vengeance. Lorsque Suzanne lui reprochait son indulgence, il répondait qu'une fois mort il n'emmènerait rien avec lui, ni les regrets ni rien. Les reproches ne servaient à rien, il ne vieillirait pas avec ces aigreurs que certains nourrissaient et rabâchaient des vies entières jusqu'au dernier soir. Non, il n'en voulait pas à son voisin.

— Quelle saloperie ! Comme si on n'était pas déjà suffisamment dans le souci avec les cultures, faut que les bêtes périssent !

— Ça va coûter cher aux assurances !

Le mot fut immédiatement sur toutes les bouches. Chacun avait quelque chose à dire.

— Ils rembourseront si l'État nous déclare zone sinistrée.

— De toute façon, il faudra y aller de notre poche.

— Allez, on trouvera bien une solution, chantait Mariette qui n'aimait pas voir les hommes défaits et qui voulait les redresser. On travaillera un peu plus, mais on remettra les choses en ordre. L'année prochaine, on aura oublié ce malheur !

— J'ai un générateur qui ferait peut-être ton affaire, proposa alors Le Hénin.

L'offre fut aussitôt acceptée. Suzanne le lui reprocherait certainement, mais l'heure tournait et, s'il attendait trop, les bêtes risquaient de faire des mammites ou des œdèmes.

Irène entendit la proposition de son mari mais ne pensa rien, trop préoccupée par la perte des cochons. Et puis elle avait bien assez de ses propres malheurs pour rester assise à entendre ceux des autres.

Ils rentrèrent tous ensemble aux Égliers. Patrick aida Louis à prendre le générateur et insista pour lui donner un coup de main.

Pendant ce temps, Irène se changea puis se maquilla avec soin pour effacer les traces de fatigue tout en réfléchissant à la meilleure façon de s'en sortir. Le mieux était de passer voir Garnier à la mairie pour déclarer le sinistre, puis elle irait se renseigner auprès de la compagnie d'assurances. Autant constituer le dossier immédiatement pour être dans les premiers, car cela prendrait du temps avant d'être indemnisés, si indemnisation il y avait ! Les assureurs étaient filous et qu'importaient les sommes colossales qu'ils leur versaient pour assurer leur travail, leurs bâtiments, leur maison, il y avait toujours une clause irréfutable ou un expert capable de dire devant un mur écroulé : « Il est tombé le jour de la tempête mais ce n'est pas à cause de la tempête ! »

On fut vite au courant pour les cochons du Hénin, mais personne n'osa se réjouir tout haut de ce malheur. Il y en avait déjà trop pour tout le monde. Certains ne résistèrent pas cependant à l'envie d'aller voir comment c'était. Des voitures défilaient devant la porcherie, il n'y avait pourtant rien à voir. La petite porte verte était fermée. Tout était silencieux. Quant à Patrick, il monta sur une échelle et tenta de mettre la stabulation hors d'eau en installant des bâches en plastique.

La journée fut longue pour tous, une journée immense de gris, de moiteur, de brisure, de désolation, et pourtant tout le monde manqua de temps pour remettre la campagne en état. Des nuages noirs avaient craqué et la pluie s'était remise à tomber comme pour continuer d'ennuyer et empêcher d'espérer. La nuit arriva trop vite, immobilisant l'activité des hommes. Les femmes préparèrent à manger parce qu'il fallait bien se nourrir, mais ça sentait le bivouac, le moisi, même le pain était mou, d'humidité et de tristesse. La solidarité ne procurait pas de réconfort. Les blés étaient foutus, ils ne se relèveraient pas, le maïs non plus. Une année d'efforts perdue. Il fallait se consoler comme on pouvait, chercher dans les trésors de l'âme humaine des ressources pour accepter ce coup du sort.

— Dire qu'à deux semaines près une partie des récoltes aurait pu être sauvée, répétait-on.

Les Tessier réussirent à traire les vaches ; l'occupation avait fini par détourner la rancœur, mais l'abattement les reprit le soir malgré la volonté de Louis de ne pas se morfondre. Impossible de parler d'autre chose. Pendant tous les jours qui suivirent, on ne parla que de cette tempête.

De mémoire de Percheron, on n'avait jamais vu un vent souffler avec une telle amplitude, passant de 8,6 km/h à 151 km/h en l'espace de seize minutes, pendant que la température chutait de 20° à 13°, telles avaient été les conclusions météorologiques. Comment la tempête avait-elle pu sévir le long d'un étroit ruban d'une trentaine de kilomètres allant du Mans à Nogent-le-Rotrou dans une région au climat habituellement tempéré et épargner le reste du pays ? Comment un ouragan, ce phénomène inconnu dans cette partie du monde, s'était-il perdu chez eux ? Cela devait rester une énigme pour les habitants. Non, personne ne pouvait comprendre pourquoi le cyclone avait choisi cette partie du Perche pour griffer la terre, la dévaster, jeter le désarroi sur une communauté d'hommes peu habituée à ces dérèglements naturels.

20

Le Hénin vit la queue de son vingt millième porc pénétrer dans le dernier compartiment libre. C'était reparti pour un tour, comme un désastre qui le suivait pas à pas, un enchaînement infernal qui recommençait inlassablement. Pendant une heure, les cochons feraient la corrida, puis ils avaleraient leur soupe et s'habitueraient. L'odeur le suffoquait toujours autant. Il approchait maintenant de la quarantaine. C'était un homme mûr au visage aride, creusé par le travail, aux yeux fatigués. Il s'était encore agrandi. La ruée sur les terres ne cesserait jamais. Hier, c'était pour produire, aujourd'hui, c'était pour accumuler les aides. Il avait dû s'équiper d'une charrue à huit socs pour labourer plus d'hectares, mais cela ne réduisait pas son temps de travail, il faisait toujours autant d'heures de tracteur. Des heures entières à parcourir d'immenses parcelles.

Il considérait maintenant l'ampleur d'une vie qui ne commencerait qu'avec la retraite. Rien ne retenait son attention dans ce présent sans issue, clos sur lui-même. Dans cette fuite quotidienne, le mot « retraite » avait germé dans sa tête en friche. Après avoir bâclé tant de choses, il se ferait une seconde jeunesse. Cette fois-ci, il prendrait son temps, mais y avait-il un espoir possible de deuxième vie ? Lui, le croyait comme d'autres avaient cru autrefois au purgatoire et il s'appliquait à y entrer en odeur de sainteté. Il mettait déjà de l'argent de côté. Question santé, il aurait bien droit à quelque chose. S'il s'usait dans la tête, la carcasse lui paraissait solide, d'une incroyable force assujettie aux machines. Il avait appris à vivre avec leur bruit, dans leur continuité, en jouant au maître et à l'esclave. Quand elles étaient fatiguées, il les remplaçait sans nostalgie et s'étonnait des nouveautés, s'en voulait de ne pas en avoir profité plus tôt.

Cependant, il voulait croire qu'un jour il ne toucherait plus à un seul outil, pas même à un marteau, et envisageait même de quitter Saint-Hommeray. Il irait vivre en ville, à Mortagne, à Alençon peut-être.

Cette perspective enchanterait certainement Irène, mais, pour le moment, il n'en parlait pas, c'était bien trop tôt. Elle se serait moquée. Il se contentait de rêver à ce futur lointain. Une seule chose l'ennuyait : l'idée de vendre la ferme, celle de son père. Il avait beau réfléchir, il n'arrivait pas à s'y habituer.

Sans héritier, la terre avait l'air d'une orpheline et la ferme apparaissait par les nuits de pleine lune comme hantée de forces mauvaises. Dans un coin d'une grange, son père avait autrefois accroché une chouette pour conjurer le malheur, mais, depuis longtemps, l'animal n'était plus qu'un fantôme, et Le Hénin n'avait jamais remplacé le volatile qui s'en allait en poussière derrière quelques balles de paille.

La maison serait probablement vendue à des Parisiens. Quant aux terres, un agriculteur les reprendrait, Pierre Tessier peut-être. Ce Pierre qu'il croisait au volant d'un Massey Ferguson, le dernier modèle. Ils se disaient bonjour, et Pierre s'arrêtait pour bavarder. Il ne semblait pas rancunier et même plutôt curieux. Pierre le questionnait sur les cultures, sur les machines. Il venait aux Égliers. Il s'attardait volontiers, parlait joyeusement. Après la tempête, ils avaient été totalement indemnisés, grâce à Pierre qui, à leur grand étonnement, connaissait toutes les ficelles et les avait fort bien conseillés. Irène lui avait ensuite vendu plusieurs machines agricoles. Ils riaient ensemble. Pierre était maintenant un homme qui se tenait droit et qui fixait le monde avec des yeux pleins de ruse. Tout le monde le trouvait sympathique. Louis et Suzanne avaient de la chance, pensait Patrick qui le regardait à chaque fois avec cette sensation d'avoir perdu une part de lui-même.

La vie se faisait ainsi du lundi au dimanche, Le Hénin s'acquittait de ce qu'il appelait la corvée, il allait aux bêtes. Les vacances en famille n'avaient plus cours. Irène partait seule dans des clubs, et lui, restait à la ferme. Après la tempête, plus personne ne voulait venir faire le travail de peur d'un pépin. Personne n'avait oublié les deux mille cochons asphyxiés, cent cinquante tonnes de viande transformées en farine alimentaire dans les chaudières de l'équarisseur. On ne risquait pas de prendre la responsabilité de la porcherie même pour rendre service. Sa mère continuait de s'occuper un peu des taurillons, du potager, de la basse-cour. Elle priait toujours avec dévotion, demandant à Dieu de protéger son fils le jour où elle s'en irait. Pour le reste, elle avait si peu à se reprocher qu'elle ne craignait rien pour le repos de son âme.

Après l'altercation avec la nièce, Le Hénin s'était inquiété de la santé de Morel, s'accrochant à cette vie en sursis comme si c'était la sienne. Une sorte de fétiche ! Il aurait tout donné pour faire durer le vieux. Il n'avait jamais revu la nièce, mais Le Hénin n'avait pas oublié ce visage menaçant et cette voix de femme vociférant comme une aliénée contre lui et ses porcs. Il grognait parfois pour effacer ce souvenir. Mariette lui donnait des nouvelles du père Morel, ce fut elle qui lui annonça qu'il allait mieux, qu'il pourrait bien quitter l'hôpital.

Le Hénin reprenait espoir et, pour y croire, il se rendit un jour à la ferme de Morel qui attendait, abandonnée et cachée derrière une haie, envahie par les ronces. En passant au-dessus de la clôture, le fil de fer barbelé le lacéra, juste à la jointure du pouce. Il suça le sang qui coulait et vit l'herbe folle recouvrant la cour et le potager.

Il poussa la porte du fournil où les outils attendaient bien rangés sur l'établi. Certains rouillaient. Machinalement, il attrapa la serpe qu'il affûta au fusil et sortit dans la cour. D'un coup sec, il tailla la haie, il arracha le lierre d'un vert épais qui égratignait l'écorce des arbres, se glissait sous les tuiles. Il coupa l'herbe à la faux, désherba sans s'arrêter, se redressant parfois pour mieux saisir d'un coup d'œil rapide le geste à faire puis, tout en sueur, essoufflé, ahanant, il reprenait son travail. Il s'étonnait de retrouver ce travail à la main, le contact avec l'outil oublié depuis longtemps, y prenait presque plaisir.

Il travaillait vite de peur d'être vu, de peur d'être pris par la nuit. Lorsqu'il eut achevé sa tâche, il admira la cour et la façade en pierre blanche que les derniers rayons du soleil illuminaient. Il décida de revenir plus souvent. Tant pis si on le surprenait chez Morel ! Ce soir-là, il rentra chez lui avec une soudaine dignité qui lui donnait bonne mine. Plus tard, quand il apprit que Morel était retourné dans sa ferme, il y eut de longs moments heureux au cours de ces journées solitaires.

Mais ses nuits étaient souffrance. Ni la fatigue ni le labeur n'avaient raison de ses insomnies et de ses pensées qui le minaient comme des vers. Des pensées froides et stériles comme Irène. Parfois il se réveillait le matin avec l'envie de parler, une envie qui le cuisait, le tourmentait, mais il reculait toujours devant les mots et attendait que l'autre envie, celle de ne pas savoir, prenne le dessus, le soumette au silence.

Aujourd'hui, il était seul aux Égliers. Irène était partie la veille en compagnie de Denise dans le sud de la France pour une semaine de vacances. Il avait beau savoir que ce ne serait pas long, il redoutait tous ces jours sans elle.

Les appels téléphoniques ne servaient à rien car il n'aimait pas converser à travers ces câbles invisibles qui ne lui rendaient pas le beau visage de sa femme. Le téléphone demeurait un outil pour transmettre une information et pas des sentiments, encore moins des états d'âme. Irène, trop occupée à lui dire son bonheur d'être en vacances, ne percevait pas la tristesse de son mari et oubliait d'entendre sa solitude.

Il se promettait d'être patient. Ce ne serait pas si long. Elle lui reviendrait bientôt avec des cadeaux et des victuailles plein ses valises, des rires et des anecdotes plein la tête. Elle attendrait qu'il ait fini de dîner pour commencer le rituel des cadeaux qu'elle lui offrait un à un, ouvrant elle-même les paquets. C'était chaque fois l'occasion de raconter les vacances avec force détails.

Mais Irène n'était pas encore de retour, et les soirées lui paraissaient plus creuses, plus longues que d'habitude. Il se sentait abandonné, il avait perdu ses repères.

Sa mère lui avait laissé toutes sortes de provisions avec mille consignes trop compliquées. Il mangeait n'importe quoi, des sandwichs, il mangeait sans appétit, pour se nourrir. Un midi, il entendit le tracteur de Raymond, un vieil engin poussif qui marchait encore. Le Hénin fut content de cette visite inattendue qui rompait sa solitude. Il se dépêcha d'accueillir le bonhomme et de lui proposer un café que l'autre ne refusa pas.

Raymond venait emprunter une échelle double pour réparer une toiture. Il avait du temps. Il s'assit à la table et posa ses mains sur la toile cirée en attendant que Patrick le serve.

— Les patronnes sont pas là ?

— Elles sont en vacances jusqu'à dimanche.

— Alors t'es tout seul ? insista Raymond, l'air perplexe.

— Pourquoi tu me demandes ça ?

— Quand je suis passé ce matin devant la porcherie, j'ai vu une voiture, alors j'ai pensé que t'avais du monde.

— Des promeneurs, sûrement.

À la campagne, on voyait tout. On savait tout. Une cheminée qui fumait, un chien qui aboyait. Rien n'échappait au regard d'autrui. Chaque détail était noté, enregistré. Un jour, un vieux paysan était venu prévenir Patrick qu'il avait vu la voiture d'Irène dans une cour de ferme à vingt kilomètres de là. Il y avait toujours quelqu'un pour vous apercevoir en train de déposer une lettre à la poste, acheter du pain, parler avec Untel.

— Des promeneurs ? répliqua Raymond en toussant. Eh bien, il y en a qu'ont de drôles d'idées pour s'arrêter devant une porcherie parce que, excuse-moi, vu l'odeur, ce n'est pas tellement l'endroit que je choisirais pour me promener !

Raymond prit sa tasse en pinçant l'anse avec ses gros doigts puis il approcha son menton et, d'une lippée, il avala bruyamment son restant de café.

— Ça les arrangeait peut-être de se garer à cet endroit, fit Le Hénin.

— J' te dis que ce sont point des promeneurs.

— Alors qui veux-tu que ce soit ?

— Je sais pas.

— Alors, moi non plus.

— Elle est partie loin, ta femme ?

— Dans le Sud, elle a visité Antibes, Cannes, Nice et, demain, elle va à Monaco.

— Dis voir : Monaco, c'est en France ?

— Non, c'est une principauté.

— Et ils parlent quelle langue là-bas ?

— Le français comme toi et moi.

— Ah ! Bon, c'est pas le tout, le boulot m'attend, fit Raymond d'un air décidé.

— Alors comme ça, tu vas grimper sur le toit, ce n'est plus de ton âge !

— T'en fais pas, j'ai un plateau avec des balles de paille ; comme ça, si je tombe, je risque pas grand-chose.

Patrick aurait bien poursuivi la conversation, mais l'heure avançait et lui aussi avait du travail qui l'attendait. Après le départ de Raymond, Le Hénin monta dans le tracteur et partit dans ses champs pour traiter les cultures. Tout en conduisant, il repensa à cette histoire de promeneurs. Le Hénin n'aimait pas qu'on rôde autour de la porcherie.

Le soir, il ne vit aucune voiture dans le chemin. Le Hénin enfila sa cotte et pénétra dans l'atelier. Les deux mille porcs l'accueillirent bruyamment. Il les regarda, hébété, endolori et écrasé par l'effroi sans cesse renouvelé de la puanteur et du nombre. Le Hénin évitait de respirer et se dépêchait d'accomplir sa besogne.

Quand il sortit, le vent, qui s'était brusquement levé, soufflait sans merci faisant grincer les arbres noirs et menaçants. Le ciel s'était assombri et une averse était à craindre. Tranquillement, Le Hénin fit le tour des deux grosses cuves rondes à lisier et se dirigea vers la troisième cuve, un immense trou à ciel ouvert, creusée à même le sol comme une piscine, dont il avait bâché le fond pour empêcher les infiltrations — plus tard, cela serait bétonné et enclos. La bâche verte qui recouvrait les rebords de cette lagune noire se confondait avec l'herbe. Il vit aussi la haie qui n'avait pas été coupée. Il se promit de s'en occuper rapidement. Il mettrait d'abord la barrière de protection autour de la fosse. Malgré la pluie qui s'était mise à tomber, il fit le tour des bâtiments. Il soupira en se demandant comment il trouverait le temps de venir à bout de toutes ces tâches d'entretien qui s'accumulaient.

Deux jours après, Raymond vint rapporter l'échelle à l'heure du déjeuner. Le Hénin n'était pas chez lui. Il n'y avait que le chien qui gueulait comme un loup, tirant frénétiquement sur sa chaîne. Un tracteur était garé en plein milieu de la cour. Raymond attendit un moment, puis il déposa l'échelle et repartit en jetant un dernier coup d'œil à la ferme. Le soir, il reçut un appel d'Irène qui s'inquiétait que Patrick ne réponde pas au téléphone. Raymond lui expliqua qu'il était allé aux Égliers vers midi mais qu'il n'avait vu personne.

— Il est peut-être encore à la porcherie. Vous ne voudriez pas aller voir là-bas ?

— Si ça peut vous rendre service !

Il partit aussitôt avec Mariette. La voiture de Patrick était effectivement là-bas. Ils appelèrent, crièrent, klaxonnèrent.

— Peut-être qu'on n'entend rien de l'intérieur !

Ils s'approchèrent de la porte d'entrée. À l'intérieur c'était un vacarme assourdissant. Les deux mille gorets, livides, braillaient comme si on allait les égorger.

Au bout d'un quart d'heure, il fallut se rendre à l'évidence qu'il n'y avait personne, ni dedans ni dehors, et que les bêtes crevaient de faim, à dévorer de l'homme. Mais le tableau de commandes avec toutes ses touches bleues et jaunes ne donnait aucune indication. S'il appuyait sur la mauvaise fonction et qu'une machinerie se déclenche, il aurait l'air de quoi ! Il vit pour la première fois l'immense cuve en plastique et souleva le couvercle. L'odeur âcre de la soupe lui piqua les narines.

— On ferait mieux de rentrer. Irène va rappeler, elle saura nous dire.

Irène s'étonna, posa des questions auxquelles Raymond répondit méthodiquement. Chaque fois, on revenait aux mêmes évidences : la voiture était garée devant la porcherie, les cochons n'avaient pas mangé, le chien non plus. Depuis combien de temps exactement ? Personne ne savait. On était vendredi, Irène avait parlé pour la dernière fois avec Patrick mercredi.

Elle décida de rentrer immédiatement. Elle conduisit vite, d'un trait, ne s'arrêtant que pour téléphoner aux Égliers. En vain. Denise se tenait à côté d'elle, les mains posées comme deux choses mortes sur ses genoux et ne parlait pas. En arrivant au petit matin, elle faillit se trouver mal de fatigue et de stress. Elle rentra dans la maison, alla directement dans la salle de bains pour se passer le visage à l'eau froide, puis téléphona à la gendarmerie et à la coopérative afin qu'un technicien vienne le plus vite possible. Elle eut le temps de boire plusieurs cafés d'affilée et de fumer autant de cigarettes avant d'accueillir les gendarmes. Après les questions d'usage, ils lui demandèrent de les accompagner à la porcherie. Ce fut avec ses vêtements tout froissés qu'elle les suivit avec, dans son ombre, la mère de Patrick.

Une équipe de pompiers et d'autres gendarmes étaient déjà sur place. Un policier interrogea Irène :

— La dernière fois que vous avez parlé à votre mari, avez-vous eu l'impression que quelque chose n'allait pas ?

— Non. Il était comme d'habitude. Je n'ai rien remarqué. Mon mari ne s'est pas suicidé. Il a disparu, mais il ne s'est pas suicidé, répétait Irène.

— Il aurait pu avoir envie de partir, de tout quitter ?

— Ce n'est pas possible. Il n'a pas de maîtresse, si c'est à cela que vous pensez. Il n'y a personne d'autre dans sa vie. Une femme devine ces choses-là.

On la croyait sur parole. On ne pouvait pas tromper une telle femme. Le policier voulut savoir s'ils avaient des difficultés financières. Elle répondit que non. Il insista.

— Ces questions n'ont pas de sens. Vous perdez votre temps.

— Madame, nous faisons notre travail.

— Je n'ai pas dormi de la nuit, alors vous comprenez...

Un pompier faisait signe au policier de venir.

— Excusez-moi.

— Je vous en prie.

Irène le regarda s'éloigner en se rongeant les ongles.

Une manie de gosse qui l'avait soudainement reprise. Ses beaux ongles rouges étaient maintenant tout écaillés. Le soleil était haut dans le ciel à présent. Des rayons criblaient ses yeux fatigués, ses paupières la brûlaient. Ce serait une belle journée, une journée sans vent, sans nuages. Une journée de répit pour la verdure qui s'allongeait, croissait et s'épaississait à vue d'œil.

Irène essayait de réfléchir, mais, depuis la veille, une folle confusion barrait la route à toute cohérence. Quelque chose n'allait pas. Tout ce monde autour de la porcherie, tous ces uniformes, c'était si inhabituel.

Le policier et le pompier s'étaient approchés du bord de la cuve à lisier. Irène ne les quittait plus des yeux. Elle respirait mal à cause de la sale odeur.

Le gendarme se tourna légèrement en direction d'Irène et la vit, si grande, si rousse. Il y eut un silence de pierre et d'épouvante qui s'éternisa, puis elle entendit des sirènes hurler. Une main lui prit le bras avec rudesse pour l'entraîner dans la voiture. « On vient de trouver le corps de votre mari dans la fosse à lisier », lui disait le policier d'une voix heurtée. Irène résistait et il fallut la rudoyer davantage pour l'éloigner. Elle voulut se retourner mais on l'en empêcha. Alors elle s'assit docilement à côté de Denise. Elle ne vit pas le regard aboli et figé de la mère. Irène s'était recroquevillée sur elle-même, bien décidée à refuser ce malheur qui ne pouvait pas être le sien. La voiture démarra. Elle ne verrait pas le corps de Patrick quand on le sortirait de la fosse. La mort avait dû être rapide, immédiate, l'asphyxie totale par les gaz toxiques.

Les deux femmes ne bougèrent pas de la maison. Irène alla seulement à la morgue pour les formalités. C'était à elle d'identifier le corps, de répondre aux policiers qui faisaient leur enquête. Elle conduisait sans voir le monde qui continuait de vivre autour d'elle. La voiture filait sur la route, c'était l'unique réalité, le reste se fragmentait. L'autopsie confirma la mort par asphyxie due à une chute dans une fosse à lisier. La seule évidence. Selon Irène, il n'y avait aucune circonstance suspecte. Il avait dérapé sur le rebord de la fosse rendu forcément glissant par la pluie. Une enquête était néanmoins en cours pour déterminer les raisons de cet accident. La gendarmerie interrogeait les gens du village, mais, si les portes s'ouvraient, les langues ne se déliaient pas. Il avait sûrement glissé, se contentaient de répéter les hommes en complétant leur dire d'un interminable hochement de tête qui devait résumer ou plutôt illustrer leur déclaration. Les femmes, impressionnées autant par la mort que par l'uniforme des gendarmes, lissaient longuement leur tablier avant de dire quelques mots. Les plus vieux crachaient pour s'éclaircir la voix. Le maire épouvanté avait fait allusion aux hostilités de certains à l'époque où la porcherie avait été créée, mais, depuis, tout était rentré dans l'ordre.

La mère était tombée muette et ne quittait plus la cuisine, ni la fenêtre. Elle ressemblait à une guetteuse dans la transparence de la vitre. Raymond, qui venait chaque matin pour soigner les taurillons, apercevait le profil de la mère dans l'angle de la fenêtre, il faisait un signe puis s'en allait, mais il n'entrait jamais dans cette cuisine où seul le balancier de l'horloge tenait compagnie aux deux femmes. C'était encore l'horloge qui rappelait à Irène qu'il fallait manger. Elle réchauffait des plats dans le four à micro-ondes et faisait asseoir sa belle-mère, puis la forçait à avaler des bouchées comme elle aurait fait avec un enfant récalcitrant. Irène parlait à sa place, faisait les questions et répondait d'une voix éraillée à force de pleurer. Elle rongeait ses ongles et vivait les heures du jour dans ce coma silencieux que seuls ses pleurs brisaient à intervalles réguliers.

Puis le soir arrivait et Irène buvait. « Tu bois trop », lui disait Patrick. Elle se souvenait et buvait davantage, le cherchant entre deux mouvements du balancier qui, comme un refrain, l'entraînait vers le temps de la mort.

Elle se sentait attirée par ce grand trou de chagrin qui s'ouvrait devant elle, immense et infini, et dans lequel elle aurait pu glisser à son tour, enlacée au malheur, mais la sonnerie régulière du carillon la faisait sursauter et tout son corps se secouait d'effroi. Elle regardait l'heure, dix heures, seize heures, chaque fois, c'étaient les heures des autres, cela ne pouvait plus se comparer avec l'heure qu'il était dans la cuisine des Égliers où personne ne viendrait leur rendre visite. On savait que le corps de Patrick était ailleurs et que la mère ne parlait plus. On irait à l'enterrement. C'était suffisant. Voilà tout ce qu'on se disait dans Saint-Hommeray. Quant à la rouquine, on n'en parlait pas. On évitait. La colère montait trop grosse dans la tête de chacun quand on pensait à celle-là. Personne ne parlait. Raymond était même le plus silencieux.

Le jour de l'inhumation, Irène se leva de bonne heure, se maquilla et s'habilla comme d'habitude. Lorsqu'elle fut prête, elle alla chercher sa belle-mère dans la chambre et lui expliqua doucement qu'il fallait se préparer, mais Denise ne bougeait pas. Elle ne comprenait pas ce que lui voulait Irène. À plusieurs reprises, elle la tira par le bras pour la soulever mais la mère retombait lourdement sur le lit, inerte, le regard oxydé.

Irène comprit qu'elle ne pourrait pas traîner Denise à l'église ou au cimetière. Elle interrogea la vieille femme une dernière fois puis elle quitta la chambre, à bout de souffle, incapable de rien, comme la mère.

Il fallait pourtant assister à la mise en bière au funérarium. Les employés des pompes funèbres firent leur travail en silence avec des gestes accomplis et solennels. Ils avaient l'habitude de la mort, même de la mort inhabituelle, et des veuves solitaires. Irène, elle, ne savait rien. Patrick était là, silencieux, la peau froide et cireuse, mais encore présent. Ils pouvaient bien sceller son cercueil, son mari ne la quitterait pas. Seules les couronnes de fleurs, véritables échafaudages figés et cintrés de rubans, donnaient une couleur de funérailles à cet instant qui se déroulait sous ses yeux. Irène les suivit jusqu'à l'église de Saint-Hommeray comme une femme remorquée, surprise par la mort, indignée par la vie et qui obéissait aux mouvements des autres.

Les gens l'attendaient devant le porche de l'église. Elle pénétra la première, remonta la nef et s'arrêta devant le cercueil posé sur des tréteaux et recouvert d'un drap noir portant une grande croix en fil d'argent, puis ne bougea plus, tel un sphinx devant une tombe royale.

Le village de Saint-Hommeray s'installa à son tour. On entendait des pas, des bruissements d'étoffe, des respirations courtes, des toux brèves, des pieds qui heurtaient les chaises, les portes des stalles qui grinçaient en s'ouvrant et en se refermant. De chaque côté du Christ en croix, la flamme d'un cierge vacillait.

Elle resta ainsi dans une immobilité parfaite, face à l'autel, sans baisser les yeux. La voix du prêtre s'éleva dans le chœur, une voix comme pour aller au ciel qui la transperça : « Quand viendra le dernier jour, à l'appel du Seigneur, tu te lèveras et tu marcheras. Comme à ton premier matin, brûlera le soleil et tu entreras dans la joie de Dieu. »

Irène résistait à la douleur, résistait aux regards qui la traversaient avec tant de bruit. La voix grimpait, s'emportait, déclinait et reprenait, mais Irène ne bougeait pas.

Elle tournait le dos aux gens de Saint-Hommeray qui grondaient, réclamant l'ordalie dans l'écho de l'oraison funèbre. Ils trouvaient long de voir ce dos figé et lisse qui ne tressaillait pas malgré les regards haineux et les reproches que chacun lui lancait. On aurait voulu qu'elle se courbe, qu'elle avoue. Seule l'échancrure du col donnait à voir la nuque fragile, la peau nue de la veuve.

Lorsqu'il le fallut, elle s'écarta légèrement pour que chacun puisse jeter l'eau bénite en agitant le goupillon sur le cercueil. Les uns après les autres, ils passèrent devant Irène en baissant la tête. Personne ne lui serra la main. Personne n'éprouvait la moindre pitié pour la rousse accablée.

Elle sortit la dernière. Le cercueil était déjà dans le corbillard qui se mit en route vers le cimetière. Irène suivit à pied. La voiture roulait doucement. Le cortège s'accorda à la démarche d'Irène qui avançait soumise à son malheur, mais rebelle à ceux qui marchaient à sa suite. Le soleil brillait sur la campagne, refusant de s'attrister devant ce deuil qu'Irène ne mesurait pas, tant il était impossible.

Ce fut sur la route qu'on s'aperçut qu'elle ne portait pas de sac à main, que cet oubli volontaire lui donnait un prestige insupportable, une grandeur divine, exactement comme elle allumait ses cigarettes, lentement, avec une si grande indifférence. Sa beauté régnait sur le malheur et sur eux tous comme la pire des insolences. Une beauté qui se confondait avec la colère, avec le crime qu'on lui reprochait. On oubliait Le Hénin. On oubliait le chagrin de l'enterrement. La veuve d'ailleurs ne pleurait pas. On l'aurait suivie et poursuivie indéfiniment pour l'injurier, pour la punir de ce meurtre, mais il fallut s'arrêter devant la fosse béante. Il y eut un mouvement de recul.

Les employés descendirent le cercueil en chêne au fond de la terre brune et fraîche avec les mêmes gestes accomplis. Irène resta longtemps devant la tombe. Quand elle se retourna, il n'y avait plus personne. On l'avait laissée seule avec celui qui avait été son mari, seule avec cette vie inachevée, enfouie pour toujours, et ne sachant que faire. Elle resta là, d'abord immobile, puis elle se balança lentement, régulièrement, d'avant en arrière. Ce mouvement la maintenait debout, c'était le mouvement du balancier de l'horloge de la cuisine qui résonnait en elle, identique et rassurant.

Irène pensa alors à Denise qui n'avait rien mangé. Il fallait retourner aux Égliers. Elle traversa le village dans le sens inverse, devinant le mouvement des rideaux tout le long du chemin. Sa voiture l'attendait devant le porche de l'église qui dominait la place déserte.

Arrivée en haut du chemin qui menait à la ferme, elle freina brutalement et fixa le sol à l'endroit où une croix en fer creusait l'herbe. Elle sortit et regarda, hébétée puis consternée. Quelqu'un avait arraché le panneau des Égliers et l'avait jeté sur le talus. Elle hurla à en crever la campagne. Des cris salvateurs d'une terrible violence. Non, les Égliers ne disparaîtraient pas. L'exploitation continuerait de vivre. Patrick avait disparu mais pas la ferme. Personne ne s'en emparerait, personne ne la rayerait de la géographie de Saint-Hommeray. Il fallait que Denise se lève, il fallait lui expliquer tout cela. Les cheveux défaits, des larmes plein les yeux, elle regarda en direction du village et scruta un à un les toits qui abritaient ses habitants avec la folle volonté de leur montrer sa force renaissante.

Achevé d'imprimer sur les presses de

BUSSIÈRE

GROUPE CPI

à Saint-Amand-Montrond (Cher)
en mai 2001

POCKET - 12, avenue d'Italie - 75627 Paris Cedex 13
Tél. : 01-44-16-05-00

— N° d'imp. 12922. —
Dépôt légal : mai 2000.

Imprimé en France

POCKET - 12, avenue d'Italie - 75627 Paris Cedex 13
Tél. : 01-44-16-05-00